Kim Schneyder
Frauen rächen besser

SERIE PIPER

Zu diesem Buch

Diesen Tag hat sich Heike eigentlich anders vorgestellt: Ausgerechnet auf der Waldlichtung, wo sie ihren Freund Robert mit einem romantischen Picknick überraschen wollte, erwischt sie diesen in flagranti mit seiner attraktiven, angeblich lesbischen Sekretärin. Eines ist klar – so einfach darf Robert nicht davonkommen. Heike schmiedet einen Racheplan, der es in sich hat, und setzt sich anschließend mit ihren Freundinnen Isa und Roxie in einen türkischen All-inclusive-Ferienclub ab. Dort erlebt sie nicht nur haarsträubende Abenteuer, sondern beschäftigt sich vor allem mit der lebenswichtigen Frage: Gibt es irgendwo auf diesem Planeten vielleicht doch noch den Richtigen für sie, einen einfühlsamen, gut aussehenden Mann auf der Suche nach der Traumfrau, womöglich einer lebensbejahenden Blondine mit gesundem Appetit? Mit viel Augenzwinkern führt uns Kim Schneyder vor, dass es für alles im Leben unterschiedliche Sichtweisen gibt: richtige und falsche – und die von Heike.

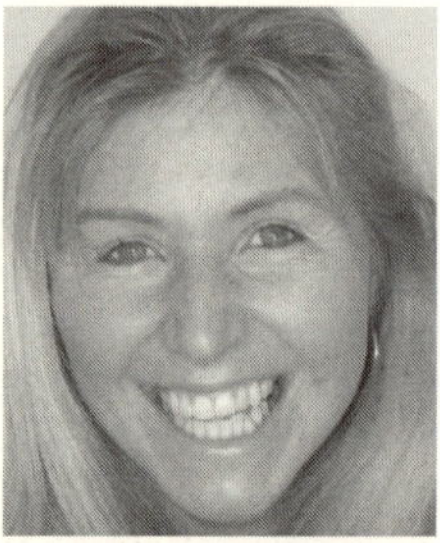

Kim Schneyder, geboren 1967, verbrachte ihre Kindheit in Deutschland und in der Schweiz. Nach einer pharmazeutischen Ausbildung war sie unter anderem als Werbedesignerin, Werbetexterin und Eheberaterin tätig, weshalb ihr in Sachen Zweisamkeit nichts mehr fremd ist. Heute lebt sie mit ihrem Mann und ihrer kleinen Tochter in Österreich.

Kim Schneyder
Frauen rächen besser

Roman

Piper München Zürich

Originalausgabe
September 2006

Umschlaggestaltung: Cornelia Niere
Umschlagabbildung: Artwork/Cornelia Niere, München
Satz: EDV-Fotosatz Huber, Verlagsservice Pfeifer, Germering
Druck und Bindung: Clausen & Bosse, Leck
Printed in Germany
ISBN-13: 978-3-492-26188-3
ISBN-10: 3-492-26188-4

www.piper.de

1 Haben Sie schon einmal ein Auto mit den Ohren wackeln sehen? Noch nie? Vollkommen absurd? Gibt es nicht?

Nun, das hätte ich auch gedacht, bis vor einer Woche. Und jetzt bin ich vermutlich der einzige Mensch auf der Welt, der eben dies bezeugen kann.

Vor besagter Woche nämlich, es war ein Freitag, hatte ich die Idee, meinen Herzallerliebsten mit einem Picknick zu überraschen. Nicht mit irgendeinem Picknick – Gott bewahre – ich bin schließlich nicht so naiv zu glauben, man könne einen Mann zufrieden stellen, indem man ihm eine nette Mahlzeit samt ein paar kühlen Bierchen auf einer duftenden Blumenwiese serviert. Nicht, dass ein Mann etwas gegen Sandwiches und Bier hätte, aber ihm würde das Entscheidende fehlen: seine Kumpels. Aus irgendeinem Grund verhält es sich nämlich so, dass Männer lieber in Gesellschaft von Männern sind, wenn sie Alkohol trinken. Dass mag daran liegen, dass sie mit zunehmendem Konsum dazu neigen, unverständliches Zeug zu brabbeln und sich daher instinktiv ein Gegenüber suchen, das dabei auf ähnlichem Niveau mithalten kann. Geht natürlich nur, wenn der andere gleich besoffen ist. Also: Man suche sich einen Trinkkumpanen, der mit derselben Entschlossenheit gegen volle Gläser ankämpft, und alles wird gut.

Da können wir Frauen natürlich nicht mithalten, ist einfach so, unabänderlich. Dafür hat uns die Natur mit einer Waffe ausgestattet, die, richtig eingesetzt, diesen

Mangel locker wettmachen kann, vorausgesetzt, das Objekt unserer Begierde ist hetero: Sex.

Also, meine Pläne für dieses Picknick sahen folgendermaßen aus: ein gut gefüllter Futterkorb, ausreichend Bier, für mich eine Flasche Sekt – obwohl ich gar nicht auf Sekt stehe, aber es verleiht einem etwas Mondänes –, und als Dessert für den Geliebten meine Wenigkeit. Wobei der Ausdruck Wenigkeit nicht ganz den Tatsachen entspricht, denn immerhin bin ich eins zweiundsiebziggroß und wiege achtundsechzig Kilo. An guten Tagen. Das heißt, nach einer erfolgreichen Diät oder nach einer noch erfolgreicheren Darminfektion. So betrachtet, könnte man also sagen, dass ich ein recht üppiges Dessert abgebe.

Ich organisierte alles Nötige, einschließlich einer neuen Frisur, eines durchsichtigen Sommerkleidchens und der schwarzen Seidenunterwäsche, auf die Robert besonders abfährt. Dann begab ich mich an den Ort, an dem ich eine arbeitsreiche Woche beenden und ein Wochenende voller Lust und Sünde beginnen wollte: eine kleine Lichtung, wo wir schon öfter intime Stunden verbracht hatten, erreichbar nur über einen kleinen Waldweg. Da alles perfekt sein sollte, beschloss ich, vorher die Lage zu peilen, um sicher zu gehen, dass nicht schon ein anderes Pärchen auf eine ähnliche Idee gekommen war, obwohl wir bis dahin noch nie jemanden dort angetroffen hatten.

Nachdem ich mein Auto ein Stück entfernt geparkt hatte, machte ich mich auf den Weg. Es war nicht weit. Beflügelt von wollüstigen Gedanken, aber dennoch darauf bedacht, meine filigranen Pumps nicht zum Opfer der spitzen Steine werden zu lassen, trippelte ich den Weg entlang. Nach der nächsten Kurve würde ich Robert anrufen.

Rate mal, wo ich bin, mein Bärchen, und was ich mithabe und was ich anhabe.

Was für eine Überraschung.

Und es wurde tatsächlich eine Überraschung. Nachdem ich die letzte Biegung genommen hatte, stoppte ich so abrupt, als wäre ich gegen eine Wand gelaufen. Ein Wagen stand da, mitten auf der Lichtung, genau an der Stelle, an der Robert und ich normalerweise parkten. Ein anderes Paar offensichtlich, das dieses verschwiegene Plätzchen auch kannte und das genau heute, genau zu dieser Stunde, beschlossen hatte, das zu tun, was ich mir eigentlich vorgenommen hatte. Die Enttäuschung darüber machte mich wütend, und eine innere Stimme flüsterte mir zu, ich sollte hingehen und ihnen klar machen, dass sie sich gefälligst ihren eigenen Platz suchen sollten. Abgesehen davon reizte es mich auch zu sehen, was sie da überhaupt trieben.

Doch dann fiel mir etwas auf.

Der Wagen war ein Mercedes, genau wie Roberts Wagen. Und er war schwarz, wie Roberts Wagen. Am allerauffälligsten aber: Der Schlitten hatte auch dasselbe Kennzeichen wie Roberts Wagen.

Und jetzt kann einer sagen, was er will, von wegen Frauen seien unlogisch. Ich jedenfalls zog sofort den richtigen Schluss, der in einem dringenden Verdacht gipfelte: Das musste Robert sein!

Der Mann, den ich geliebt hatte, dem ich meine Unschuld geopfert hätte – vorausgesetzt, ich hätte sie noch besessen, als wir uns kennen lernten. Der Mann, dem ich Kinder geschenkt hätte, sobald ich mich mit dem gnadenlosen Egoismus dieser kleinen Monster angefreundet hätte. Der Mann, mit dem ich mich Seite an Seite in einem Schaukelstuhl vor einem Kaminfeuer gesehen hatte – irgendwann, in hundert Jahren vielleicht, nachdem wir gemeinsam den Kurs »Synchronschaukeln für Fortgeschrittene« besucht haben. Dieser Mann parkte an dem Platz, den er meines Wissens nach nur aufsuchte, um Sex zu haben. An sich ja nichts Verwerfliches, nur die, mit der er das tun sollte, befand sich nicht in seinem Wagen, sondern stand zehn Meter dahinter und verstand die Welt nicht mehr.

Es dauerte eine Minute oder zwei, dann hatte ich den ersten Schock überstanden. Ohne Ohnmachtsanfall, ohne Herzinfarkt und – bei einer Frau durchaus keine Selbstverständlichkeit – ohne hysterischen Schreikrampf. Und dann begann mein Gehirn zu arbeiten, logisch und systematisch. Was sonst eigentlich gar nicht meine Art ist.

Tatsache war, dass Roberts Wagen hier parkte.

Aber was besagte das schon?

Im Grunde genommen gar nichts. Objektiv betrachtet gab es sogar mehrere Möglichkeiten, die allesamt harmlos und in keiner Weise beziehungsfeindlich waren.

Er könnte die gleiche Idee gehabt haben wie ich, und gründlich, wie Männer nun mal sind, hatte er sich nicht darauf beschränkt, die Abgeschiedenheit dieses Plätzchens zu Fuß zu erkunden, sondern sich mit seinem Schlachtross direkt an den Ort des Geschehens begeben. Und möglicherweise hatte er auch einen Imbiss besorgt, viel raffinierter natürlich als meiner, mit Lachs, Kaviar und Champagner (schließlich liebt er mich noch mehr als ich ihn), und wahrscheinlich rief er mich gerade in diesem Moment auf meinem Handy an, das ich im Wagen liegen gelassen hatte, immer und immer wieder und mit wachsender Verzweiflung, weil ich nicht ranging.

Rate mal, wo ich bin, mein Schnuffelchen, und was ich mithabe und was ich anhabe.

Wobei Letzteres bei einem Mann vielleicht nicht der beste Aufmacher ist, aber wer weiß – mein Robert war moderner, als man auf den ersten Blick vermuten würde. Auf jeden Fall aber ein wahnsinnig süßer Einfall von ihm, und einen Moment lang kämpfte ich gegen die Rührung an, die mich überkam.

Oder er hatte den Wagen einem Kollegen geborgt oder einem Bekannten, der dieses freundschaftliche Entgegenkommen missbrauchte, um sich in einem fremden Vehikel fleischlichen Genüssen hinzugeben.

Oder aber der Sachbearbeiter bei der Zulassungsstelle hatte etwas getan, was Beamte normalerweise niemals machen: Er hatte sich geirrt. Hatte einem anderen Mercedesfahrer haargenau das gleiche Kennzeichen verpasst wie meinem Robert. Das würde auch erklären, warum sich Robert vor nicht allzu langer Zeit über eine Anzeige wegen Geschwindigkeitsüberschreitung gewundert hatte, weil er sich beim besten Willen nicht daran erinnern konnte, zu dieser Zeit an dieser Straße mit dieser Geschwindigkeit gefahren zu sein. Eine einfache Erklärung, rückblickend: Das war gar nicht er, sondern sein Doppelgänger, kennzeichenmäßig. Und wer weiß, möglicherweise steckte da sogar System dahinter und die vergaben ihre Kennzeichen immer doppelt. Oder noch öfter. Fuhr dann einer von den Kennzeichenzwillingen oder -mehrlingen zu schnell, kassierte man bei allen ab. Bringt Schotter ohne Ende in die Staatskasse. Bei Gelegenheit werde ich die Bildzeitung anrufen und denen die Geschichte auf dem Tablett servieren. Das wird ein Megaskandal, und ich sehe mich schon von den Titelseiten lachen. Oder noch besser, ich gucke streng. Inquisitorisch.

Vierunddreißigjährige Immobilienmaklerin löst Regierungskrise aus.

Endlich berühmt. Zeit wurde es.

So hatte ich ohne langes Nachdenken drei vernünftige Erklärungen dafür gefunden, warum Roberts Wagen – oder zumindest einer, der ihm täuschend ähnlich sah – hier parkte. Hätte ich länger nachgedacht, wären mir sicher noch ein paar andere, ebenso logische Erklärungen eingefallen. Doch dann entdeckte ich etwas, das meine Anstrengungen in Sachen Unschuldsvermutung gehörig bremste.

Ich bemerkte, dass Roberts Wagen mit den Ohren wackelte. Und nicht nur das: Roberts Wagen war schwarz, die Ohren dagegen rot.

Roberts schwarzer Wagen wackelte mit seinen roten Ohren.

Klingt verrückt, aber ich schwöre, es war so. Und dafür hatte ich jetzt keine Erklärung zur Hand, zumindest nicht so auf die Schnelle.

Blieben also zwei Möglichkeiten: Ich konnte weiter wie angewurzelt stehen bleiben und mir Ausreden für das Zugegensein dieses verdammten Wagens ausdenken, oder ich konnte näher treten, um zu sehen, was zum Teufel hier vor sich ging. Ich entschied mich für Letzteres und ging ein paar Schritte auf den Wagen zu.

Und dann machte ich noch eine interessante Entdeckung: Bei dem Fahrzeug wackelten nicht nur die Ohren, sondern bei genauerer Betrachtung das ganze Fahrzeug. Und noch etwas kristallisierte sich heraus: Das Rote, was da links und rechts wackelte, waren gar keine Ohren. Das waren Schuhe. Damenschuhe. Oder besser gesagt: Schlampenschuhe. Pumps, hochhackig und knallrot. Ich meinte mich dunkel erinnern zu können, dass Lisa Elsbach – Roberts rothaarige Sekretärin, die seinen Angaben zufolge lesbisch war – mit Vorliebe hochhackige und farblich unzumutbare Schuhe trug.

Solche, bei denen man eine Sonnenbrille aufsetzen muss, um überhaupt hinsehen zu können. Und ich erinnerte mich auch, dass Lisa Elsbach über sehr schlanke und unnatürlich lange Beine verfügte. Beine, wie sie Models auf computerfrisierten Bildern haben. Beine, wie sie in der Welt weiblicher Durchschnittsbürger normalerweise gar nichts verloren haben. Und aus den ordinären Pumps ragten ebensolche Beine oder besser Fesseln, denn mehr konnte ich von meiner Position aus nicht sehen. Der Rest musste sich irgendwo im Wageninneren befinden.

Ich nahm all meinen Mut zusammen, dann ging ich mit verzweifelter Entschlossenheit die letzten Schritte auf diesen Wagen zu, den ich bereits zu verfluchen begann.

Und dann sah ich alles.

Bei dieser Gelegenheit muss ich erwähnen, dass mein Robert sportlich ist. Nicht etwa wie diese überzüchteten Leistungssportler, die täglich fünf Stunden trainieren, sich ausnahmslos von Proteinen ernähren und einen Körperfettanteil von fünf Komma null haben. So etwas hätte ich auch gar nicht gewollt. So etwas will keine Frau. Diese Typen sind nämlich nicht nur unbequem zum Kuscheln, sondern auch nervig. Neben denen sieht man immer fett aus, egal, welche Diät man gerade hinter sich oder wie viele Stunden man in den vergangenen Wochen im Fitnessstudio zugebracht hat. Da schickt uns nämlich die Genetik auf die Verliererstraße, unbarmherzig, indem sie unsere Körper darauf programmiert, Reserven für den Nachwuchs zu speichern. Und ich behaupte: Da hat die Natur ordentlich Mist gebaut.

Nicht nur, dass wir während der Schwangerschaft dicke Bäuche, Wasserdepots wie Ganzkörperkamelhöcker und Krampfadern bekommen, mit denen man alle Flüsse Europas auf die Landkarte zeichnen könnte, einschließlich derer in den neuen EU-Beitrittsländern. Das würde als Strafe für den Sündenfall doch locker reichen, meine ich – zumal diese Geschichte längst verjährt ist.

Doch das ist längst nicht alles, im Gegenteil, wir haben auch noch Strafverschärfung aufgebrummt bekommen, indem man uns dazu verdammt hat, Reserven zu speichern. Will heißen: Fett. Fünfundzwanzig Prozent, im Idealfall. Bedeutet im Normalfall vierzig Prozent und mehr, bei halbwegs vernünftiger Lebensweise. Und dabei interessiert es keinen, ob wir überhaupt Kinder bekommen wollen. Speichert mal schön, ihr Hübschen, prophylaktisch gewissermaßen. Könnte doch sein, dass eines Tages ein Märchenprinz beschließt, uns zwecks Zeugung seines Stammhalters zu behüpfen, und bis es soweit ist, fristen wir unser Dasein als wandelnder Kühlschrank.

Außerdem neigen diese Fitnessfuzzis auch dazu, einem ständig ihren Lebensstil aufdrängen zu wollen.

»Weißt du überhaupt, wie viele Kalorien so ein Schokoriegel hat?«

»Und morgen beginnen wir dann mit dem Mehr-Phasen-Training.«

»Wenn du das jetzt isst, war die ganze Schinderei umsonst!«

»Sagt dir das Wort Body-Mass-Index etwas?«

Klar, ihre Art zu leben ist gesünder, und mag auch sein, dass man dadurch älter wird. Ich würde auch gern alt werden – jeder will das –, aber doch nicht so!

Aber wie gesagt, so einer ist mein Robert ja auch nicht. Er geht ein- bis zweimal in der Woche joggen, eine halbe Stunde oder auch ein bisschen länger. Länger meistens dann, wenn ich nicht dabei bin. Und er trainiert im Fitnessstudio, auch ein- bis zweimal die Woche, gerade genug, um kräftige Arme und einen knackigen Po sein eigen nennen zu dürfen. Wobei man zu seinem Po sagen muss, dass dieser nicht nur knackig ist, er ist außerdem noch tätowiert. An der linken Backe, ein Schmetterling, circa zwei Zentimeter groß. Das sieht irgendwie hübsch aus und irgendwie auch megadoof. Nach besoffenem Teenager, finde ich. Ich habe mich oft gefragt, welcher Teufel – oder welche Teufelin – ihn geritten haben mag, dass er sich das hat machen lassen. Er selbst hat mir die Geschichte nie wirklich plausibel erklären können, nur eines blieb als Erkenntnis übrig: Trinke nie so viel, dass du glaubst, jeder hergelaufene Tattoofreak hätte das Zeug zum Lifestyle- und Fashionberater.

Aber immerhin hat Robert mir zugesichert, diesem Schmetterling den Garaus zu machen, indem er meinen Namen darüber tätowieren lässt – sobald ich einwillige, seine Frau zu werden.

Und mein Robert hat brünettes Haar. Nicht braun, nicht dunkelblond, sondern irgendwas dazwischen. Also eigentlich gar keine richtige Farbe, streng genommen. Und nachdem Robert schon auf die vierzig zugeht, nimmt es ein Teil seiner Haare mit der Treue zu ihrem Besitzer nicht mehr so richtig ernst. Zu behaupten, Robert hätte eine Glatze, wäre zum gegenwärtigen Zeitpunkt übertrieben, aber von oben betrachtet sieht es doch ein bisschen so aus, als hätte ihm jemand eine Scheibe Wurst auf den Hinterkopf gelegt. An sich nichts Tragisches, zumal Robert fast eins neunzig groß ist und dadurch den meisten Mitmenschen die Möglichkeit nimmt, ihn von oben zu betrachten, zumindest im Stehen. Aber jetzt, als ich neben diesen mysteriösen schwarzen Wagen trat, übernahm eben diese Wurstscheibe in Verbindung mit dem Schmetterling an der Pobacke eine entscheidende und zugleich überaus tragische Rolle.

Durch das hintere Seitenfenster konnte ich nämlich erkennen, wohin die Beine führten, die zu beiden Seiten aus den Fenstern ragten: ins Wageninnere, klar, aber dort, wo sie sich normalerweise zu einem weiblichen Unterleib hätten vereinigen sollen, verlor ich sie wieder aus den Augen, denn dort befand sich kein weiblicher Unterleib, sondern ein männlicher, und das verkehrt herum, also mit dem Hintern nach oben. Und dieser Hintern war nackt und zudem ziemlich knackig, und ein zwei Zentimeter großer Schmetterling saß darauf und hüpfte wie verrückt auf und ab, so, als hätte er seine helle Freude mit dem, was der Besitzer des Hinterns da gerade trieb.

Hätte ich zu diesem Zeitpunkt noch irgendeine Chance gesehen, dass es sich bei diesem stöhnenden und keuchenden und rammelnden Individuum nicht um meinen Robert handelte, sondern um einen Kollegen oder Bekannten, der im Suff demselben Tattoofreak in die Arme gelaufen war wie Robert, so beraubte mich eben diese Wurstscheibe meiner letzten Hoffnung. Sie tanzte auf dem Hinterkopf wie ein Komplize, und ich glaube, sie grinste sogar und schien zu sagen: »Kapier's doch, so sind wir Männer nun mal!«

Als ob der kahle Hinterkopf eines Mannes Spaß an Sex haben könnte!

Und dann konnte ich auch die Haare der Frau sehen, feuerrot natürlich, und ihr ordinäres Make-up. Das war Lisa Elsbach, keine Frage, und ihrem lüsternen Gesichtsausdruck nach schien sie kein bisschen lesbisch zu sein.

Ich war schockiert, ich war enttäuscht und ich war wütend. Und ich war noch unentdeckt. Die beiden hatten mich bis jetzt noch nicht bemerkt, und ich weiß nicht genau warum, aber ich hielt es für besser, es dabei zu belassen. Ich ging, oder besser gesagt, ich taumelte von dem Wagen weg. Ich war wie in Trance, und ich fand nicht einmal in Gedanken die richtigen Worte, um meine Gefühle zu beschreiben.

Ich war zum ersten Mal in meinem Leben sogar innerlich sprachlos.

2

Als ich wieder in meinem Wagen saß und den Ort verließ, an den ich nie wieder in meinem Leben zurückkehren wollte, kamen sie langsam wieder, meine Gedanken. Anfangs nur in Form einer Flut von Verwünschungen und Schimpfwörtern, von denen ich bislang gar nicht gewusst hatte, dass ich sie kannte, dann jedoch kehrte auch die pragmatische Seite in mir wieder zurück. Ich verfügte über einen gut gefüllten Picknickkorb und über eine Flasche Sekt, und mein Magen knurrte. Anders als bei der Mehrzahl meiner Geschlechtsgenossinnen schlagen sich bei mir nämlich auch elementarste Schicksalsschläge nicht auf den Magen nieder. Leider, wie man an den Speckröllchen an meinen Hüften sehen kann, die in ihrer Anhänglichkeit aber auch schon wieder rührend sind.

Also fuhr ich zum Englischen Garten, schnappte mir den Korb und meine Decke und suchte mir einen schattigen Platz. Dann streifte ich meine Schuhe ab, nahm mir ein Lachssandwich, das ich unter völlig falschen Voraussetzungen mit viel Liebe zubereitet hatte, und goss mir ein Glas Sekt ein.

Nach dem vierten Brötchen und zwei Gläsern Sekt ging es mir dann wieder etwas besser. So gut es einer Frau eben gehen kann, die ihren Geliebten gerade in flagranti mit seiner Sekretärin erwischt hat.

Und plötzlich fiel mir auf, dass ich meiner Umgebung auffiel.

Ich war sexy angezogen – auch wieder unter vollkommen falschen Voraussetzungen, ich saß im Schneidersitz auf meiner Decke, und ich war drauf und dran, mich zu betrinken.

Und das erweckte Misstrauen und Begehrlichkeit.

Misstrauen bei der fülligen Mittvierzigerin, die zu meiner Linken in der Sonne saß, Land und Leute mit ihrer vermutlich neuen Digitalkamera festhielt und mich zwischendurch mit feindseligen Blicken bedachte.

Begehrlichkeit hingegen bei drei Jungs mit abstehenden Ohren, die höchstens sechzehn waren und direkt vor mir Frisbee spielten. Noch vor ein paar Minuten waren sie weiter entfernt gewesen, bildete ich mir ein, und jetzt tobten sie vor mir herum, als hätten sie das Wort Sicherheitsabstand noch nie gehört. Aber in meiner Situation verstand ich das irgendwie auch als Kompliment.

Ich goss mir noch ein Glas Sekt ein, dann gab ich mich meinen Gedanken hin. Plötzlich musste ich an die guten Zeiten mit Robert denken, und daran, wie ich ihn kennen gelernt hatte.

Begonnen hatte eigentlich alles mit dieser vorbehaltslosen Amerikanisierung. Sobald die dort drüben nämlich irgendetwas erfinden, ist es keine zwei Wochen später auch bei uns der letzte Schrei. Wobei ich sagen muss, dass ich nicht generell gegen amerikanische Errungenschaften bin, die haben durchaus wertvolle Beiträge für unsere Kultur geliefert, die ich nicht missen möchte. Ich sage jetzt nur Coca Cola, Nylons und McDonald's.

Aber manchmal gibt es seltsame Auswüchse, die zu peinlichen Situationen führen können. Insbesondere, wenn man vorher ein Döner Kebab isst oder zwei, weil man ja sonst den ganzen Tag noch nichts hatte. Fatalerweise mag ich die Dinger am liebsten mit Knoblauchsauce. Und das sollte man sich natürlich nur dann erlauben, wenn man am selben Tag keine Verabredung mehr hat und keine Fahrt in einer vollbesetzten Straßenbahn plant. Und nicht gerade zu einer Kuschelparty gehen will.

Das mit den Kuschelpartys war ein Direktimport aus Übersee, und eine meiner Freundinnen, Sandra Weber, war immer eine der ersten, wenn es darum ging, neue Trends zu entdecken.

»Wird Zeit, dass du wieder mal aus deiner Höhle kriechst, Heike. Wir gehen auf eine Party«, hatte sie damals ins Telefon geflötet, kaum dass ich rangegangen war.

»Was denn für eine Party?«

Ich lag gerade in meiner Badewanne und dachte gar nicht daran, in absehbarer Zeit etwas an diesem Zustand zu ändern.

»Etwas ganz Neues aus den USA, eine Kuschelparty!«

Wie kam sie bloß darauf, dass ich für so etwas zu haben sei? Erstens war das nichts Neues, und zweitens hatte ich keine Lust, die Abgeschiedenheit meiner Badewanne gegen einen Whirlpool voller lüsterner Gesellen einzutauschen. Daran konnte auch der Umstand, dass ich mittlerweile zwei Monate ohne feste Beziehung war, nichts ändern.

»Nein, danke, für solchen Schweinkram bin ich nicht zu haben, und das solltest du eigentlich wissen«, antwortete ich deshalb.

Sandra lachte.

»Aber Heike, das hat doch nichts mit Sex zu tun. Da geht es bloß um ein Zusammentreffen von Menschen, die einsam sind. Die Geborgenheit brauchen und Wärme. Menschen wie du«, präzisierte sie dann noch.

Also, mit der Wärme hatte ich kein Problem in meiner Badewanne, und geborgen fühlte ich mich in meiner Wohnung eigentlich auch, zumindest solange der Kühlschrank nicht ganz leer war. Aber das mit der Einsamkeit, das war ein Argument, und schließlich ließ ich mich doch noch überreden, ohne jedoch zu ahnen, worauf ich mich da einließ.

Als ich die Teilnehmer an dieser Kuschelparty dann zu Gesicht bekam, wusste ich auch gleich, warum die so einsam waren, und hätte mir Sandra nicht auf der Hinfahrt versichert, dass bei diesen Veranstaltungen vollständige Bekleidung oberstes Gebot war, hätte ich schleunigst das Weite gesucht. Ansonsten hatte sie allerdings auch nicht viel sagen können, außer, dass das eben der allerletzte Schrei sei.

Und der Veranstalter, ein Bekannter von Sandra, den ich bis dahin nicht gekannt hatte, erklärte dann auch gleich bei einem Gläschen Sekt die Regeln: Wir würden zusammengelost werden, paarweise, und dann müssten wir uns auf Matten legen, ebenfalls paarweise, und uns gegenseitig in die Arme nehmen, und dann würden wir psychedelische Musik hören und uns entspannen.

Und sonst gar nichts.

Ich verfluchte Sandra innerlich dafür, dass sie mich hierher geschleppt hatte, und gleichzeitig schickte ich serienweise Stoßgebete zum Himmel, dass ich nicht mit dem großen Dicken zusammengelost werden möge, der bestimmt gewaltig transpirierte, oder mit der breitschultrigen Schwarzhaarigen, die mich die ganze Zeit anstarrte, als wäre sie ein Mäusebussard und ich die Maus. Es konnten nämlich auch gleichgeschlechtliche Paarungen gelost werden, schließlich ging's hier nicht um Sex.

Überhaupt gab es unter diesen geschätzten dreißig Personen nur drei, die einigermaßen akzeptabel aussahen: Eine davon war ich (das behaupte ich jetzt einfach mal so), die zweite war Sandra (wobei ich mir auch Angenehmeres vorstellen konnte, als Arm in Arm mit einer Freundin auf der Matte zu liegen und sich gegenseitig anzuschweigen), und die dritte Person war ein Mann in mittleren Jahren, der zwar keine Schönheit, aber auch nicht unattraktiv war, und der war mir auf Anhieb sympathisch. Denn auch ihm schien die ganze Sache furchtbar peinlich zu sein.

Wir wurden in einen Raum geführt, in dem mindestens dreihundert Kerzen brannten, und dann wurden die Nummern der Lose aufgerufen, die wir vorher gezogen hatten. Sandras Gesicht, als sie mit dem Dicken zusammengelost wurde, werde ich nie vergessen, und auch nicht die Enttäuschung des Riesenbussards, als sie einen dünnen sommersprossigen Buchhaltertypen abbekam. Ich dagegen atmete auf, als ich den einzig annehmbaren Mann in diesem Raum zugeteilt bekam.

Aber das mit dem Aufatmen war dann auch gleich wieder vorbei, denn genau in dem Moment, als er mir die Hand reichte und seinen Vornamen nannte – das ist bei solchen Partys übrigens der einzige Wortkontakt, den man mit seinem Kuschelpartner haben darf, bevor es auf die Matte geht – erinnerten sich die Kohlensäurebläschen, die ich mit meinem Sekt geschluckt hatte, anscheinend daran, dass eine ihrer Haupteigenschaften darin besteht, leichter zu sein als die Flüssigkeit, mit der sie in meinem Magen gelandet waren, und machten sich folgerichtig wieder auf den Weg nach oben. Nicht, dass da jetzt etwas zu hören gewesen wäre, aber dieses winzige Aufstoßen erinnerte mich plötzlich wieder an mein Mittagsmahl und daran, dass jeder meiner Atemzüge geeignet war, diesen Mann ein für alle Mal in die Flucht zu schlagen, bevor ich ihn überhaupt richtig kennen gelernt hatte.

Dass ich daran nicht gedacht hatte, ich dumme Gans!

Ich war heilfroh, dass es in diesem Raum nur Kerzenlicht gab, damit wenigstens meine Gesichtsfarbe nicht zum Verräter werden konnte, und meinen Namen konnte er ganz sicher nicht verstehen, weil es sich mit geschlossenen Lippen eben nicht so deutlich spricht.

Als wir uns dann nebeneinander auf der Matte ausstreckten und umarmten – an sich schon eine Situation, die peinlicher nicht sein könnte –, merkte er natürlich gleich, was mit mir nicht stimmte, und wendete sofort sein Gesicht von mir ab. So blieb er dann auch liegen,unbarmherzig und demonstrativ, ohne sich auch nur einen Millimeter zu bewegen.

Ich kann Ihnen sagen, das war die bis dahin mit Abstand peinlichste Situation in meinem ganzen Leben, und seither weiß ich auch, wie sich die Ewigkeit anfühlt, subjektiv, und genau genommen war es überhaupt ein Wunder, dass ich nicht erstickt bin, so flach, wie ich atmete während dieser längsten Stunde meines Lebens.

Als das Martyrium endlich vorbei war und wir uns wieder erheben konnten, erkannte ich an seinem Blick, wie angeekelt er war, und wie betroffen. Ich wollte nur noch weg, raus aus dieser Wohnung, raus aus dieser Blamage, aber dann, als ich schon den Flur erreicht hatte, hörte ich plötzlich seine Stimme hinter mir: »Warten Sie! Bitte!«

Was wollte er denn noch von mir? Wollte er mir eine Standpauke halten, einen Vortrag über Benimmregeln, darüber, wie man sich ernähren sollte, wenn man auf so eine dämliche Kuschelparty geht? War ich denn nicht schon gedemütigt genug?

Widerwillig blieb ich stehen, doch ich brachte es nicht fertig, mich umzudrehen und ihm in die Augen zu schauen.

»Es tut mir Leid!«, sagte er, »Ich hatte keine Ahnung, wie so etwas abläuft, sonst hätte ich bestimmt nicht ...«

Ich brauchte ein paar Sekunden, um zu verarbeiten, was er gerade gesagt hatte.

Hatte *er* sich gerade dafür entschuldigt, dass *ich* Knoblauch gegessen hatte?!

»Das müssen Sie mir jetzt aber erklären«, sagte ich.

Und siehe da, plötzlich wurde er rot wie eine Tomate. Ich verstand die Welt nicht mehr.

»Na ja, wie ich schon sagte, ich hatte keine Ahnung, mein Freund hat mich überraschend hierher geschleppt ...«, jetzt begann er sich richtiggehend zu winden, »... sonst hätte ich doch niemals ...«

»*Was* hätten Sie niemals?«

»Na, Sie wissen schon, das mit dem Knoblauch. Es waren die Calamari, mit dieser Sauce. Normalerweise esse ich das Zeug nicht mal, aber ich war eingeladen, und ich muss gestehen, ich hatte es vollkommen vergessen. Ich kann Ihnen gar nicht sagen, wie peinlich mir das ist, noch dazu bei einer Frau wie Ihnen!«

Und das war der Moment, in dem ich ihn zu lieben begann, vollkommen übergangslos, da hätte er auch klein wie ein Zwerg sein können und hässlich wie eine Kröte, aber wie er da so vor mir stand, in vollem Eingeständnis seiner Schande, mit diesen bettelnden Hundeaugen, da dachte ich, das ist mein Mann fürs Leben.

Genau das dachte ich. Damals.

Und jetzt, nachdem ich ihn mit dieser storchenbeinigen, schamlosen Schlampe gesehen hatte?

Ich konnte es einfach nicht fassen, er hatte mich betrogen, und wer weiß, wie lange schon. Dieser verdammte Heuchler! Ewige Liebe hatte er mir geschworen, und ich dumme Kuh hatte ihm geglaubt.

Aber gut, es war, wie es war, nicht mehr und nicht weniger. Ich war nicht willens, mich von so einer Geschichte unterkriegen zu lassen. Sicher, ich hatte ihn geliebt. Glaubte ich zumindest. Aber nachdem er mich dermaßen enttäuscht hatte, verabschiedete sich meine Liebe so schnell wie eine Fliege in einem Formel-Eins-Windkanal. Was übrig blieb, war Wut. Und Rachegelüste.

Wie konnte ich ihm das nur heimzahlen?

Einen Moment lang spielte ich mit dem Gedanken, die pubertierende Geilheit der drei Frisbeejungs auszunutzen und mit ihnen hinter dem nächsten Busch eine Orgie zu feiern. Die Dicke konnte dabei fotografieren, und mit den Fotos würde ich Roberts Schlafzimmer tapezieren. Doch dann besah ich die Jungs etwas näher und verwarf den Gedanken wieder.

Ich bekam Lust auf eine Zigarette. An dieser Stelle sei erwähnt, dass ich eigentlich Nichtraucherin bin, daher kaufe ich mir auch prinzipiell keine Zigaretten. Aber es gibt Momente im Leben, da wünscht man sich jemanden neben sich, der mit diesem Laster weniger gut fertig wird und deshalb ständig eine Packung bei sich hat. Um das zu tun, was man eigentlich aus Überzeugung ablehnt. Um sich ein Zigarette zu schnorren. Um ein bisschen die eigene Gesundheit auf die Probe zu stellen, als kleine, trotzige Ersatzhandlung für einen tragischen Selbstmord aus Liebeskummer – für den man ohnehin zu feige wäre.

Da auch meine Sektflasche inhaltlich nichts mehr vorzuweisen hatte, packte ich schließlich meine Sachen und machte mich vom Acker, was die Dicke fröhlich und die Jungs traurig machte.

Ich fuhr nach Hause in meine Wohnung und köpfte eine weitere Flasche Sekt. Als ich die Hälfte davon weg hatte, begann sich in meinem Hinterstübchen etwas abzuzeichnen. Ein Plan, zunächst nur vage, wie in einem dichten Nebel, aber je deutlicher ich erkannte, was sich da zusammenbraute, desto mehr wurde mir bewusst, dass ich auf mich allein gestellt war. Und dass tief in mir drinnen ein kleines Teufelchen existieren musste, das Wörter wie Mitleid oder Gnade gar nicht in seinem Sprachrepertoire hatte.

Und dass ich mich mit Robert verloben musste.

3

Mein Kater am nächsten Morgen war derart mitleidlos, dass ich die Geschichte von dem Migräneanfall, die ich Robert am Vorabend per Anrufbeantworter aufgetischt hatte, beibehielt.

Ich hatte Glück, dass er wieder nicht ans Telefon ging, und jammerte dermaßen erbärmlich auf sein Tonband, dass er garantiert keine Lust bekommen würde, mich zu besuchen. Und zur Sicherheit betonte ich noch, dass er gar nicht versuchen solle, mich zu erreichen. Ich würde mich melden, sobald es mir wieder besser ginge. Damit hatte ich genügend Zeit gewonnen, um meinen Plan in die Tat umzusetzen.

Und um meinen Rausch auszuschlafen.

Ich ging den ganzen Tag nicht aus der Wohnung und auch nicht ans Telefon, obwohl eine Menge Leute versuchten, mich zu erreichen. Freunde, Bekannte, Verwandte, bunt gemischt. Aber ich hatte mir die schwierigste aller Prüfungen auferlegt: Ich wollte die Sache allein durchziehen, und (ein fast unmögliches Unterfangen für mich) ich wollte mit niemandem darüber reden.

Und schon wieder eine Schlagzeile für die Bildzeitung:

Vierunddreißigjährige Immobilienmaklerin hat Liebeskummer und will nicht darüber reden.

Wobei das nicht so ganz stimmte, denn ich wollte natürlich darüber reden. Ich meine, ich bin eine Frau, und bei Frauen ist das Darüber-Reden-Wollen angeboren. In einem streng wissenschaftlichen Buch habe ich einmal gelesen, dass wir Frauen Tag für Tag eine gewisse Anzahl an Wörtern loswerden müssen. Ich meine mich erinnern zu können, dass es dreißigtausend waren, bin aber der Meinung, dass an guten Tagen fünfzigtausend auch nicht schaden können.

Wollte ich jedoch meinen Plan in die Tat umsetzen, musste ich schweigen. Niemand durfte davon erfahren, nicht meine Freundinnen – da hätte ich es genauso gut in den Abendnachrichten verlautbaren können –, nicht meine Verwandten und schon gar nicht Roberts Bekanntenkreis.

Wobei es mich schon gereizt hätte, seine Mutter anzurufen, die ich bisher erst zweimal getroffen hatte. Eine Dame mit der Ausstrahlung einer englischen Gräfin, die sich bei Robert vermutlich künstlich hatte befruchten lassen.

»Ihr Sohn vögelt gar nicht so schlecht, aber leider mit der Falschen. Außerdem hat er einen tätowierten Schmetterling an der linken Arschbacke.«

Das wäre lustig gewesen, und vor allem die Vorstellung, wie sie Robert nach überstandener Ohnmacht zum Rapport befahl, war ziemlich verlockend. Die Tätowierung wäre für sie schon ein Skandal gewesen, doch dass er überhaupt Sex und dann auch noch vor der Ehe gehabt hatte, dafür hätte sie ihn zur Schnecke gemacht. Aber das wäre der Rache nicht genug gewesen, nicht nach dem, was er mir angetan hatte.

Im Grunde genommen gab es ja viele Möglichkeiten, mich zu rächen.

Ich hätte in den Gemischtwarenladen eines Kosovo-Albaners gehen, mich mit einer Kalaschnikow aus Restkriegsbeständen bewaffnen und Robert samt seiner dienstbeflissenen Sekretärin zur Hölle schicken können.

Beispielsweise.

Oder ich hätte ihn mit weiblicher Raffinesse ins Bett locken und im Augenblick höchster Ekstase mit einer Rasierklinge entmannen können.

Oder noch schlimmer: Ich hätte ihn bei der Finanzbehörde anzeigen können – Robert ist nämlich Bauunternehmer.

Aber selbst wenn ich all das kumuliert hätte – in abgeänderter Reihenfolge natürlich –, hätte es meinen Rachedurst nicht gestillt. Ich wollte mehr. Ich wollte an ihm ein Exempel statuieren, das die Frauenwelt wachrütteln und allen treulosen Männern eine Warnung sein sollte, und um das verwirklichen zu können, bedurfte es nicht bloß einer einzelnen Strafaktion, sondern vielmehr einer ganzen Reihe von vorbereitenden Maßnahmen, bei denen nichts, aber auch gar nichts schief gehen durfte. Ich musste Schauspielerin, Diplomatin, Geheimagentin und Sadomasochistin in einer Person sein. Und eine mit allen Wassern gewaschene Lügnerin. Wobei die vorherigen Funktionen das meistens ohnehin schon beinhalten.

Mit anderen Worten: Ich musste mich in den nächsten Tagen verhalten wie ein Politiker.

Aber selbst das war es mir wert.

Am Sonntagmorgen fühlte ich mich stark genug, um mein schauriges Werk zu beginnen. Die Fressattacken und Heulanfälle des Vortages hatte ich erfolgreich verdrängt, und nach einem heißen Bad und einem kräftigen Frühstück schritt ich zur Tat: Ich rief Robert an.

»Heike, endlich! Ich habe mir solche Sorgen gemacht! Wie geht es dir?«

So besorgt konnte man nur mit einem schlechten Gewissen sein.

»Danke, geht schon wieder. Ich habe gestern mit dem Notarzt telefoniert, und er meinte, ich hätte mir wahrscheinlich einen Virus eingefangen.«

»Wie lange wird das dauern? Du fehlst mir!«

Das habe ich gesehen, dachte ich.

»Wenn das Fieber bis dahin weg ist, kann ich morgen wieder außer Haus«, sagte ich.

»Dann komme ich zu dir. Soll ich etwas mitbringen? Was zu essen oder einen Film?«

»Lieb von dir, geht aber nicht. Der Arzt meinte, es könnte auch etwas Ansteckendes sein. Du musst also einen ganzen Tag ohne mich auskommen, Bärchen. Schaffst du das?«

»Ich glaube nicht. Ich weiß gar nicht, was ich ohne dich anfangen soll.«

Zum Beispiel eine Rothaarige flach legen, dachte ich. Wäre mal was Neues.

»Da kann ich dir nicht helfen, Bärchen. Also sei ein braver Junge, ich melde mich morgen.«

Nachdem ich aufgelegt hatte, war ich erstaunt über meine eigene Coolness. Das hätte ich mir gar nicht zugetraut. Aber in extremen Situationen kann man eben auch seine persönlichen Grenzen überschreiten.

Als Nächstes ging ich daran, meine Flucht vorzubereiten. Denn eines war klar: Wenn meine Rachebombe hochging, musste ich bereits außer Landes sein. Sollte Robert die Geschichte überleben – diese Möglichkeit musste ich immerhin einräumen –, war er ohne Zweifel zu allem fähig, obwohl er das, was auf ihn zukam, im Grunde genommen ganz alleine zu verantworten hatte.

Also hängte ich mich ins Internet und bombardierte sämtliche Reiseveranstalter des Landes mit einer dringlichen Anfrage: Wer hatte drei Einzelzimmer anzubieten, mindestens fünfhundert Kilometer von Deutschland entfernt, mit gutem Essen, annehmbarem Service, und das alles zu einem fairen Preis? Wobei Letzteres angesichts der besonderen Situation von eher geringer Bedeutung war.

Wozu drei Einzelzimmer?

Nun, ich brauchte Fluchthelfer. Nicht im wörtlichen Sinn, da ich mein Außer-Landes-Kommen ja bereits selbst in die Hand genommen hatte (so gesehen organisierte ich sogar die Flucht meiner Fluchthelfer, obwohl die gar nicht auf der Flucht waren), sondern als moralische Stütze. Ich wollte jemanden bei mir haben, der mir nach vollbrachter Tat bestätigte, dass ich im Recht gewesen war. Der mir glaubhaft versichern konnte, dass ich mir keinen Vorwurf zu machen brauchte. Jemanden, dem ich – egal, was ich getan hatte – noch immer in die Augen schauen konnte und der mich deswegen nicht verachten würde. Jemanden wie eine Mutter, die soeben erfahren hat, dass ihr Sohn etwas angestellt hat: »Es war sehr, sehr ungezogen von dir, das Haus der Nachbarn in die Luft zu sprengen. Aber Mami hat dich trotzdem lieb.«

Meine eigene Mutter konnte ich für diesen Job allerdings nicht heranziehen. Die ist ehemalige Klosterschülerin und hat für extreme Maßnahmen null Verständnis. Darüber hinaus waren die Voraussetzungen, um mich auf meiner Flucht begleiten zu können, selektiv und jede einzelne für sich genommen unverzichtbar: Die Personen mussten weiblich, etwa in meinem Alter, lustig und hinsichtlich ihrer Zeitplanung ungebunden sein.

Weiblich und in meinem Alter, weil niemand sonst meine Seelennöte verstanden hätte.

Lustig, weil ich selbst schon deprimiert genug war und dringend Auflockerung brauchte.

Und ungebunden, weil jemand, der am Sonntag erfährt, dass er kommenden Freitag das Land verlassen soll, das eben sein muss. Und noch etwas war wichtig: Diese Personen durften nicht aus meinem allerengsten Freundeskreis stammen, vor allem aber durften sie keinen Kontakt zu den Leuten haben, mit denen Robert verkehrte. Geheimhaltung war schließlich oberstes Gebot.

Bei genauer Betrachtung gab es überhaupt nur zwei Menschen, die alle diese Voraussetzungen erfüllten: Isa Sachs und Roxie Banner.

Isabella »Isa« Sachs hatte ich vor etwa drei Jahren kennen gelernt. Ich war damals schon als Immobilienmaklerin tätig gewesen und hatte ihr anlässlich ihrer Scheidung eine Wohnung vermittelt. Schon bei unserem ersten Treffen hatten wir festgestellt, dass wir uns in Sachen Humor beinahe symbiotisch ergänzten. Das wird jetzt jeden wundern, der Isa kennt, hat sie doch vermutlich in ihrem ganzen Leben noch keinen einzigen Witz zusammenhängend erzählt, aber: Isa ist humorvoll im passiven Sinn. Ich erzähle die Witze und sie lacht darüber. Eine bessere Freundin kann man sich eigentlich gar nicht wünschen, obwohl ich ihr anlasten muss, dass sie eine unverschämt gute Figur hat, und das mit siebenunddreißig Jahren und einer beinahe erwachsenen Tochter. Dennoch traf ich mich oft und gerne mit ihr, aber als sie dann vor zwei Jahren nach Stuttgart übersiedelte, reduzierte sich unser Kontakt auf ein paar Telefonate im Monat.

Ähnliches galt für Roxanne »Roxie« Banner. Nicht, dass Roxie keine Witze erzählen könnte oder dass sie über meine lachen würde – wenn, dann nur über die wirklich guten, und die sind leider selten –, aber auch sie hatte ich vor Jahren kennen gelernt und dann ein wenig aus den Augen verloren. Roxie stammt aus Berlin und ist Werbetexterin. Sie hat ein paar Jahre in München gelebt, bevor ihr ausgerechnet eine Wiener Werbeagentur einen Topjob anbot. Das war zwar gut für Roxies Finanzlage und diverse Telekomanbieter, aber schlecht für unsere Freundschaft.

Als Erstes rief ich Isa an. Als ich ihr von Roberts Seitensprung erzählte, war sie dermaßen von der Rolle, dass sie gar nicht anders konnte als zuzusagen. Urlaubsdauer: mindestens eine Woche. Reiseziel: vorerst unbekannt. Nur Abflug am Freitag stand fest. Hoffte ich zumindest.

Roxie erreichte ich erst am Nachmittag.

Als ich ihr meine Geschichte präsentiert hatte, reagierte sie ähnlich wie Isa und bot mir sofort jede erdenkliche Hilfe an für den Fall, dass ich es Robert heimzahlen wolle. Ich rang ihr jedoch lediglich das Versprechen ab, nächsten Freitag alles stehen und liegen zu lassen und mir eine Woche zu widmen.

Nach ihrer Zusage fühlte ich mich besser. Allmählich kam die Sache ins Rollen.

Den Rest des Tages verbrachte ich mit alten Filmen, Essen, Trinken und Weinen, am Abend legte ich mich dann mit einer horrorfilmtauglichen Gesichtsmaske in die Badewanne, wo ich einschlief und erst wieder erwachte, als die Wassertemperatur auf dreiundzwanzig Grad gefallen und meine Haut schrumpelig wie bei einer Hundertjährigen war.

So wusste ich dann wenigstens, woher meine Rückenschmerzen kamen, als mich am nächsten Tag der Wecker aus meinen Träumen riss. Ich biss die Zähne zusammen und fuhr ins Büro. Dort schnappte ich mir unseren jüngsten Kollegen – ein schmales, aber durchaus liebenswertes Kerlchen namens Herbert – und trat ihm den Großteil meiner Kunden für die nächsten zwei Wochen ab. Herbert registrierte das mit einer Mischung aus Dankbarkeit und Misstrauen, war ich doch bekannt dafür, nur Kunden abzutreten, von denen ich mir wenig bis gar nichts erhoffte. Die wirklich fetten Brocken, auf deren Provision ich auch nach meiner emotionalen Bruchlandung nicht verzichten konnte, brachte ich im Lauf der kommenden Woche unter, ohne dabei mein eigentliches Ziel aus den Augen zu verlieren.

Am Nachmittag rief ich schließlich Robert an und teilte ihm mit, dass es mir wieder besser ging und wie sehr ich ihn liebte und dass ich mich um sechs mit ihm treffen wollte.

Zwecks Präsentation einer Riesenüberraschung.

Er tippte als Erstes darauf, dass ich schwanger sei, dann vermutete er etwas Sexuelles. Sollte er das ruhig glauben. Er versuchte noch ein paar Ausflüchte von wegen unaufschiebbarer Termine und anderer unwichtiger Sachen, aber ich blieb hartnäckig, und schließlich willigte er ein, dass ich ihn zu Hause abholen könne.

Das Ganze entwickelte sich wirklich prächtig.

Die Zeit bis dahin nutzte ich, um mich zu Hause an den Computer zu hängen. Zahlreiche E-Mails von Reiseveranstaltern waren inzwischen eingegangen, und ich filterte die interessanteren heraus. Drei blieben schließlich übrig.

Ein Arrangement lockte mit weißem Sandstrand und Palmen auf den Malediven, aber nachdem ich den Preis mit meinem Kontostand verglichen hatte, legte ich es zu den weniger interessanten.

Ein anderes beinhaltete einen Trip auf die Kanaren samt Unterbringung in einem Vier-Sterne-Hotel. Bei genauerem Hinsehen und nach einer eindringlichen telefonischen Anfrage beim zuständigen Reisebüro stellte sich jedoch heraus, dass die Anlage zwar wunderschön, aber zehn Kilometer vom Strand entfernt war. Vor meinem geistigen Auge sah ich uns schon eingepfercht in einen Bus mit defekter Klimaanlage (in manchen Ländern werden die anscheinend serienmäßig so geliefert) und mit dreißig einheimischen Bauarbeitern solidarisch um die Wette schwitzen, und das wollte ich dann doch nicht riskieren.

Blieb nur noch eines: All-inclusive-fun-and-action im Club »Happy-Days« in der Türkei. Gut daran waren der Preis und die Tatsache, dass alles einschließlich ausländischer Spirituosen im Preis inbegriffen war. Schlecht daran war die Türkei und damit der Verzicht auf Schweinefleisch. Außerdem musste man sich vorsehen, wenn man sich auf einen Flirt mit einem Einheimischen einließ, es sei denn, man legte es darauf an, geheiratet und in den nächsten vier Jahren mindestens fünfmal geschwängert zu werden.

Andererseits jedoch waren wir alles erwachsene Mädchen und kannten die Spielregeln, darum buchte ich kurzerhand und benachrichtigte Roxie und Isa per E-Mail von ihrem Glück.

Als Nächstes hämmerte ich den Begriff »Tattoo« in meine Internet-Suchmaschine, und nach einer halben Stunde hatte ich, was ich brauchte.

4

Als ich pünktlich um sechs vor Roberts Haus stoppte, wartete er schon vor der Tür. In seinen Augen lag ein lüsternes Glitzern. Der bedauernswerte Wicht dachte tatsächlich, ich hätte ein erotisches Fest für ihn arrangiert! Hatte ich ja eigentlich auch, nur, das war letzten Freitag gewesen, und da hatte der Herr ja bereits anderweitig disponiert. Gut, dass er nicht wusste, dass ich das wusste, und deshalb stand er da wie ein Hammel vor dem Schlachtfest – von dem er auch nichts wusste.

»Nun schieß mal los! Was hast du für mich?«, fragte er freudig erregt, nachdem er sich auf den Beifahrersitz geschwungen hatte. Fehlte nur noch, dass er mit dem Schwanz wedelte.

»Das wirst du noch früh genug erfahren, mein Lieber«, sagte ich verheißungsvoll.

Ich merkte, dass er mich von der Seite ansah.

»Hat es was mit einem Club zu tun?«

Er hatte bei verschiedenen Gelegenheiten durchblicken lassen, dass er auf so etwas scharf war, meist bei sexualtherapeutisch wertvollen Sendungen wie »Wahre Liebe« oder »Liebe Sünde«, und immer in der beiläufigen Art, die Männer für subtil und raffiniert halten. So sagte er zum Beispiel einmal während eines Berichts über einen Swingerclub, in dem gerade peinlich bereizwäschte Männchen und Weiblein unterschiedlichen

Alters wild durcheinander kopulierten: »Dafür muss man schon ziemlich aufgeschlossen sein, sexuell, meine ich.«

Und weiter, nach null Reaktion meinerseits: »Findest du nicht auch?«

Dann lag es stets an mir, ihm die nötigen Grenzen – meine nämlich – aufzuzeigen, und Subtilität und Raffinesse waren mir dabei vollkommen schnurz.

»Vergiss es! Erstens sehen die so aus, als hätte die Hälfte von ihnen Schweißfüße. Zweitens: Sieh sie dir an! Und drittens bin ich ausnahmslos monogam, das bedeutet, nur du und ich! Alles klar?«

Dann kam von ihm wieder dieser Mist-das-kann-ich-mir-abschminken-Blick, und gleich im Anschluss: »Ganz meine Meinung.«

Aber an der Art, wie er jetzt fragte, erkannte ich, dass er die Hoffnung nie ganz begraben hatte, und ich benutzte seine entfachte Lüsternheit, um das Gespräch in die richtige Richtung zu bringen.

»Bärchen, sag mal: Liebst du mich?«

Wieder sein Blick. Diesmal misstrauisch. Ich kannte ihn gut genug, um zu wissen, dass es so war, auch ohne ihn anzusehen. Aber genau genommen muss man nur irgendeinen Mann gut genug kennen, um zu wissen, dass sie alle so reagieren. Bei Fragen dieser Art legen sie die Ohren an, instinktiv. Gehen in Lauerstellung. Machen sich fluchtbereit.

Und meistens haben sie auch allen Grund dazu.

Ich kann mir nämlich nicht vorstellen, dass auch nur ein einziges Mal in der Geschichte der Menschheit eine Frau einen Mann das gefragt hat, ohne etwas von ihm zu wollen. Das geht wahrscheinlich schon seit Urzeiten so, in der Steinzeit könnte es zum Beispiel geheißen haben: »Du mich lieben? Dann du töten großen Säbelzahntiger, ich brauchen warmes Fell für kalten Winter!«

Oder später Joséfine zu ihrem kleinen, dicken Napoleon: »Wie bitte, du liebst mich und willst mir die Welt zu Füßen legen? So viel verlange ich gar nicht, Europa würde mir schon reichen!«

Heutzutage sind wir da ja vergleichsweise bescheiden, aber noch immer verlangen wir grausame Dinge wie geheiratet zu werden oder ein ausgedehntes Vorspiel. An dieser Stelle gebe ich daher allen Männern einen guten Rat, auch wenn ich damit meinen Geschlechtsgenossinnen gehörig in die Suppe spucke: Wenn eine Frau euch fragt, ob ihr sie liebt, dann haut ab, und zwar so schnell es geht!

Aber zurück zu meinem Robert.

Da saß er nun also, jeder Fluchtmöglichkeit beraubt, weil ich mit mindestens fünfzig durch die Stadt fuhr, und ihm blieb nichts anderes übrig als zu sagen: »Natürlich liebe ich dich, das weißt du doch!«

Und ich ließ den Ball weiter laufen.

»Das ist schön, Bärchen. Und kannst du dich noch erinnern, was du mir versprochen hast für den Fall, dass ich …«

Ich legte eine Pause ein, lang und theatralisch, und schaute ihm tief in die Augen. Dabei hatte ich den Eindruck, dass er sich duckte.

»Für den Fall, dass was?«

»Für den Fall, dass ich …« Wieder eine feierliche Pause.» … einwillige, deine Frau zu werden.«

Das hatte ich jetzt wirklich schön gesagt, mit Großzügigkeit und Grandezza, so, als hätte ich ihm das größte Geschenk auf Erden gemacht. Und es blieb nicht ohne Wirkung. Angesichts dieses selbstlosen Angebotes blieb ihm nämlich nur eine einzige Antwortmöglichkeit.

»Du willst mich heiraten? Damit machst du mich zum glücklichsten Mann der Welt«, stammelte er nach einer kleinen Pause, die mir, hätte er mir noch etwas bedeutet, zu denken gegeben hätte. Und um mir seine Freude sogleich zu beweisen, umarmte er mich derart ungestüm, dass ich Gelegenheit bekam, einem entgegenkommenden Kleinlastwagenfahrer aus nächster Nähe in die weit aufgerissenen Augen zu schauen. Glücklicherweise wurde der gerade nicht umarmt und hatte dadurch seine Hände frei, um einen Frontalzusammenstoß zu vermeiden, indem er sich auf den nächsten Bordstein rettete.

»Hey, nun beruhige dich wieder, Bärchen«, sagte ich, nachdem ich den Wagen wieder unter Kontrolle hatte – wenn man das bei mir überhaupt so nennen kann. »Eigentlich meinte ich nur, dass wir uns verloben sollten. Um es ein klein wenig formell zu machen – ohne gleich ganz ins kalte Wasser zu springen. Was hältst du davon?«

Ich hätte schwören können, dass er aufatmete, als ich das sagte, und allmählich ging mir seine Körpersprache mächtig auf die Nerven. Nur gut, dass er mir nichts mehr bedeutete.

»Das ist ja eine großartige Idee«, sagte er. »Hast du schon an einen bestimmten Termin gedacht?«

»Irgendwann in den nächsten Wochen vielleicht? Ich richte mich nach dir.«

»Okay, ich werde sehen, wie es terminlich passt, und dir dann Bescheid geben. Aber wo fahren wir jetzt eigentlich hin?«, wollte er wissen.

»Das ist die eigentliche Überraschung«, verkündete ich, während ich schwungvoll in die Schwanthalerstraße einbog.

Jetzt wurde er wirklich neugierig.

»Sag schon, was ist es?«, drängte er.

»Weißt du noch, was du versprochen hast für den Fall, dass ich einwillige, dich zu heiraten?«, holte ich aus.

Jetzt fiel es ihm wieder ein.

»Du meinst die Sache mit der Tätowierung?«

»Genau die.«

»Aber du willst dich doch nur verloben«, versuchte er auszuweichen.

»Trotzdem! Ich will das gleich erledigt haben, noch vor unserer Verlobung. Den kleinen Gefallen tust du mir doch?«

Ich hatte Glück und fand auf Anhieb einen Parkplatz, im absoluten Halteverbot zwar und winzig klein, aber mein Wagen war ja auch nicht groß. Außerdem kann ich gut einparken, kein Witz!

»Da kommst du nie rein«, behauptete Robert.

»Wetten, dass doch?«, konterte ich. Es dauerte keine fünf Sekunden, und ich stand drin. Kerzengerade, und vorne und hinten war so wenig Platz, dass gerade mal ein Kleinkind durchgekommen wäre. Und kein zu dickes, wohlgemerkt.

Das mit dem Einparken ist nämlich so eine Sache bei mir. Ich bin ansonsten keine gute Autofahrerin. Auf einer Landstraße kann es schon mal vorkommen, dass ich die Heckansicht eines Traktors samt dem verlängerten Rücken seines Besitzers eine Viertelstunde lange studiere, weil ich einfach nicht weiß, wie ich den Mistkerl ohne Lebensgefahr überholen soll. Zu Autobahnen habe ich überhaupt ein gestörtes Verhältnis, und auch Bordsteine betrachte ich als feindliche Wesen, weil die – aus welchem Grund auch immer – es ständig auf meine Reifen abgesehen haben. Den verkehrsmäßigen Super-GAU gibt es aber, wenn der Winter kommt. Dann nämlich wird es glatt – oder besser gesagt, es könnte glatt werden, sobald die Straße nicht mehr absolut staubtrocken ist –, und da ich keine Ahnung habe, welche Streiche sich mein Autochen dann ausdenkt, bleibe ich lieber auf der sicheren Seite. Dann kann es schon mal passieren, dass der Traktorbesitzer meine Heckansicht studiert, weil ich auf der Landstraße fünfundzwanzig fahre und er nicht überholen kann, weil sein Ding nur dreißig geht.

Das betrifft aber nur das Fahren an sich.

Beim Einparken dagegen bin ich Weltklasse. Wenn es größenmäßig auch nur die geringste Chance gibt, in eine Parklücke zu kommen, komme ich hinein, und ich brauche nicht mal lange dafür. Bei mir ist das anscheinend ähnlich wie bei Michael Schumacher. Dem wird nachgesagt, er habe den ultimativen Popometer, was Geschwindigkeit betrifft. Und ich, ich habe anscheinend den ultimativen Popometer fürs Einparken. Warum Schumachers Hintern ausgerechnet für die schnellen Sachen zuständig ist und meiner für die langsamen, weiß ich nicht, aber möglicherweise hängt das auch mit der Breite zusammen. Wer weiß, vielleicht wäre ich auch sauschnell, würde ich mich auf seine Maße herunterhungern.

Das mit dem Einparken funktioniert allerdings nur mit meinem Wagen so gut. Klar, jetzt könnte man meinen, das läge daran, dass ich einen Twingo fahre und das Ding kaum größer ist als eine Schuhschachtel, und damit kann jeder einparken. Aber das stimmt nicht. Twingo-Einparken ist nicht leicht!

Das können Sie selbst ausprobieren: Nehmen Sie den besten Autofahrer, den Sie kennen, setzen Sie ihn in einen Twingo und lassen Sie ihn rückwärts einparken. Jede Wette, dass er gleich beim ersten Versuch mit dem rechten Hinterrad an den Bordstein knallt!

Und dafür gibt es auch einen Grund, den ich hiermit verrate: Ein Twingo – und wahrscheinlich jeder andere dieser Miniflitzer – hat die Hinterachse nämlich ungefähr dort, wo andere Autos die Stoßstange haben. Und genau das wird den Männern zum Verhängnis. Wo sie mit ihrem eigenen Wagen noch locker einen Meter fahren könnten, sind sie mit einem Twingo schon angekommen. Und ich habe dann immer meinen Spaß daran, denn die stolzen Geschöpfe lassen es sich meist nicht nehmen, selbst zu fahren – so auch mein Robert bei unseren ersten Ausfahrten. Und wenn er dann nach dem dritten Anlauf nahe dran war durchzudrehen, habe ich meistens gesagt: »Soll ich?«

Damit gab ich ihm den Rest.

Aber mit der Zeit wurden die Gelegenheiten seltener, denn allen bösartigen Unterstellungen zum Trotz sind Männer durchaus lernfähige Wesen, und irgendwann hatte es auch Robert kapiert. Seitdem zieht er das bisschen Todesangst auf dem Beifahrersitz einer ultimativen Blamage beim Einparken vor.

Als ich den Motor abstellte, rang er sich jetzt ein »Nicht schlecht« ab. Dann kam er zum Wesentlichen.

»Was zum Teufel machen wir hier eigentlich?«

Die Sache wurde ihm langsam unheimlich, das war nicht zu übersehen.

»Ich mache gar nichts, du machst etwas. Du wirst heute dein Versprechen einlösen«, erklärte ich ihm und deutete auf den Laden gegenüber.

»Willi's Tattoos« prangte über der Eingangstür, und im Minischaukasten daneben gab es eine Menge Fotos von teils unaussprechlichen Körperteilen, die allesamt tätowiert waren.

»Jetzt? Und in dem Laden?« Seine Stimme klang beinahe hysterisch.

»Mach dir keine Sorgen, ich habe mich erkundigt. Willi ist einer der Besten in der Branche«, beruhigte ich ihn.

Was so nicht ganz stimmte. Genau genommen war Willi nur der Einzige, der kurzfristig einen Termin frei gehabt hatte, und das lag vermutlich nicht daran, dass er so gut war.

Aber wozu meinem Bärchen unnötig Angst machen?

»Also ehrlich, Heike, das kommt ein bisschen plötzlich«, protestierte Robert.

»Jetzt sei nicht so ein Angsthase, wir können doch wenigstens mal reinschauen.«

»Hm, ich weiß nicht ...«

Er sah so aus, als wäre er kurz vor dem Davonlaufen, daher griff ich zum allerletzten Trick: Ich packte ihn bei seinem schlechten Gewissen.

»Was ist denn los mit dir, Bärchen? Du kommst mir in letzter Zeit so verändert vor, so zaghaft, irgendwie unentschlossen. Hat es was mit deiner Arbeit zu tun?«

Volltreffer. Ich sah, wie er zusammenzuckte. Seine Arbeit, das war seine Firma, das war sein Büro, und das war auch – Lisa Elsbach, seine rothaarige Schlampe.

»Wie meinst du das?«, fragte er unsicher.

»Weiß ich selbst nicht so genau, ich dachte mir nur ... Also, wie sieht's aus? Machen wir's?«

»Hm, na gut, wir können uns den Laden ja mal angucken«, gab er schließlich nach.

Willis Laden war das Mieseste, was ich seit langem gesehen hatte, und in meinem Beruf sieht man viele miese Löcher. Willi selbst passte auch in dieses Bild, aber immerhin machte er freundliche Nasenlöcher, vor allem, als Robert mich fragte: »Bist du sicher, dass er einer der Besten ist?« und ich antwortete: »Ganz sicher, Willi spielt in der Oberliga.«

Ich bin mir sicher, Willi hatte nie zuvor etwas Ähnliches gehört, und es freute ihn ganz offensichtlich. Dann besah er sich Roberts Hintern, und er bewies Geschmack, indem er sagte: »Mann, wer hat Ihnen denn dieses Ding verpasst?«

Natürlich hing das auch damit zusammen, dass ich ihm am Telefon aufgetragen hatte, etwas in der Art zu sagen, und ihm dafür einen Extra-Fünfziger in Aussicht gestellt hatte.

»Siehst du, Bärchen, Willi findet diesen Schmetterling auch unmöglich, und der muss es schließlich wissen«, sagte ich.

Vor so viel Kompetenz kapitulierte Robert schließlich, und er versuchte eine Erklärung: »Wissen Sie, ich war ziemlich betrunken damals.«

»Das dachte ich mir schon«, murmelte Willi in seinen Bart hinein. »Brauchen Sie heute auch was? Ich habe Whisky da.«

Robert verträgt überhaupt keine Spirituosen, aber am allerwenigsten verträgt er Whisky. Deswegen hatte ich Willi auch eingebläut, nichts anderes anzubieten.

»Ist Whisky nicht ein bisschen stark? Wird es denn wehtun?«, fragte Robert.

»Hat es beim ersten Mal wehgetan?«, fragte Willi zurück.

»Nein, nicht, dass ich wüsste. Aber wie ich schon sagte, ich war betrunken.«

»Dann rate ich Ihnen, nehmen Sie einen Schluck, es wird nämlich ein bisschen dauern.«

»Also schön, wenn es sein muss.«

Willi schenkte ihm ein ordentliches Glas ein, und Robert nippte daran.

»Nun seien Sie mal kein Mädchen, runter mit dem Zeug!«, befahl Willi, und Robert tat, wie ihm geheißen.

»Und Sie meinen, Sie können das Ding wegmachen, ohne dass man davon etwas sieht?«

Willi schenkte noch einmal nach, bevor er erklärte: »Wegmachen kann ich gar nichts, ich bin schließlich kein verdammter Chirurg.«

Robert schaute zuerst mich an, dann Willi, dann wieder mich.

»Heike, ich verstehe nicht …«

»Wir hatten ausgemacht, dass der Schmetterling weg muss. Weißt du, ich finde, der sieht schwul aus. Was meinen Sie, Willi?«

Willi nickte ernst.

»Verdammt schwul sogar.«

Robert nahm noch einen Schluck.

»Und was hast du dir vorgestellt?«, fragte er resignierend.

»Nun, Willi hat gemeint, er könnte etwas darübermachen, und zwar so, dass man nichts mehr sieht von dem Schmetterling.«

»Und was soll das sein?«

»Das, womit du mich am glücklichsten machen würdest.«

Dann sagte ich es ihm.

Ich bin mir sicher, ohne sein schlechtes Gewissen hätte Robert nie zugestimmt. Und ohne den vielen Whisky hätte es auch nicht funktioniert. Und nicht zuletzt war es auch Willis professionelle Überredungskunst, die dazu führte, dass Robert schließlich nachgab, sich mit runtergelassener Hose bäuchlings auf die Liege legte und den Dingen, oder besser gesagt Willis Tätowiermaschine ihren Lauf ließ.

Ich ging inzwischen in ein Lokal um die Ecke und trank Kaffee. Und später ein Glas Sekt. Und dann noch eins.

Eineinhalb Stunden später stand ich wieder neben der Liege und bewunderte Willis Meisterwerk.

»Ich musste es breiter machen, wegen der Schmetterlingsflügel. Wie finden Sie's?«, fragte Willi.

»Ja, was meinst du, Schatz, sieht es gut aus?«, wollte auch Robert wissen, und sein Zungenschlag verriet, dass er während der ganzen Prozedur anscheinend noch ein paar gekippt hatte.

Ja, wie fand ich es?

Ganz ehrlich, unter uns: Es war das lächerlichste, bescheuertste, peinlichste Tattoo der Welt.

»Heike« stand da, aber nicht einfach so.

Der Schmetterling war etwa zwei Zentimeter groß gewesen, und Willi hatte die Flügel zu einem H umgearbeitet. Das war nur möglich gewesen, indem er den Buchstaben breiter als gewöhnlich gestaltet hatte. Dementsprechend waren aber auch die anderen Buchstaben breiter, was zur Folge hatte, dass der Name – so kurz er auch war – gegen Ende hin in Roberts Poritze verschwand. Von hinten gesehen stand da eigentlich nur »Heik«, und auch das sah so aus, als hätte sich ein Elefant draufgesetzt.

»Heike, was ist los? Wie findest du es?«, fragte Robert noch einmal.

Ich suchte nach den richtigen Worten, um das, was ich mir dachte, elegant zu verschleiern. Als mir aber nichts Passendes einfiel, entschied ich mich für das Sicherste: die direkte Lüge.

»Es sieht gut aus, Bärchen, richtig gut.«

Während ich das sagte, steckte ich Willi den Fünfziger zu.

»Hey, Schatz, wo wir schon mal da sind: Du könntest dir auch was Hübsches machen lassen«, lallte Robert und versuchte aufzustehen.

»Warten Sie, ich gebe noch was drüber, damit Sie keine Infektion bekommen«, sagte Willi und drückte ihn zurück auf die Liege.

»Gibt's noch Whisky?«

»Klar.«

Willi gab ihm noch einen, dann beeilte er sich, das Tattoo abzudecken.

»Das lassen Sie einen Tag dran, und die nächste Woche fleißig mit der antibiotischen Salbe schmieren, klar?«

Robert nuckelte an seinem Glas, was gar nicht leicht aussah im Liegen.

»Moment mal, ich hab noch gar nicht gesehen, wie's aussieht«, sagte er dann mit schwerer Zunge.

»Jetzt ist es auch noch nicht so schön, die Haut muss sich erst wieder beruhigen«, vertröstete Willi ihn, und er war sichtlich froh, dass Robert nichts gesehen hatte. Ich konnte mir vorstellen, dass er seinen Laden für die nächsten Tage dicht machen und auch nicht ans Telefon gehen würde.

»Wasisnun, Schatz?«, hielt Robert an seiner Idee fest, »Lass dir auwas machen. So wie dassa sum Beispiel, finnich echt scharf.«

Er deutete auf ein Foto an der Wand, das eine breite Tätowierung am oberen Poansatz einer Frau zeigte: ein Arschgeweih. Irgendwo hatte ich gelesen, dass das ein erotisches Signal sei, eine Art Hinweiszeichen, um zu signalisieren, dass es da unten noch weiterging.

Als ob mein Hintern ein Hinweiszeichen nötig gehabt hätte.

»Lass uns ein andermal darüber reden, Bärchen. Jetzt sehen wir lieber zu, dass wir dich nach Hause bringen.«

Willi knöpfte Robert noch hundertfünfzig Euro ab, dann führte ich ihn zu meinem Wagen. Er war mittlerweile so betrunken, dass ihm gar nicht auffiel, dass man auf einem frisch tätowierten Hinterteil eigentlich gar nicht sitzen kann, und bei ihm zu Hause gelang es mir gerade noch, ihn samt seinen Klamotten ins Bett zu schaffen, bevor er endgültig einschlief. Zum Glück, denn so kam er nicht auf die Idee, Sex haben zu wollen.

Als ich nach Hause fuhr, platzte ich beinahe vor Stolz.

Ich war betrogen worden, und ich hatte zurückgeschlagen. Nicht mit einem Scheidungsanwalt (wäre auch nicht gegangen, denn wo keine Heirat, da keine Scheidung), und auch nicht mit Hilfe meiner Familie oder meiner Freunde oder – auch hundsgemein – seiner Familie.

Ich hatte mein Schicksal selbst in die Hand genommen, mehr noch, ich hatte etwas getan, was meines Wissens noch keiner Frau zuvor gelungen war: Ich hatte Großartiges zustande gebracht und mit niemandem darüber geredet. Normalerweise verhält es sich bei mir nämlich gerade umgekehrt: Ich mache nichts und rede großartig darüber.

Und ich würde weiter schweigen, eisern, mit übermenschlicher Disziplin, zumindest noch während der nächsten Tage. Denn das, was ich mit Robert heute veranstaltet hatte, war erst der Anfang gewesen, obwohl ich zugeben muss, dass er mir auch ein bisschen Leid getan hatte auf dieser Liege, mit einer Tätowierung auf dem Hintern, die eine Menge Erklärungsbedarf nach sich ziehen würde: in der Sauna, beim Duschen nach dem Tennismatch und bei den Frauen, die nach mir kommen sollten.

Aber Schuld daran hatte er selbst, und es war nur mein gutes Recht gewesen, diesen Schmetterling auszulöschen, den kleinen Mistkerl, der so freudig zwischen den Schenkeln der Rothaarigen getanzt hatte.

5

»Verdammt noch mal, das war wirklich eine saublöde Idee von dir, Heike! Mein Hintern brennt wie nur was, sogar im Stehen! Und vom Hinsetzen rede ich erst gar nicht«, war das Erste, was Robert sagte, als er mich am nächsten Morgen anrief.

»Wer schön sein will, muss leiden«, sagte ich, weil mir nichts Besseres einfiel.

»Was heißt hier schön? Ich habe noch nicht mal gesehen, was mir der Typ in die Backe gebrannt hat.«

»Du hast es dir noch nicht angesehen?«, sagte ich und hielt den Hörer einen Moment lang weit weg von mir, damit er mein Aufatmen nicht hören konnte.

»Nein, er sagte doch, der Verband müsse einen Tag dran bleiben. Und wieso hat der Kerl mich überhaupt besoffen gemacht?«

»Willi konnte nicht wissen, dass du Whisky so schlecht verträgst.«

»Aber du wusstest es. Wieso hast du nichts gesagt?«, versuchte er mir ein schlechtes Gewissen anzuhängen.

»Und wieso hast du nichts gesagt, bevor du den ersten getrunken hast?«, parierte ich gekonnt.

Er musste erst nachdenken, um eine Erklärung für seine eigene Dummheit zu finden, und schließlich fiel ihm sogar etwas ein.

»Weil ich Angst hatte, verdammt noch mal. Schließlich lässt man sich nicht jeden Tag den Arsch tätowieren.«

»Bei dir war es immerhin schon das zweite Mal. Irgendwann wirst du dich daran gewöhnen, dann ist das ein Klacks für dich.«

»Ich denke nicht im Traum daran, noch einmal jemanden an meinen Hintern zu lassen. Für mich ist dieses Thema abgeschlossen, das kannst du mir glauben!«

Wetten, dass nicht?, dachte ich. Es sei denn, es macht dir nichts aus, für den Rest deines Lebens erklären zu müssen, warum du »Heik« auf deinem Hintern stehen hast.

»Wie sieht's übrigens heute Abend aus? Kommst du zu mir oder ich zu dir?«, fragte er dann.

»Weder noch, ich habe einen wichtigen Termin, und ich weiß nicht, wie lange es dauern wird.«

»Aber danach kannst du doch zu mir kommen.«

»Ich weiß nicht, ich fühle mich irgendwie nicht so gut. Die Krankheit macht mir noch zu schaffen. Ich sollte mich besser ausruhen.«

Er schwieg einen Moment lang.

»Das klingt gar nicht nach dir. Normalerweise willst du doch gerade dann Gesellschaft, wenn es dir nicht gut geht«, sagte er schließlich lauernd.

»Was willst du damit andeuten?«

»Ich weiß nicht, sag du es mir! Du hast doch nicht etwa was anderes am Laufen? Und was ist das überhaupt für ein Termin heute Abend?«

Jetzt blieb mir echt die Luft weg.

So ein Mistkerl! Er ging fremd und war mir gegenüber misstrauisch, das durfte doch wohl nicht wahr sein!

Das war dermaßen ungerecht, das war wie ... wie wenn jemand prinzipiell zu jeder Verabredung eine halbe Stunde zu spät kommt und einem dann, wenn man einmal wegen eines schweren Unfalls, eines Blinddarmdurchbruchs oder eines Erdbebens der Stärke sieben auf der Richterskala zehn Minuten zu spät kommt, mit beleidigter Mine ein: »Immer das Gleiche mit dir, langsam habe ich die Warterei satt!« unter die Nase reibt.

Und für mich ist das besonders schlimm, denn ich habe einen ausgeprägten Gerechtigkeitssinn, und bei so etwas könnte ich regelrecht Amok laufen. Wobei das ja auch wieder nicht gerecht wäre, denn dann müsste auch der eine oder andere Unschuldige dran glauben. Aber wenigstens den Kerl ordentlich zur Schnecke zu machen, der einen derart auf die Palme bringt, das wäre meiner Meinung nach das Mindeste, um der Gerechtigkeit Genüge zu tun.

Doch jetzt musste ich meine Empörung hinunterschlucken, so schwer mir das auch fiel.

»Heike, was ist?«, fragte Robert dann auch noch, als ich nicht schnell genug antwortete.

»Du bist doch nicht etwa eifersüchtig?«, fragte ich und bemühte mich, amüsiert zu klingen.

»Eifersüchtig? Ich? Lächerlich! Oder hätte ich Grund dazu?«

Jetzt reichte es mir, und bei aller erforderlichen List musste ich ihm ganz einfach einen Schuss vor den Bug verpassen.

»Jetzt hör mir mal zu, mein Lieber: Weißt du, was eine Außenprojektion ist?«

Wusste er natürlich nicht, wie er schweigend zugab.

»Eine Außenprojektion ist, wenn man einem anderen eigene Verhaltensweisen unterstellt«, fuhr ich fort.

So, das hatte gesessen.

Na ja, hätte gesessen, denn Robert wusste noch immer nichts damit anzufangen.

»Ich verstehe nur Bahnhof«, bekannte er. »Was hat das mit meiner Frage zu tun?«

»Das bedeutet, dass es Leute gibt, die anderen nur deswegen misstrauen, weil sie selber etwas auf dem Kerbholz haben. Mit anderen Worten: Wenn du dir Sorgen um meine Treue machst, sollte ich mir vielleicht welche um deine machen.«

Das war etwas, womit ich ihn mit Leichtigkeit in die Enge treiben konnte. Nicht nur mit dem Vorwurf der Untreue, der schon aus aktuellem Anlass ein Volltreffer war, sondern mit psychologischen Ansätzen überhaupt. Ich ziehe mir nämlich regelmäßig psychologische Wälzer rein, und jeder, der das weibliche Geschlecht kennt, weiß, dass wir nicht lesen, um unser Wissen zu bereichern. Wir lesen, um danach über das, was wir gelesen haben, zu reden.

Und das ergibt durchaus Sinn.

Bei Robert verhält es sich nämlich genau andersrum, was das Lesen betrifft. Er liest gar nichts – wenn man den Sportteil von Tageszeitungen, Autozeitschriften und Pornomagazine nicht mitzählt –, und im Lauf der Jahre hat das bei ihm zu erheblichen Wissensdefiziten geführt. Genau da beginnt mein weibliches Mitteilungsbedürfnis zu greifen, lasse ich ihn doch selbstlos an meinem neu erworbenen Wissen, das ich mir mit Nackenverspannungen und bleibenden Schäden an meinem Augenlicht erkaufe, teilhaben. Klar, Robert kann nichts dafür, dass ich beim Lesen meistens auf meiner ergonomisch bedenklichen, dafür aber umso weicheren Ledercouch lümmle und das Licht in meinem Wohnzimmer durch das neue Halogensystem nur an zwei Stellen wirklich hell ist: hinter dem Fernseher und über dem Gummibaum, der seitdem drauf und dran ist, einen neuen Wachstumsrekord aufzustellen. Aber Tatsache bleibt doch, dass ich Mühen und körperliche Folgeschäden auf mich nehme, um Neues zu erfahren, und Robert daran teilhaben lasse.

Fairerweise muss ich dazu sagen, dass Robert auch über eigenes Wissen verfügt. Er kann einem einen halbstündigen Vortrag über das Errichten eines Wolkenkratzers halten, ohne dabei einmal Luft zu holen, und auch, wie man jemanden siebzig Stunden pro Woche für sich schuften lassen kann, ohne ihn auch nur einen Tag lang anzumelden, kann er zusammenhängend und fehlerfrei erklären. Aber von den wirklich wichtigen Dingen des Lebens wie der Verletzlichkeit der weiblichen Seele während der Menopause oder wie man eine neue La-Perla-Strumpfhose mit langen Fingernägeln anzieht, ohne sie zu zerstören, davon hat er keine Ahnung. Das sind Dinge, die erfährt er ausnahmslos von mir, und ich finde das großzügig.

Wobei ich zugeben muss, dass mich vor allem bei den psychologischen Themen hin und wieder der Teufel reitet.

Unter uns, manchmal verarsche ich ihn.

Unter den Psychoheinis gibt es nämlich einen nicht unerheblichen Prozentsatz, der die Ursachen allen seelischen Übels auf sexueller Ebene ortet, und das ist praktisch, wenn man einen Mann durch den Kakao ziehen will. So wie neulich, als Robert zum dritten Mal kontrollierte, ob die Haustür abgesperrt war.

»Bärchen, du leidest unter einem Kontrollzwang.«

Darauf er, misstrauisch: »Ist das wieder so ein Psychoscheiß?«

Und ich, geduldig: »Das ist kein Scheiß, sondern eine wissenschaftlich fundierte These, glaub mir!«

»Und weiter?«

»Das ist ein Kontrollzwang, ganz offensichtlich. Du hast gerade zum dritten Mal kontrolliert, ob die Tür zu ist.«

»Irgendjemand muss das schließlich machen. Wenn jemand Verantwortung trägt, muss er eben manchmal Dinge kontrollieren.«

»Schon, aber nicht drei Mal.«

»Freut mich, dass du mitzählst.«

»Ich zähle nicht mit. Es fiel mir einfach auf, und nicht erst heute.«

Langsam wurde er aggressiv.

»Und was willst du damit sagen? Dass ich einen an der Waffel habe?«

»Nein, so sollte man das nicht ausdrücken. Du hast einfach verborgene Wünsche in dir, die du nicht ausleben kannst, und diese Wünsche überträgst du auf andere Verhaltensweisen, die einem bestimmten Muster folgen.«

»Und was für Wünsche sollen das bitteschön sein?«

»Meist ist es etwas Sexuelles.«

Das hielt er jetzt wieder einmal für eine gute Gelegenheit, um einen lang gehegten Wunsch loszuwerden. Subtil und raffiniert natürlich.

»Irgendwas mit Gruppensex? Swingerclubs vielleicht?«

»Nein, in den meisten Fällen geht es eher in Richtung Homosexualität oder um den Wunsch, mit der eigenen Mutter zu schlafen. Das ist übrigens gar nicht so selten.«

»Das meinst du jetzt nicht ernst!«

»Ich sage nur, was die Experten davon halten«, sagte ich so beiläufig wie nur möglich.

»Weißt du, was ich dazu sage: Du solltest aufhören, diese bescheuerten Bücher zu lesen! Ich bin weder schwul noch ...« Die zweite Anschuldigung empörte ihn derart, dass ihm gar keine passenden Worte dazu einfielen. »Ach, zum Teufel!«

Dann ging er daran, seine inneren Konflikte aufzuarbeiten – indem er sich ein Bierchen aus dem Kühlschrank holte und die Sportschau einschaltete.

Und auch jetzt, als ich ihn auf verschlungenen psychologischen Pfaden auf seine Untreue ansprach, brauchte er ein paar Sekunden, um das zu verarbeiten.

»Ist das wieder so ein Psychoscheiß?«, sagte er dann.

»Keineswegs, alles wissenschaftlich belegt. Aber was ich eigentlich damit sagen will: Hör auf, Gespenster zu sehen! Ich muss arbeitsmäßig einiges aufholen, und den Termin heute Abend habe ich mit einer Frau. Die ist allerdings ziemlich gut aussehend und möglicherweise lesbisch.«

»Ach so, dann ist es ja gut«, kam als Antwort.

Etwas Ähnliches hatte ich erwartet. Bemerkenswert, die Unbekümmertheit von Männern, was potenzielle Nebenbuhler betrifft. Frauen zählen da nämlich nicht. Jemand, der keinen Schwanz hat, kann auch nicht beziehungsschädigend sein. Meiner Meinung nach liegt das daran, dass Männer in dieser Hinsicht zwei grundlegenden Irrtümern unterliegen.

Punkt eins: Sex ohne Mitwirkung eines Schwanzes ist kein Sex.

Punkt zwei: Männer gehen davon aus, dass ihre jeweilige Partnerin, sollte sie tatsächlich dem Charme einer anderen Frau erliegen, diese ohnehin mit ihnen teilt. Der Grund dafür: Punkt eins.

So löste meine Ankündigung bei Robert auch jetzt allenfalls erotische Fantasien, jedoch keinerlei Eifersucht aus. Ich nutzte die Gelegenheit, um das Gespräch zu beenden, stellte aber vorher noch in Aussicht, den nächsten Abend mit ihm verbringen zu wollen, um die Gästeliste für die Verlobungsfeier durchzugehen und danach ein bisschen zu feiern. Nur wir beide, und das sagte ich in einem Tonfall, der seinen Testosteronspiegel garantiert um hundert Prozent steigen ließ.

Den Rest des Tages verbrachte ich damit, unzählige Telefonate zu führen. Zwei davon mit Roxie, der ich beim ersten erzählte, was am Vorabend mit Roberts Hintern passiert war, und beim zweiten, dass das längst noch nicht alles war, was ich mit ihm vorhatte. Das fand sie auch gut so, weniger gut fand sie allerdings, dass ich nicht damit herausrückte, was ich mir noch ausgedacht hatte.

Mit Isa telefonierte ich sogar dreimal: Beim ersten Mal erzählte ich ihr, was am Vorabend mit Roberts Hintern passiert war. Auch sie fand das gut und konnte sich vor Lachen kaum halten.

Beim zweiten Mal wollte sie wissen, was sie für unsere Reise zum Anziehen einpacken sollte. Wie sollte ich das wissen, wo sie doch jeden Monat ihre Garderobe wechselte?

Beim dritten Mal wollte sie sich vergewissern, ob meine Geschichte vom ersten Telefonat auch tatsächlich stimmte und nicht bloß meiner Fantasie entsprungen war. Ich versicherte ihr, dass es der Wahrheit entsprach, was sie mit einem neuerlichen Lachanfall quittierte, und das dauerte seine Zeit. Bei Isa ist es nämlich so, dass ihr Lachen den Klang und den Rhythmus eines Traktormotors hat, und zwar nicht irgendeines Traktors, sondern den eines Steyr, Baujahr 1957. Jeder, der einen Opa samt Landwirtschaft mit eben diesem Gefährt hat, kennt das. Und dieses Geräusch darf man sich jetzt nicht in vollem Lauf vorstellen, sondern in der Startphase, irgendwo zwischen dem ersten Drücken des Anlassers und dem endgültigen Erwachen der Maschine, genau dann, wenn mein Opa immer sagte: »Nun komm schon, altes Mädchen, du willst es doch auch!«

Wenn man Isa kennt, ist das nicht weiter schlimm, aber wenn sie in fremder Umgebung loslegt, kann es schon mal vorkommen, dass sich Anwesende vergeblich nach einem antiken landwirtschaftlichen Gefährt umsehen.

Aber so ist sie eben, meine Freundin.

Abends um sieben kam dann der Anruf, vor dem ich mich bereits gefürchtet hatte. Ich war zu Hause und überlegte gerade, welcher Leckerbissen aus meinem Kühlschrank – zur Auswahl standen Magerkäse und Truthahnschinken zu altem Brot – in der nächsten halben Stunde Teil meiner selbst werden sollte, als ich es hörte: »Lebt denn der alte Holzmichel noch, Holzmichel noch, Holzmichel noch ...?«

Mein Klingelton, seit einer Woche.

War keine Absicht gewesen, ehrlich, aber irgendwann hatte ich die abgedroschenen Melodien satt gehabt und mich bei einem dieser Klingeltonanbieter eingeloggt. Das funktionierte auch problemlos, doch als ich mich in einem Anflug von Einsamkeit für Anastasias »Left outside alone« entschieden hatte, wurde mir gleich beim nächsten Anruf klar, dass Telekommunikation für eine Frau über dreißig ein noch weitgehend unerforschtes Gebiet ist und ich besser die Finger davon lassen sollte. Im Frisiersalon, wo ich mich zu dem Zeitpunkt gerade befand, wurde es nämlich schlagartig still, als stattdessen der alte Gassenhauer ertönte, aber wenigstens bewies Alfredo, mein Friseur, genügend Fingerspitzengefühl, um mich nicht gleich rauszuschmeißen. Im Gegenteil, er gab mir noch einen Rest von Menschenwürde zurück, indem er mit den Worten »Das nenne ich mal gegen den Strom schwimmen!« weitermachte, als ob nichts gewesen wäre.

Natürlich habe ich daraufhin versucht, den Fehler zu korrigieren, aber es scheint, als hätte mein Handy einen Narren an diesem Abgrund menschlichen Musikschaffens gefunden und beschlossen, dieses Lied nie wieder herzugeben. Ich bekam es einfach nicht aus dem verdammten Speicher raus, und ob Sie es glauben oder nicht, nach zwei Tagen hatte ich mich daran gewöhnt.

Es war Robert. Ein Blick auf die Uhr verriet mir, dass genau vierundzwanzig Stunden vergangen waren, seit Willi gesagt hatte: »Den Verband einen Tag dranlassen!«, und natürlich hatte Robert keine Minute länger gewartet, um nachzusehen, wie er jetzt von hinten aussah. Aber von einem Mann mit Kontrollzwängen war auch nichts anderes zu erwarten gewesen, und da ich davon ausging, dass er mir nicht nur seine Freude über das Ergebnis mitteilen wollte, kostete es mich einigen Mut dranzugehen.

»Du hast gesagt, es sieht gut aus!«, schrie er übergangslos ins Telefon.

Zum Glück hatte ich mir bereits eine Taktik zurechtgelegt.

»Was meinst du denn damit?«, fragte ich.

»Ich meine diese Scheißtätowierung!«

Seine Stimme überschlug sich förmlich. Ich hatte gar nicht gewusst, dass er so laut werden konnte, bislang hatte ich gedacht, seine Maximallautstärke wäre erreicht, wenn Ballack mal wieder einen Elfmeter für Bayern München versiebte.

»Und, was ist damit?«, fragte ich scheinheilig.

»Was damit ist? Die sieht beschissen aus, das ist damit! Und du musst das wissen, du hast sie doch gestern schon gesehen!«

»Ja schon, aber nur kurz. Außerdem meinte Willi, dass es noch schöner wird, wenn …«

»Noch schöner ist gut!«, fiel er mir ins Wort. »Da wird nichts mehr schöner, das kannst du mir glauben! Und das mit dem Namen war deine bescheuerte Idee!«

»Also, Bärchen, jetzt übertreibst du wirklich! Erstens finde ich das mit dem Namen wahnsinnig süß, und zweitens kannst du das selbst gar nicht richtig beurteilen. Im Spiegel mag es ja vielleicht seltsam aussehen, aber richtig zur Wirkung kommt es erst, wenn man es von hinten sieht.«

Und noch während ich das sagte, machte es bei mir klick.

Das war es gewesen, was mich die ganze Zeit gestört hatte. Dieses Geräusch, das eigentlich gar keines ist, wenn jemand nicht allein ist, sondern eine andere Person neben ihm steht und das Telefonat mitverfolgt. Ich hatte ihm gesagt, dass ich keine Zeit für ihn hätte, was für ihn natürlich sturmfreie Bude bedeutet hatte. Und er hatte die Gelegenheit beim Schopf gepackt und seine Elsbach-Schnepfe mit nach Hause genommen, um ihrem gemeinsamen Hobby zu frönen.

Diesem rothaarigen Monster hatte es nicht gereicht, meine Beziehung zu zerstören, nein, die Frau musste ihm jetzt auch noch brühwarm erzählen, dass es nicht gut rüberkommt, wenn man »Heik« auf seinem Hintern stehen hat.

Hätte ich zu diesem Zeitpunkt noch irgendwelche Bedenken gehabt, so wären sie jetzt mit einem Schlag weg gewesen. Das bisschen Mitleid, das tief in meinem Inneren geschlummert hatte und das ihn hätte retten können, hatte sich soeben verabschiedet, ein für alle mal.

Also ließ ich das Spiel weiterlaufen.

»Du hast gut reden, Heike, du musst ja nicht wie der letzte Idiot herumlaufen!«, ließ Robert weiter Dampf ab.

»Jetzt krieg dich wieder ein, Bärchen! Du musst das Ganze von der logischen Seite betrachten: Insgesamt haben erst drei Menschen diese Tätowierung zu sehen bekommen, ich, du und Willi, und zwei davon finden, dass es gut aussieht. Also, worüber beschwerst du dich überhaupt?«

Robert holte kurz Luft, wohl, um meine Feststellung mit den drei Augenzeugen zu korrigieren. Da er das aber nicht konnte, ohne zuzugeben, dass er nicht allein war, begann er, auf Kleinigkeiten herumzureiten.

»Willi zählt nicht, der hat das Ding gemacht«, sagte er trotzig.

»Dann zählst du auch nicht, denn du kennst es nur als verzerrtes Spiegelbild«, konterte ich. Dann schlug ich ihm eine Lösung vor: »Weißt du was? Ich mache ein paar Fotos davon, gleich morgen, dann kannst du es von meiner Perspektive aus sehen.«

»Ich kann mir nicht vorstellen, dass sich meine Meinung dadurch ändert«, beharrte er auf seinem Standpunkt.

»Das werden wir dann ja sehen. Und wenn du wirklich meinst, damit nicht leben zu können, kannst du es dir ja immer noch wegmachen lassen. Heutzutage machen die das mit Laser, habe ich gehört, das ist überhaupt kein Problem.«

Das hatte ich tatsächlich gehört, aber die Wirklichkeit sah vermutlich anders aus. So wie ich mich bei meinem Zahnarzt jedes Mal über die höllischen Schmerzen wundere, wo ich doch schon vor Ewigkeiten gelesen habe, dass es jetzt Geräte gibt, mit denen das in Sekundenschnelle und völlig ohne Schmerzen geht. Scheint, dass ich immer Probleme habe, bei denen diese Wunderdinger nicht anzuwenden sind.

Robert schien diesbezüglich weniger skeptisch zu sein, denn anscheinend fand er diese Aussicht beruhigend.

»Meinst du?«, fragte er, und jetzt klang er beinahe schon wieder friedlich.

»Ja, Bärchen, also mach dir deswegen keine Sorgen. Ich komme morgen zu dir, dann sehen wir uns das in aller Ruhe an. Sagen wir um sieben?«

»Okay, von mir aus.«

Und dann fiel mir noch etwas ein. Etwas Wichtiges.

»Und Bärchen: Heiz die Sauna auf und schalt den Whirlpool ein, ja?«

»Sauna? Bei diesen Temperaturen?«

Wir hatten September und tagsüber fünfundzwanzig Grad. Das kam ihm natürlich nicht geheuer vor.

»Ja, tu mir den Gefallen. Ich möchte meine Erkältung noch ein bisschen auskurieren, und zur Abkühlung gibt es ja das Kaltwasserbecken. Dafür bringe ich den Sekt mit.«

Dem Vorschlag konnte Robert dann doch etwas abgewinnen, und als er einwilligte, glaubte ich sogar ein wenig Vorfreude zu vernehmen.

Ich war froh, dass das Telefonat erledigt war, und so konnte ich jetzt in aller Ruhe meine Entscheidung zwischen Magerkäse und Truthahnschinken treffen.

Ich entschied mich schließlich für Pizza vom Zustellservice und eine Flasche Rotwein, und das alles in der heißen Badewanne, wo ich noch einmal in Ruhe meinen Plan überdenken konnte.

6

Als er so nackt vor mir stand, begann sich wieder mein Mitleid zu regen, doch mit der Erinnerung an Lisa Elsbachs Beine konnte ich es schnell wieder ausschalten.

»Glaub mir, nach dem kalten Wasser sieht es besser aus. Die Haut ist noch aufgequollen, und durch die Kälte geht das weg«, ermutigte ich ihn.

Ich hatte vorher in der Sauna geschwitzt – oder besser, mich aufgewärmt, da ich nie schwitze – und hockte im Kaltwasserbecken, vor dem Robert nun zögernd stand. Er hatte angesichts seiner frischen Tätowierung auf die Sauna verzichtet, aber das Argument mit der Kälte kam ihm logisch vor.

»Na, dann mach mal Platz!«, sagte er und machte Anstalten, zu mir ins Wasser zu kommen.

»Nicht nötig, ich bin knapp am Erfrieren«, sagte ich und stieg aus dem Becken. Ich schnappte mir ein Badetuch, trocknete mich notdürftig ab und wickelte mich ein. Dann holte ich die Kamera aus meiner Handtasche.

»Mann, ist das kalt«, jammerte Robert, bevor er auch noch mit dem Kopf untertauchte. »Was willst du denn damit?«, fragte er dann, nachdem er wieder hochgekommen war.

»Ich mache ein paar Fotos von deinem Tattoo, damit du es besser betrachten kannst.«

»Glaub mir, ich hab's mir schon aus allen möglichen Perspektiven angesehen, aber dadurch wird's nicht besser«, zweifelte er an meiner Theorie.

»Trotzdem, lass es uns ausprobieren, okay?«

»Wenn du meinst. So, ich komme jetzt raus. Ist wirklich verdammt kalt hier drinnen.«

»Bleib noch ein bisschen, damit die Schwellung weggeht«, riet ich ihm.

»Das sagt sich so leicht.«

»Ich dachte, du bist ein harter Junge.«

Das war ein Argument.

»Maximal eine Minute, dann ist Schluss!«, sagte er zähneklappernd.

»Okay, ich sage dir, wann es soweit ist.«

Ich nahm meine Uhr zur Hand, um zu stoppen.

»Jetzt reicht es aber«, sagte er eineinhalb Minuten später.

»Nur noch ein bisschen«, sagte ich mit strengem Blick auf die Uhr.

»Das gibt's doch gar nicht, die Minute muss längst vorüber sein«, protestierte er nach zweieinhalb Minuten. Seine Lippen wurden langsam blau, und er zitterte inzwischen bedenklich.

»Wenn man darauf wartet, kommt's einem länger vor. Ein paar Sekunden noch«, bremste ich ihn, und nach exakt drei Minuten meinte ich schließlich: »So, das reicht. Jetzt kannst du rauskommen, mein tapferes Bärchen.«

Das ließ er sich nicht zweimal sagen, und ich ließ es mir nicht nehmen, ein paar Fotos zu schießen.

»Hey, ich dachte, du willst nur die Tätowierung fotografieren?«, meckerte er.

»Mir fiel nur gerade ein, dass ich gar kein Nacktfoto von dir habe. Wäre doch schade, bist ein hübscher Junge.«

Das schmeichelte ihm zwar, aber er hatte dennoch Bedenken.

»Mag sein«, sagte er, »aber nach dem kalten Wasser ist das nicht gerade vorteilhaft. Wenn du verstehst, was ich meine.«

»Das macht nichts, ich weiß ja, was ich an dir habe. Und jetzt dreh dich um, ich will ein Bild von meinem Namensschild.«

Er drehte sich brav um.

»Aber nachher bist du dran«, sagte er, während ich abdrückte.

»Okay, und jetzt halt still!«

Er drehte den Kopf nach hinten.

»Wie viele willst du denn noch machen von dem Mistding?«, wunderte er sich.

Ich aber hatte meine Gründe. Ich drückte so lange ab, bis der Film leer war.

»Alles klar«, sagte ich dann.

»So, und jetzt du«, sagte er mit kindlicher Vorfreude. »Hast du eine Lieblingspose?«

»Nein, nicht, dass ich wüsste. Sag mir einfach, was ich tun soll«, bot ich an, stellte dann aber fest: »Oh Mist, der Film ist alle.«

Die Enttäuschung stand ihm ins Gesicht geschrieben, aber er fand schnell eine Lösung.

»Hey, oben habe ich eine Digitalkamera. Die hol ich schnell!«

Er wollte gleich lossprinten, nackt, wie er war, aber das konnte ich nicht zulassen.

»Lass mal, wir können das auch später machen. Ich würde jetzt lieber die Liste durchgehen. Und etwas essen.«

»Welche Liste? Ich dachte, wir wollten ... du weißt schon.«

Natürlich wusste ich, aber das stand nicht auf meinem Plan.

»Ich meine die Gästeliste für unsere Verlobungsfeier. Das ist mir wichtig, dir doch auch?«

»Ja schon, aber ...«

»Schön, dann sind wir uns ja einig. Außerdem habe ich wirklich Hunger, und was das andere betrifft ... der Abend ist noch lang.«

Damit gab er sich fürs Erste zufrieden. Was blieb ihm auch anderes übrig?

Das Essen wurde lang – ich hatte bei meinem Lieblingschinesen alles einpacken lassen, was mir schmeckte, und bei meinem Lieblingschinesen schmeckt mir vieles –, aber die Gästeliste wurde noch länger.

Ich wollte alle dabei haben, Verwandte, Bekannte, Freunde, Freundinnen, Exfreundinnen, Geschäftspartner, Mitarbeiter. Als wir bei über hundert waren, brachte Robert ein paar Einwände vor – zu viele, zu teuer, zu wenig intim –, aber ich wischte sie mit einem einzigen Argument vom Tisch: »Aber Bärchen, schließlich soll doch die ganze Welt sehen, welches Glück du mit mir hast!«

Der Blick, mit dem er das quittierte, sprach Bände, aber es gab nichts, was er sagen konnte, ohne sich dabei den Mund zu verbrennen.

Als wir die Angestellten seiner Firma durchgingen, tauchte auch der Name Lisa Elsbach auf.

»Wer war die noch mal?«, fragte ich scheinheilig.

»Meine Sekretärin«, sagte er. Sonst nichts.

»Die Rothaarige mit den langen Beinen?«

»Äh, ja.« Dabei bekam er eine Gesichtsfarbe, die man durchaus als gesund bezeichnen konnte.

»Gut, die laden wir auch ein! Mit der kann man sicher eine Menge Spaß haben, was meinst du?«

Jetzt sah er sogar sehr gesund aus.

»Woher soll ich das wissen? Privat kenne ich sie ja nicht«, würgte er hervor.

»Egal, das werden wir dann ja herausfinden. Also, wen hast du noch? Ich will sie alle, alle, alle! Ach, Robert, ich freue mich schon so, das wird der schönste Tag meines Lebens!«

So ging das die halbe Nacht, und als wir fertig waren, hatte ich zweihundertzweiundvierzig Namen samt den dazugehörigen Adressen in meinen Organizer geladen.

»Wo sollen wir die denn alle unterbringen?«, fragte Robert mit einem Anflug von Verzweiflung.

»Das überlasse ich dir. Ich werde jedenfalls gleich morgen die Adressen in meinen Computer einspielen und die Einladungsschreiben verfassen. Und sobald wir entschieden haben, wann und wo das Ganze stattfinden soll, geht die Post ab, und zwar wortwörtlich.«

Robert lehnte sich zurück. Er trug nur einen Bademantel und fand das offenbar ganz praktisch für das, was er vorhatte.

»So, nachdem wir das besprochen hätten, können wir zum gemütlichen Teil des Abends kommen«, sagte er grinsend.

Mit ihm zu schlafen, nachdem ich wusste, was ich wusste, wäre ein Ding der Unmöglichkeit für mich gewesen, aber zum Glück war die Zeit meine Verbündete. Theatralisch schaute ich auf die Uhr.

»Oh wow, schon fast zwei! Ich muss nach Hause, morgen um sieben steht der Mann vom E-Werk vor der Tür. Spätestens!«

»Sag mal, spinnst du? Jetzt willst du nach Hause fahren? Und was ist mit ... du weißt schon ... uns?«

»Sei mir bitte nicht böse, Bärchen, aber das muss warten. Wenn ich nicht wenigstens ein paar Stunden Schlaf kriege, bin ich morgen tot.«

»Aber du kannst doch hier schlafen, und dem Stromfritzen sagst du ab.«

»Geht nicht, erstens käme ich bei dir nicht zum Schlafen, und zweitens habe ich den schon dreimal verschoben. Aber man kann das auch positiv sehen: So dauert es wenigstens länger, bis du mich satt hast. Vergiss nicht: Bald sind wir Mann und Frau, und dann kann das schnell zur Routine werden.«

Während wir noch diskutierten, schlüpfte ich in meine Kleider, und die Geschwindigkeit, die ich dabei vorlegte, hatte schon etwas Skurriles an sich. In Sachen Anziehen bin ich nämlich zu hundert Prozent schizophren. Ich kann Stunden benötigen, um die richtige Garderobe für einen Kinoabend auszusuchen, bis ich mich dann für abgetragene Jeans und das verwaschene T-Shirt entscheide, das ich im Kino immer trage. Andererseits bin ich Weltrekordhalterin im In-die-Klamotten-Hüpfen, wenn es die Situation erfordert: nach schlechtem Sex zum Beispiel, oder nach dem Gynäkologen – wobei da kaum ein Unterschied besteht oder nach einer Aerobicstunde bei der achtzehnjährigen Tochter einer Freundin, bei der außer dir nur die achtzehnjährigen Freundinnen der Tochter teilgenommen haben. Das spielt sich bei mir dann innerhalb weniger Sekunden ab.

So wie auch jetzt bei Robert.

»Wüsste ich's nicht besser, würde ich meinen, du bist auf der Flucht«, sagte er verärgert.

»Jetzt mach nicht so ein Gesicht, morgen ist auch noch ein Tag«, flötete ich und gab ihm einen Kuss.

Was mich Überwindung kostete.

Aber es sollte ja auch das letzte Mal sein, dass meine Lippen die seinen berührten. Außerdem brauchte ich mich nur zurückzuerinnern, was ich in meinem Leben schon alles geküsst hatte: reiche, mindestens hundertjährige Erbtanten, die sich letztendlich als gar nicht reich erwiesen hatten; Erbtanten, die sich im Nachhinein tatsächlich als reich erwiesen hatten, aber aktive Tierschützerinnen waren und ihr gesamtes Vermögen dem Verein zur Rettung des südbayrischen Wachtelkönigs vermacht hatten; Reflux-geplagte Babys, die mir von begeisterten Müttern mitten ins Gesicht gedrückt worden waren; und nicht zuletzt Pickel-Kalle, den ich beim Faschingsball mit Gerhard Streif, dem heißesten Vierzehnjährigen der Schule, verwechselt hatte – also ehrlich, verglichen mit dem war es immer noch der reinste Genuss, meinen hübschen Robert zu küssen.

Trotz seiner Treulosigkeit.

7

Am nächsten Morgen verzichtete ich sogar aufs Frühstück, und wer mich kennt, der weiß, dass so ein Tag kein Tag wie jeder andere sein kann.

Wenn ich nicht frühstücke, bin ich nämlich unausstehlich, und nicht nur das.

Aufgrund des dramatischen Absinkens meines Blutzuckerspiegels – soweit meine persönliche medizinische Theorie dazu – stellt sich mein Körper dann auf eine Art Sparbetrieb um. Und dabei spart er nicht etwa beim Kalorienverbrauch, sondern ausschließlich bei der Leistungsfähigkeit. Die Auswirkungen reichen von Beeinträchtigungen der Motorik – den Lidstrich müssten Sie sehen! – bis zu umfassenden Blockaden meiner ansonsten durchaus respektablen geistigen Fähigkeiten, und das kann fatale Folgen haben.

So wie seinerzeit bei der Fahrprüfung, als ich nach einer Viertelstunde den Prüfer mit meinem kleinen Bruder verwechselte. Diese kleine Ratte nämlich – mein Bruder, nicht der Prüfer – hatte ausgerechnet meine privaten Fahrstunden mit Papis Wagen dazu auserkoren, seiner ansonsten völlig sinnlosen Existenz ein bisschen Bedeutung einzuhauchen. Er hockte dann immer mit Argusaugen auf dem Rücksitz und beobachtete, was ich tat, obwohl er mit seinen dreizehn Jahren noch gar keine Ahnung vom Autofahren hatte, und alle paar Minuten kamen Kommentare wie »Jede Wette, die lernt das nie!«, »Hast du das gesehen, Papi?« oder »Wenn die den Schein kriegt, können einige Versicherungen zusperren«.

Und dann am Tag X – an dem ich vor lauter Nervosität nicht gefrühstückt hatte, wohlgemerkt – hockte mein Prüfer auf dem Rücksitz, und auch der fand es lustig, meine situationsbedingte Nervosität mit dummen Sprüchen zu garnieren.

»Uiuiui, kleine Dame, Sie haben's aber eilig, in den Himmel zu kommen«, sagte er, als ich einen anderen abdrängte, der sich im toten Winkel meines Rückspiegels befunden hatte. Dabei fuhren wir nicht mal dreißig!

Oder: »Wäre der Motor ein Lama, der würde sich jetzt glatt umdrehen und Sie anspucken«, als ich beim Anfahren zu viel Gas erwischte.

Oder: »Mal ganz ehrlich, fänden Sie das den anderen gegenüber fair, wenn ich Sie durchließe?« Und das nur, weil ich mich bei einer Ampel falsch eingereiht und unter wildem Hupkonzert auf den richtigen Streifen gezwängt hatte.

Und dann kam: »Also wenn Sie den Schein kriegen, können einige Versicherungen zusperren!«

Und dieses bekannt-verhasste Zitat in Verbindung mit der gähnenden Leere in meinem Magen führte schließlich zum Super-GAU: Plötzlich sah ich nicht mehr die glatt polierte Billardkugel des Prüfers im Rückspiegel, sondern meinen nervtötenden, pickelgesichtigen Bruder, und dementsprechend reagierte ich: »Hör mal zu, du Warze: Wenn du nicht sofort die Klappe hältst, erzähle ich deinen Freunden, dass du ständig Mamis Unterwäschekatalog klaust und dir auf deinem Zimmer einen runterholst!«

Bums, dass hatte gesessen. Und ich bekam es gar nicht richtig mit, gelähmt wie ich war durch meinen Ernährungsmangel.

Später ließ ich mir vom Fahrlehrer erzählen, dass mein Ausspruch Gutes und Schlechtes bewirkt hatte: Gutes, weil die Billardkugel von da an die Klappe hielt, und Schlechtes, weil der Prüfer es im Sinne der Verkehrssicherheit für besser hielt, mir die Fahrerlaubnis zu verweigern. Und mir beim Aussteigen auch noch verkündet hatte, dass ich es in absehbarer Zeit gar nicht wieder zu versuchen brauche, denn er habe genügend Einfluss, um meine mobile Unabhängigkeit zu verhindern.

Und das alles nur, weil ich nicht gefrühstückt hatte.

Wobei die Geschichte in weiterer Folge glimpflich ausging, denn beim nächsten Mal hatte ich eine Prüferin, und die war ausgerechnet die im Streit geschiedene Ex der Billardkugel.

Als ich ihren Doppelnamen auf der Liste sah und darin den Namen der Billardkugel – der Mann hieß Schweintzer – erkannte, erlitt ich sofort einen kleinen Nervenzusammenbruch, aber mein Fahrlehrer klärte mich dann über die familiären Umstände der Dame auf. Von da an war es leicht. Noch bevor ich den Wagen startete, erzählte ich ihr, wie das mit ihrem Ex gelaufen war, und sobald sie mit dem Lachen fertig war, hatte ich den Zettel.

Aber dennoch, so eine Geschichte gibt einem zu denken, und seitdem setze ich meine Prioritäten richtig. Also: Kein Tag ohne Frühstück. Weil mein Körper es eben braucht. So einfach ist das. Und mit den Jahren habe ich das vollkommen automatisiert.

Würde mich jetzt beispielsweise um sechs Uhr morgens eine Freundin anrufen und sagen: »Du, im Sheraton liegt Bruce Willis nackt in seiner Suite und wartet, dass du zu ihm kommst«, würde ich antworten: »Echt? Saustark! Bin gleich da, muss nur schnell frühstücken.« Und dabei würde ich vermutlich nicht einmal einen Gedanken daran verschwenden, warum es den großen Bruce frühmorgens ausgerechnet nach mir gelüstet.

Wichtig ist nur, dass ich etwas im Magen habe.

Und dennoch: An diesem historischen Tag habe ich darauf verzichtet. Oder, wenn man es ganz genau betrachtet, habe ich es nur verschoben. Bis nach dem Besuch beim Fotogeschäft nämlich, denn der hatte Vorrang.

Die dortige Angestellte, die aussah, als hätte sie noch nie in ihrem Leben einen anständigen Kerl gehabt, machte ich zu meiner Verbündeten, indem ich ihr erzählte, dass ich einem miesen Typen etwas heimzahlen wollte, und sie sicherte mir zu, die Fotos in einer Stunde fertig zu haben.

Die Zeit bis dahin vertrieb ich mir mit einem weichgekochten Ei, vier Scheiben Diätschinken – nicht, weil der weniger Kalorien hat, sondern weil er mir besser schmeckt –, einem Vollkornbrötchen, zwei Croissants sowie einer Kanne Kaffee.

Solchermaßen aufgerüstet, kam ich exakt eine Stunde später wieder in den Fotoladen und begutachtete das Ergebnis. Abgesehen von einem leichten Gelbstich waren alle Fotos okay, aber eines hatte es mir besonders angetan.

»Von dem da brauche ich ein paar Abzüge«, sagte ich.

Die Verkäuferin war sich nicht im Klaren darüber, ob ich sie auf den Arm nehmen wollte.

»Sind Sie sicher?«, fragte sie.

»Absolut sicher«, sagte ich.

»Soweit ich das sehe, ist das aber das … wie soll ich es sagen … das schlechteste.«

»Genau, das sehe ich auch so.«

»Und trotzdem …?«

»Und trotzdem!«

»Hm, wie Sie wollen. Wie viele Abzüge sollen es denn sein?«

»Zweihundertzweiundvierzig.«

Sie quittierte das mit einem leichten Husten.

»Sagten Sie gerade *zweihundertzweiundvierzig*?«

»Korrekt.«

»Also, ganz ehrlich, ich an seiner Stelle würde nicht wollen, dass von diesem Foto zweihundertzweiundvierzig Abzüge existieren«, meinte sie.

»Ganz meine Meinung. Wie lange werden Sie dafür brauchen?«

»Sind zwei Stunden okay?«

»Okayer geht's gar nicht.«

Das passte mir sogar ausgesprochen gut. So konnte ich in meine Wohnung fahren und den Brief schreiben, der anderen die Augen öffnen und mich befreien sollte.

Zwei Stunden später hatte ich auch die Abzüge. Ich besorgte noch Umschläge und die nötigen Marken. Dann konnte ich mein Werk zum Abschluss bringen.

Nachmittags um vier war ich fertig.

Ich hatte zwei Briefe verfasst. In einem stand:

Würden Sie diesen Mann heiraten, nachdem er Sie mit seiner Sekretärin betrogen hat? Sehen Sie, ich auch nicht, deshalb muss ich Ihnen auf diesem Weg mitteilen, dass es keine Verlobung geben wird.

Diesen Text jagte ich mittels Serienbrieffunktion zweihundertzweiundvierzig Mal aus meinem Drucker, versehen mit den Namen und Anschriften, die ich Robert entlockt hatte. Und jedem Brief legte ich ein Foto bei.

An dieser Stelle muss ich Folgendes erklären: Robert ist normal gebaut. Nicht riesig und auch nicht klein. Ich schätze, neunzig Prozent aller Frauen würden ihn gerade richtig finden. Nun verhält es sich aber so, dass der beste Kumpel eines Mannes die Eigenschaft besitzt, sich bei Kälte klein zu machen. Jeder, der schon einmal in einer öffentlichen Sauna war, weiß das, und das ist auch der Grund, warum es sich nur wenige Männer erlauben können, nach dem Kaltwasserbecken das Handtuch über der Schulter zu tragen.

Da wird nämlich der Rübezahl zum Zwerg Nase, in null Komma nichts.

Und jetzt reden wir gerade mal von einer Minute im Kalten, wenn überhaupt. Wenn aber ein durchschnittlich gebauter Mann – fehlgeleitet etwa durch unexakte Zeitangaben – mehrere Minuten in der Eiseskälte hockt, dann hat er echt ein Problem. Optisch.

Würde er dann zum Beispiel auf die Idee kommen, ein paar brave Klosterschülerinnen zu erschrecken, indem er hinter einem Busch hervorspringt und ihnen beweist, dass er unter dem Mäntelchen nichts anhat, dann könnte er damit vielleicht ein wohlgemeintes »Sie sollten sich besser etwas überziehen, Fräulein, sonst holen Sie sich noch eine Erkältung!« provozieren, aber ganz bestimmt kein hysterisches Gekreische.

Und genau das war auch Roberts Problem auf diesem Foto. Eines war klar: Bei Witzen über Penisgröße würde er sich in Zukunft zurückhalten, aber vielleicht verhalf ihm das ja zu einem besseren Charakter.

In dem anderen Brief stand:

Lieber Robert, viel Spaß mit Lisa!

P.S.: Die Verlobung habe ich abgesagt.

Dann ging ich zur Post. Die zweihundertzweiundvierzig Absagen schickte ich express, was mich ein kleines Vermögen kostete.

Bei dem Brief an Robert sparte ich mir den Expresszuschlag, weil ich es dramaturgisch besser fand, wenn alle anderen vor ihm wussten, dass ich alles wusste.

Dann traf ich meine Reisevorbereitungen.

Bewaffnet mit meiner Kreditkarte ging ich zu Hertie und kaufte alles Nötige: zwei knappe Bikinis für heiße Tage am Strand, ein paar schicke Kleider samt dazu passender Unterwäsche für die heißen Nächte, und für den Fall, dass ich Mel Gibson begegnen würde: keine Unterwäsche, dafür aber eine Packung Kondome.

Danach ging ich ins Sonnenstudio und legte mich – in vollem Bewusstsein, dass ich damit meine Hautalterung dramatisch beschleunigte – zwanzig Minuten unter die stärkste Sonnenbank. Dazu muss ich etwas loswerden: Jeder Trottel weiß heutzutage, dass UV-Strahlung nicht gerade ein Jungbrunnen für die Haut ist, aber Tatsache ist, dass knackige Bräune nun mal verdammt gut aussieht, und ich bin mir sicher, dass so manche Hollywoodkarriere – und damit meine ich die Zeiten nach Buster Keaton und Charlie Chaplin – nicht stattgefunden hätte, wären die Typen bleich wie ein Aal gewesen. Auch der größte Skeptiker muss zugeben: Wenn du jemandem frisch gebräunt gegenübertrittst, hörst du ausnahmslos Kommentare wie: »Gut siehst du aus, warst du im Urlaub?« und niemals: »Mannomann, das gibt Falten.« Und überhaupt: Gebräunte Menschen sehen wenigstens ein paar Jahre lang gut aus, bleiche dagegen nie.

Was mich selbst betrifft, für meine Fältchen – die übrigens gar nicht so zahlreich und tief sind, wie Sie jetzt vielleicht annehmen – gibt es andere Gründe, oder besser gesagt, einen anderen Grund: meinen Namen.

Ich heiße nämlich mit vollem Namen Heike Breitenfellner, und dass ich so heiße, ist auch der Grund für meine Falten. Diejenigen, die selbst Ähnliches erlebt haben, werden jetzt sagen: »Ah ja, alles klar«, aber für die, denen ein derart grausames Schicksal erspart geblieben ist, will ich es jetzt genauer erklären.

Man darf sich natürlich nicht vorstellen, dass so ein Name an sich schon Falten bewirkt, denn dann hätte ich ja schon als Kleinkind runzelig werden müssen, spätestens ab dem Moment, als der Standesbeamte meinen Namen zum ersten Mal in voller Länge aussprach.

Doch damit ein ungünstiger Name seine unheilvolle Wirkung richtig entfalten kann, bedarf es erst zusätzlicher unglücklicher Umstände, die das Leben manchmal schonungslos beisteuert.

In meinem Fall war es der Job im Call-Center eines großen deutschen Versandhauses, den ich über ein Jahr lang ausübte, bis ich merkte, welches Leid ich damit über mich brachte.

Dabei sieht alles ganz harmlos aus, anfangs zumindest: Man sitzt in einer von hundert Nischen und hat sein Headset auf, das in Filmen unerhört cool aussieht, wenn Geheimagenten es tragen oder Bodyguards, deren täglich Brot es ist, unheimlich wichtige Personen wie Whitney Houston zu retten.

Im Call-Center ist das aber etwas anderes, denn das mit dem Wichtige-Personen-Retten kann man sich gleich abschminken. Dazu kommt, dass im Lauf einer Acht-Stunden-Schicht hundert Anrufe und mehr eingehen, was bedeutet, dass man hundert Mal freundlich grüßen und seinen Namen sagen muss.

»Guten Morgen/Tag/Abend, Sie sprechen mit dem Bestellservice der Firma soundso. Mein Name ist Heike Breitenfellner, was kann ich für Sie tun?«

Und dann gab es da noch diesen wahnsinnig cleveren Verkaufstrainer, der mir gleich am ersten Tag einbläute, was ein guter Telefonverkäufer beachten muss. Er verpackte alles, was er während seiner fünf Uni-Jahre gelernt hatte, in ein Zauberwort: Lächeln. Damit läuft alles wie geschmiert, wurde uns eingetrichtert.

Damit steht und fällt die Sache, denn mit einem Lächeln auf dem Gesicht klingt alles besser. Und weil das schon beim Abheben beginnt, ist auch die Reihenfolge wichtig: Wenn dein Lämpchen aufleuchtet, zuerst lächeln, dann erst das Gespräch annehmen, grüßen, Namen nennen und so weiter.

Anfangs reagierte ich auf die Belehrung wie jeder, der von der Materie keine Ahnung hat, und dachte mir: Was für ein Scheiß, aber lass es nur reden, das Pickelgesicht. Aber dann, nach den ersten Telefonaten, kommt man drauf, dass es tatsächlich funktioniert. Da kann der Kunde noch so verärgert sein, weil er beispielsweise zum dritten Mal in Folge die Kampffliegerjacke aus Kunststoffimitat anstelle des türkisblauen Angorapullis geliefert bekommen hat – mit einem Lächeln nimmt man ihm sofort den Wind aus den Segeln. Und wenn man es gut hinbekommt, ist er am Ende auch noch dankbar, weil eine Qualitätsfliegerjacke, wie sie Tom Cruise in »Top Gun« getragen hat, allemal besser ist als ein Angorapulli für Muttersöhnchen.

So musste ich also einsehen, dass die Lächeltaktik durchaus Sinn ergibt, und in weiterer Folge habe ich sie – sehr zur Freude des Marketingheinis – mit Begeisterung angewendet, bis mich die schicksalhafte Begegnung mit einer ehemaligen Studienkollegin aus meinen Träumen riss.

Studienkollegin?

Ja, genau, vor der Call-Center-Laufbahn habe ich studiert. Architektur, zwei Semester lang. Anfangs lief das sogar ganz gut, denn ich hatte einen Deal mit meinem Vater: drei Seminarscheine pro Semester, dann brauchte ich mich um das Finanzielle nicht zu kümmern. Wobei gesagt werden muss, dass mein Vater alles andere als reich war, maximal gutbürgerlich, aber er war bereit, seinen Teil zur glanzvollen Karriere seiner begabten und strebsamen Tochter beizutragen.

Wer seinen Teil nicht beitrug, war ich, denn nach einem Semester war ich drei Scheine im Rückstand, nach einem weiteren Semester sechs, und schließlich war die Geduld meines alten Herrn erschöpft. Das bedeutete: keine Kohle mehr für mich, was angesichts meiner gestiegenen Lebenskosten – Mietanteil für die echt coole WG, Benzin, Versicherung und Steuer für meinen pinkfarbenen Opel Corsa, Baujahr 1980 und wöchentlich neue Klamotten – ein nicht unerhebliches finanzielles Problem für mich darstellte.

Dass mein alter Herr nun finanzielle Mittel frei hatte, war andererseits ein Glück für meinen Bruder, der klug genug war, das Angebot meines Vaters zu nutzen, und jetzt als gefragter Society-Innenarchitekt viel Geld verdient. Mir selbst jedoch blieb damals nichts anderes übrig, als mich den Härten des Lebens zu stellen und mir einen Job zu suchen.

Das Problem daran war nur, dass es schnell gehen musste und ich in meinem Abizeugnis einen Notenschnitt von vier Komma drei hatte. Warum so schlecht? Nun, zu meiner Verteidigung muss ich sagen, dass das weder an mangelnder Intelligenz noch an fehlendem Arbeitseifer lag, sondern vielmehr an meiner wissenschaftlichen Neugierde. Die brachte mich nämlich dazu, in einem streng geheimen Versuch die chemische Wirkung von Sekundenkleber zu erproben, indem ich die Hand von Fräulein Hofstetter, unserer Englischlehrerin, mittels ein paar harmloser Tröpfchen zu einer untrennbaren Einheit mit der Türklinke unseres Klassenzimmers verband. Zwar konnte mir das nie jemand nachweisen, aber Fräulein Hofstetter roch den Braten und revanchierte sich dafür mit Prüfungen, die mir achtzig Prozent meiner gesamten Lernenergie abverlangten, um nicht durchzurasseln, und somit für die übrigen Fächer nicht viel übrig blieb. So kam es, dass ich mich mit einer Vier-Komma-drei auf Arbeitssuche begeben musste, und das war gar nicht einfach. Mit der Drei, bei der ich mich die Jahre davor bewegt hatte, wäre es ein Klacks gewesen, da hätte sich jeder Personalchef gedacht: »Sieh mal an: blond und gar nicht blöd!«, und ich hätte irgendwo auf mittlerer Ebene anfangen und mich dann in aller Ruhe bis zur Chefetage hochschlafen können.

So aber: Call-Center, Marathontelephonie, Marathonlächeln, dazu mein Name, und schließlich – meine Studienkollegin.

Die hieß Silke Bachmann und mit ihr hatte ich mich immer gut verstanden – zumindest die wenigen Male, die ich auf der Uni war –, und wir hielten es für eine gute Idee, bei einer Tasse Kaffee über die guten alten Zeiten zu plaudern.

Anfangs war das auch ganz okay, wenngleich es nicht angenehm ist zu hören, dass sich jemand zielstrebig dem Karriereziel nähert, das man eigentlich für sich selbst im Sinn gehabt hatte und für das man einfach zu inkonsequent gewesen war. Aber darüber hätte ich noch hinwegsehen können, vor allem deshalb, weil Silke rein vom Äußerlichen her schon auf Erfolg disponiert war. Damit meine ich, dass sie potthässlich war und ihr deshalb gar nichts anderes übrig blieb, als fleißig und strebsam zu sein, um ihr Dasein aus eigener Kraft ein bisschen erträglicher zu gestalten.

Also erzählte sie von ihren tollen Studienerfolgen und ich von meinen tollen Liebhabern, und jede beneidete die andere. Ich dachte mir schon, die kannst du eigentlich öfter treffen, die kennt dein wirkliches Leben nicht und glaubt dir alles. Doch dann zeigte Silke ihr wahres Gesicht. Es geschah ganz plötzlich, ohne jede Vorwarnung, und ich muss gestehen, dass ich ihr das niemals zugetraut hätte.

Ich fachsimpelte gerade über gutes Aussehen und referierte über glatte Haut und den Schönheitswahn, dem viele unterliegen, und vielleicht empfand sie es auch als Provokation, dass ich ausgerechnet ihr gegenüber mit diesem Thema anfing. Jedenfalls erwähnte ich, wie froh ich war, noch jung genug zu sein, um mir keine Sorgen wegen Falten machen zu müssen. Dann legte ich eine kleine Pause ein, die in solchen Situationen eine gute Gelegenheit für den Gesprächspartner ist, um das zu bestätigen, was man gerade gesagt hat.

Und was tat dieses eiskalte Biest?

Die sagte gar nichts.

Stattdessen schaute sie mich nur an, und sie blickte nicht etwa direkt in meine Augen, sondern daneben, dahin, wo sich bei alten Menschen Tränensäcke und Krähenfüße einnisten, um ihnen die letzte Freude an ihrem ohnehin bereits schwindenden Leben zu nehmen.

Und für die Pause, die dann entstand, ist das Wort peinlich schon gar kein Ausdruck mehr.

Als mir dann endlich bewusst wurde, was Silke mir mit ihrem Schweigen entgegengeschleudert hatte, verzog ich mich auf die Toilette, und dort im Spiegel sah ich sie dann: Falten!

Sie waren rund um die Augen, sie waren rund um den Mund, sie waren einfach überall! Winzig zwar noch, bei oberflächlicher Betrachtung eigentlich gar nicht erkennbar, aber welche Frau betrachtet eine andere schon oberflächlich? Und ich war erst einundzwanzig. Wie würde ich erst aussehen, wenn ich alt wurde, dreißig zum Beispiel, oder uralt, über vierzig?

Die reinste Horrorvorstellung.

Natürlich beendete ich daraufhin sofort das Gespräch mit Silke und zischte ab nach Hause. Dort angekommen, wurden mir die Nachteile einer WG schmerzlich vor Augen geführt, denn meine beiden Mitbewohnerinnen hatten null Verständnis dafür, dass ich mich zwei Stunden lang im Badezimmer einsperrte und meinen ganzen Körper millimetergenau untersuchte.

Dabei machte ich eine interessante Feststellung: Mein Körper einschließlich meiner Arme und Beine war absolut in Ordnung. Da gab es nichts, wofür sich eine Einundzwanzigjährige zu schämen brauchte – damit meine ich nur die Falten, denn ich bin nicht so verblödet zu glauben, dass sonst alles perfekt ist an mir – und sogar die verräterischste Problemzone jeder Frau in reifen Jahren, der Hals, war glatt wie ein Babypopo.

Aber das Gesicht!

Da bahnte sich Dramatisches an, da begann sich eine regelrechte Faltenseuche auszubreiten, und ich fand keine vernünftige Erklärung dafür, warum das ausgerechnet bei mir so war. Damit meine ich, dass meine Mutter zwanzig Jahre älter war als ich und auch nicht aussah wie ein chinesischer Faltenhund, und mein Vater konnte sich sogar mit seinen siebenundvierzig noch sehen lassen.

Warum also ausgerechnet ich?

Ich begann mit meinem Schicksal zu hadern und war nahe daran, mich aufzugeben, aber dann begann sich tief in meinem Inneren etwas zu regen: Widerstand, Auflehnung, ein trotziges Sich-nicht-mit-seinem-Schicksal-abfinden-Wollen.

Ich begab mich auf Ursachenforschung und begann mögliche Gründe aufzuschreiben, warum man frühzeitig faltig werden kann:

1. Erbanlagen
2. Saufgelage
3. Nikotinmissbrauch
4. Zu wenig Schlaf
5. Stress
6. Zu viel Sonne
7. Kummer und Sorgen

Punkt eins konnte ich vergessen. Meine Eltern waren keine Faltendackel, und meine Großeltern in jungen Jahren auch nicht, das wusste ich von den alten Fotos.

An Punkt zwei hatte ich in meinem Leben höchstens ein Dutzend Mal teilgenommen, und auch da war ich bloß in meinem jugendlichen Leichtsinn verführt worden. Somit zählte das nicht.

Punkt drei: Sowieso abzuhaken. Bin Nichtraucherin aus Überzeugung.

Punkt vier: Braucht eine Einundzwanzigjährige überhaupt Schlaf?

Punkt fünf: Wenn nicht gerade der Marketingheini eines meiner Kundengespräche abhörte, war ich eigentlich kaum aus der Ruhe zu bringen.

Punkt sechs: Durfte sich mit einundzwanzig noch nicht auswirken.

Punkt sieben: Was zum Teufel sollte das denn sein?

Gründe, warum jemand keine Falten bekommt, waren:

1. Erbanlagen
2. Verzicht auf Alkohol
3. Verzicht auf Zigaretten
4. Viel Schlaf
5. Wenig Stress

6. Wenig Sonne
7. Freude und Unbeschwertheit

Zu Punkt eins: Hervorragend, Gott sei es gedankt.

Punkt zwei: Einem Gläschen hie und da bin ich nicht abgeneigt, aber nur Missgünstige würden mich als Trinkerin bezeichnen.

Punkt drei: Schaffe ich leider nicht immer. Wenn ich gut drauf bin, schnorre ich bei Freunden/Bekannten/zufällig vorbeikommenden Unbekannten.

Punkt vier: Das klappte donnerstags/freitags/samstags nicht so gut, aber sonntags holte ich alles wieder auf.

Punkt fünf: Bin grundsätzlich eher ruhig, aber es gibt auch Personen und Situationen, die mich zur Raserei bringen: der Marketingheini des Call-Centers, ein Hupkonzert hinter mir, nur weil ich finde, dass der Traktor vor mir ohnehin schnell genug fährt; eine Laufmasche in meiner neuen Strumpfhose, die ich erst nach der Party bemerke; Freundinnen auf einer Party, die auch mit Laufmasche nicht peinlich aussehen.

Punkt sechs: Durfte sich mit einundzwanzig noch nicht auswirken.

Punkt sieben: Was zum Teufel sollte das denn sein?

Nachdem ich punktgenau alles aufgelistet und bewertet hatte, kam ich zu dem Schluss, dass ich eigentlich gar keine Falten haben dürfte.

Aber, verdammt noch mal, die waren dennoch da!

Was also war der Grund? Was hatte ich übersehen? War mein Papi womöglich gar nicht mein richtiger Papi? Hatte meine Mutter etwa Unzucht getrieben mit jemandem, der zu viel Haut für seine Größe hatte?

Und plötzlich fiel mir der Briefträger ein, der uns

immer die Post gebracht hatte, als ich noch klein war. Der war ziemlich faltig gewesen, viel faltiger als mein Papi, soweit ich mich erinnern konnte. Aber wie konnte es dann sein, dass er sich nie um mich gekümmert hatte, wo ich doch seine Tochter war? Und wo war der dann überhaupt abgeblieben? Ach ja, der war in Pension gegangen, aus Altersgründen. Daher also die Falten. Uff! Gott sei Dank, denn der Kerl war wirklich ein hässlicher Zwerg gewesen.

Ich überlegte also weiter: Was gab es in meinem Leben, was es im Leben anderer Einundzwanzigjähriger nicht gab?

Ich hatte einen nervigen Bruder erdulden müssen, aber wer muss das nicht? Ich ging gerne in Discos und auf Partys, aber wer in diesem Alter tut das nicht? Und ich hatte einen Job, der einen nicht wirklich an die Grenzen der persönlichen Leistungsfähigkeit bringt, also konnte das auch nicht der Grund sein, oder?

Was tat ich denn schon Schlimmes, ich hockte in meiner Kabine und lächelte und sagte mein Sprüchlein auf: »Guten Morgen/Tag/Abend, Sie sprechen mit dem Bestellservice der Firma soundso, mein Name ist Heike Breitenfellner, was kann ich für Sie tun?«

Und das hundertmal am Tag. Hm.

Und weil ich jetzt schon vor dem Spiegel stand – ich war noch immer im Badezimmer, und das Hämmern an der Tür hörte ich inzwischen gar nicht mehr –, machte ich die Probe aufs Exempel.

Ich sagte so laut und so deutlich, als ob der pickelgesichtige Marketingfuzzi leibhaftig hinter mir gestanden hätte: »Guten Morgen, Sie sprechen mit dem Bestellservice der Firma soundso, mein Name ist Heike Breitenfellner, was kann ich für Sie tun?«, und dabei lächelte ich auf Teufel komm raus.

Und plötzlich waren mir zwei Dinge schlagartig klar: Erstens hielten mich Mona und Saskia – meine WG-Genossinnen – jetzt garantiert für vollkommen übergeschnappt, wie ich an ihrem plötzlichen Schweigen hören konnte. Und zweitens hatte ich gerade den allergrößten Skandal im Deutschland der Nachkriegszeit aufgedeckt.

Ich meine, bei uns gibt es die unsinnigsten Bestimmungen für Arbeitnehmerschutz, da darf zum Beispiel ein Elektriker keinen E-Herd anschließen, ohne vorher den Hauptstromkreis zu unterbrechen, der Bergwerksarbeiter nicht ohne Schutzhelm in den Stollen und der Zimmermann nicht ungesichert auf den Dachstuhl des zehnstöckigen Hauses – an so was haben die Regierenden gedacht, aber die wirklich wichtigen Dinge, die haben sie schlicht und einfach übersehen.

Denn was ich da in meinem Spiegel gesehen hatte, das war entsetzlich, schockierend, menschenunwürdig. Eine faltige Fratze mit kleinen Schlitzaugen und gefletschten Zähnen wie bei einem scharf dressierten Pitbull, den man gerade geohrfeigt hat. Und am schlimmsten hatte es ausgesehen, als ich meinen Namen nannte, eine Aneinanderreihung heller Vokale in Verbindung mit einem breiten Lächeln, das hat eine Wirkung, da könnte man einem genauso gut einen Eimer Salzsäure ins Gesicht schütten.

Dagegen müsste man etwas unternehmen, da wären unsere Politiker gefordert. Ein einfaches Gesetz würde genügen: »Personen, in deren Namen mehr als – sagen wir mal – drei helle Vokale vorkommen, dürfen nicht für Tätigkeiten herangezogen werden, bei denen sie lächeln müssen.«

Mit ein bisschen gutem Willen wäre das doch ein Klacks! Und dabei verdient man nicht einmal gut, dafür, dass man täglich Gesundheit und körperliche Unversehrtheit aufs Spiel setzt.

Normalerweise sollte es doch so sein, dass sich jemand, der einen ordentlichen Beruf hat, eine Putzfrau leisten kann. Bei diesem Job ist es aber genau umgekehrt: Eine ordentliche Putzfrau könnte sich eine Call-Center-Telefonistin leisten. Tatsache.

Und ich weigere mich zu glauben, dass die da oben nicht wissen, welche Dramen sich tagtäglich in unserer Gesellschaft abspielen. Ich könnte mir sogar vorstellen, dass die unserem Marketing-Fuzzi an der Uni den guten Rat mit auf den Weg gegeben haben: »Die mit den ungünstigen Namen werden nach ein paar Jahren faltig, aber solange die Kunden das nicht sehen, stört es nicht. Und wenn sie Ihnen zu sehr auf den Wecker fallen, tauschen Sie sie eben gegen ein paar Glatte aus!«

Ich weiß, ich hätte damals an die Öffentlichkeit gehen sollen. Ich bin mir sicher, eine Welle der Empörung wäre durch das Land gegangen, und die damalige Regierung hätte das nicht überlebt. Andererseits bin ich ein eher vorsichtiger Mensch, und wir alle kennen die Geschichten über Leute, die den Mächtigen ans Bein pinkeln wollten und dann feststellen mussten, dass es sich mit einem Zentner Beton an den Füssen nicht gut schwimmt – Rettungsschwimmerausbildung hin oder her.

Meine Devise lautete daher: »Rette deine Haut, Kleines!«, und gleich am nächsten Tag marschierte ich ins Büro des Marketingheinis und schleuderte ihm ein verächtliches »Mein Gesicht kriegen Sie nicht!« entgegen. Der war dermaßen erschrocken darüber, dass ich das System durchschaut hatte, dass ihm gar nichts darauf einfiel, und ich rauschte mit all der Verachtung, zu der meine Kehrseite fähig war, wieder davon.

Natürlich habe ich in weiterer Folge daran gedacht, meinen Namen zu ändern – mir schwebte da etwas vor, womit ich den bereits angerichteten Schaden wieder gutmachen konnte: Rosa Sokol zum Beispiel oder Olga Molotow –, aber dann erkannte ich, dass eine diszipliniertere Lebensweise auch ihren Zweck erfüllen würde.

Und seit damals beachte ich Folgendes: Lächeln nur noch selten, und richtiges Lachen überhaupt nur noch in Grenzsituationen – wenn zum Beispiel Sharon Stone wieder einmal behauptet, sie würde sich niemals unters Messer legen.

Anfangs war das gewöhnungsbedürftig, aber mit der Zeit funktionierte es ganz gut. Und das Wenig-Lächeln hat noch einen Zusatzeffekt: Wenn man das konsequent betreibt, hat man mit der Zeit weniger Freunde, und damit fallen wieder eine Menge Situationen weg, in denen man sonst lachen müsste.

Einsam, aber glatt. Probieren Sie es ruhig aus!

Schließlich hatte ich fast alles, was ich für meinen Urlaub brauchte: Klamotten, Bräune und die Gewissheit, alle Sorgen – in meinem Fall Robert – los zu sein.

Fehlte eigentlich nur noch eins: frisch gebleichte Beißerchen.

Das ist echt praktisch heutzutage, man lässt sich Zahnschienen anfertigen, schmiert eine farblose Paste drauf und stopft sich die Dinger für zwei Stunden in den Mund. Danach hat man Zähne, da könnte man mit Denzel Washington um die Wette strahlen, und der Witz daran ist, dass damit sogar Leute, die zu faul zum Zähneputzen sind, so aussehen, als würden sie ihr halbes Monatsgehalt für Zahnseide, Munddusche und oszillierende Zahnbürstenaufsätze ausgeben.

Aber aufgepasst: Zähnebleichen kann nicht nur bequem sein, sondern auch blitzartig zu einem Bekanntheitsgrad führen, der in dieser Form gar nicht erwünscht ist.

Der Haken an der Sache sind nämlich diese Zahnschienen oder vielmehr der Umstand, dass man sie zwei Stunden im Mund lassen muss. Weil nämlich genau dann, wenn du die Dinger in deinem Mund platziert hast, unweigerlich ein Anruf kommt. Die ersten Male bist du noch unerfahren und gehst automatisch ran. Die Geräusche, die du dann von dir gibst, sind natürlich nicht die deutlichsten – da hilft der beste Rhetorikkurs nichts –, und du kannst von Glück reden, wenn dein Gesprächspartner cool genug ist, um nicht gleich das Schlimmste anzunehmen. So wie damals meine Freundin Klara Schönbaum, die – obwohl gemütsmäßig gar nicht dafür geeignet – leidenschaftliche Zuschauerin von »Aktenzeichen XY« gewesen war.

»Heike, um Gottes Willen, bist du überfallen worden?! Hat man dich geknebelt?«, bekam ich gerade noch zu hören, dann hatte sie schon wieder aufgelegt. Um die Polizei anzurufen, wie ich einige Minuten später bemerkte, als die mit drei Wagen samt Anti-Terror-Einsatzkommando meinen Wohnblock umstellten. Also, das war an sich schon peinlich genug, aber noch schlimmer war dann die Szene, als sie auf meine Wohnungstür eindroschen und ich in meinem Zorn vergaß, die Zahnschienen rauszunehmen, bevor ich öffnete, um ihnen gehörig die Leviten zu lesen.

Das Einzige, was ich dann auf Anhieb hervorbrachte, waren die Schienen und eine Ladung Spucke, die auf der Maschinenpistole eines grimmig dreinblickenden Polizisten landete. Und der Reporter samt Kameramann, der clever genug gewesen war, den Polizeifunk abzuhören, hatte natürlich nichts Besseres zu tun gehabt, als die Aufnahme an Stefan Raabs »TV-total« zu verkaufen. Die Redakteure dort hatten anscheinend gerade einen Mangel an wirklich gutem Material, denn die fanden das so witzig, dass sie mich auf den Knöpfen unterbrachten, die Stefan Raab immer dann drückt, wenn ihm gerade nichts einfällt – und das kommt ziemlich oft vor –, und in den darauf folgenden zehn Wochen war ich dann sein absoluter Shootingstar.

Bleibt nur noch mein guter Rat zum Thema Zähnebleichen: Telefon abstellen, Läden runterlassen, zusperren und so tun, als wäre man nicht zu Hause.

Ich war diesbezüglich ja schon Profi, also fuhr ich nach Hause, schaltete Handy und Festnetztelefon ab, schob mir meine Zahnschienen in den Mund und legte mich in die Badewanne, bis das Wasser kalt und ich schrumpelig war.

8

Der nächste Morgen war ein schöner.

Exakt um sieben Uhr zweiundzwanzig saß ich im Flugzeug und flog der Sonne entgegen.

Ich fühlte mich frei wie schon lange nicht mehr, und die Intensität dieses Gefühls gab mir zu denken. Sicher, ich war wirklich wieder frei, beziehungsmäßig, aber das allein konnte es nicht sein.

Die Möglichkeit, sich wieder auf alles stürzen zu dürfen, was halbwegs männlich, halbwegs erwachsen und halbwegs ungebunden war, hatte seinen Reiz, ganz ohne Zweifel, und überhaupt, ein paar freie Tage in der Sonne, noch dazu mit zwei Freundinnen, das musste die Laune einfach heben. Aber da war noch etwas, das ich mir nicht so recht erklären konnte. Ich fühlte eine Energie in mir, die ich bis dahin nicht gekannt hatte, es war so etwas wie (ich musste zwei Lachsbrötchen lang überlegen, bis mir das richtige Wort einfiel) Aufbruchsstimmung.

Plötzlich lag alles so klar vor mir: Ich würde in Zukunft kein zartes Pflänzchen mehr sein, wie ich es bisher gewesen war, sondern eine selbstbewusste, stolze Frau, die ihren Weg geht. Ich würde mich beruflich verändern, weiterentwickeln, und plötzlich reichte es mir auch nicht mehr, für meine Abschlüsse nur einen Teil der Provisionen zu kassieren und nicht den ganzen Batzen.

Ich würde mein eigenes Immobilienbüro aufmachen, natürlich.

Warum sich für andere bucklig schuften, wenn man selber reich werden kann?

Und ich würde mir eine neue Wohnung suchen, besser, schöner und teurer natürlich. Das konnte ich mir dann locker leisten, bei dem Einkommen.

Und wo ich gerade bei den Vorsätzen für mein neues Leben war: Meine nächste Beziehung würde ich lockerer angehen, nicht gleich klammern wie ein angeschlagener Boxer in der letzten Runde, sondern cool bleiben. Erst mal abwarten, alles auf mich zukommen lassen, den Mann in Ruhe kennen lernen. Und sollte mich auch nur die kleinste Kleinigkeit stören: Weg mit ihm, und her mit dem nächsten! Klingt ganz einfach. Und ist es eigentlich auch.

Hey, hatte ich das eben gedacht?

Ich war innerlich ein wenig verunsichert, denn mein neues Weltbild stellte alles auf den Kopf, woran ich bisher geglaubt hatte. Ich war immer der festen Überzeugung gewesen, dass mir eines Tages ein Traummann über den Weg laufen würde, gut aussehend, gut verdienend und mich heiratend. Ich müsste ihm dann nur noch ein paar Kinderchen gebären – oder ihm zumindest so lange vorspielen, dass ich es versuche, bis er sich zu sehr an mich gewöhnt hat, um abzuhauen –, und damit wäre die Geschichte für mich auch schon erledigt. So hatte ich mir meine Zukunft vorgestellt, und das war wohl auch der Grund gewesen, warum ich bisher so gänzlich frei von Ehrgeiz geblieben war.

Ich war ein Weibchen gewesen, das nur auf das richtige Männchen gewartet hatte, auf ein Alpha-Männchen natürlich, das das größte Haus und den dicksten Mercedes im Rudel vorweisen konnte. So betrachtet war ich mir jetzt auch nicht mehr ganz sicher, ob ich wirklich Robert geliebt hatte oder vielmehr sein Haus und seine goldene Kreditkarte. Denn eines war nicht zu leugnen: Die Trennung von ihm fiel mir nicht so schwer, wie man es bei der Verliebtheit, die ich mir bisher selbst unterstellt hatte, vermuten würde. Und das lag nicht nur daran, dass er mich betrogen hatte – damit kann man die Gefühle einer Frau natürlich in Sekundenbruchteilen schockgefrieren –, denn dafür war zu wenig Wehmut da, wenn ich mich an die guten Zeiten zurückerinnerte.

Die stärksten Empfindungen, die ich hatte, wenn ich an Robert dachte, waren Zorn darüber, dass er mich betrogen hatte, und – Gleichgültigkeit. Auf der anderen Seite stand diese Aufbruchsstimmung, die mir sagte, dass ich mein Leben endlich selbst in die Hand nehmen musste, und ich fühlte mich so gut wie noch nie zuvor in meinem Leben.

So gesehen musste ich Robert sogar dankbar sein, denn er hatte mir die Augen geöffnet, mir klar gemacht, dass ich mich nicht nur nicht auf ihn, sondern auch auf keinen anderen Mann verlassen konnte. Und damit ich das begriff, hatte sich der Gute selbstlos zwischen Lisa Elsbachs Beine geworfen, und wohl oder übel musste man auch ihr einen gewissen Verdienst an der Sache zugestehen.

Genau genommen hatten sie sich einen Orden verdient, einen Hosenbandorden zum Beispiel, der soll ja was ganz Besonderes sein. Wobei ich mir bei Lisa Elsbach etwas anderes vorstellen könnte, rein vom Namen her. Höschenbandorden, beispielsweise. Hihihi.

Es war schon seltsam, entweder lag es an den drei Gläsern Sekt, die ich gerade konsumiert hatte, oder die Sache hatte mich tatsächlich weise gemacht.

Und da der letzte Gedanke meist der beste ist, bestellte ich gleich noch ein Glas, um mit mir selbst auf meine neu erlangte Geistesgröße anzustoßen.

Der Zollbeamte am Flughafen von Antalya musterte mich, als hätte ich soeben vor ihm ausgespuckt. Ich war vorher schon einige Male in der Türkei gewesen, daher war das nichts Neues für mich. Da alle türkischen Zollbeamten denselben Blick draufhaben, vermute ich sogar, dass sie im Rahmen ihrer Ausbildung darauf trainiert werden.

Natürlich kann ich nur Vermutungen anstellen, aber es gäbe da schon Methoden: Konditionierung nach Pawlow zum Beispiel, nur ohne Hund, dafür aber mit türkischem Beamtenanwärter. Den Anwärter setzt man gefesselt auf einen Stuhl, dann zeigt man ihm in lockerer Reihenfolge Dias von allen möglichen Menschen, und jedes Mal, wenn das Bild eines gut gelaunten Touristen erscheint – zack, brät man ihm eins über. Das würde auch erklären, warum die Kerle hinter Panzerglas sitzen. Das dient nicht ihrem eigenen Schutz, sondern soll vielmehr verhindern, dass sie sich auf gut gelaunte Touristen stürzen und sich für die vielen Hiebe grausam rächen.

Bei dem Mitarbeiter des Reiseveranstalters – er hieß Gösta – war das schon ganz was anderes: jederzeit kündbar und auf die Zufriedenheit des Kunden angewiesen, so was lobe ich mir. Und weil ich die einzige Reisende ohne männliche Begleitung war, erbot er sich sogar, meine Koffer bis zum Bus zu tragen, was ich dankbar annahm. Denn obwohl ich selten schwitze, hätte es doch sein können, dass mein Körper bei über dreißig Grad im Schatten auf diese Tugend verzichtet, vor allem angesichts der Tatsache, dass mein Gepäck im Allgemeinen tonnenschwer ist. Das liegt daran, dass ich leidenschaftlich gerne Bücher kaufe, und da ich zu Hause kaum zum Lesen komme, nehme ich sie mit auf meine Reisen. Ich bin mir sicher, dass so manches meiner Bücher schon mehr auf der Welt herumgekommen ist als ein Durchschnittseuropäer in seinem ganzen Leben. Natürlich weiß ich, dass ich in einer Woche keine dreißig Bücher lesen kann – meistens schaffe ich nicht mal eines –, aber ich bin da lieber auf der sicheren Seite.

Denn was, wenn es die ganze Woche regnet? Oder wenn ich einen tollen Typen kennen lerne, der Literaturfreak ist?

Ich bin dann gerüstet, von »Krieg und Frieden« bis zu »Die Blumen des Bösen« habe ich alles mit, und sollte das Thema auf einen dieser Wälzer kommen: eine kleine Unpässlichkeit vortäuschen, nachschlagen, und ich bin voll dabei.

Gösta wäre da wahrscheinlich anderer Meinung gewesen, denn bis zu unserem Bus sah er aus, als hätte er Bekanntschaft mit einem Wasserwerfer gemacht. Ich belohnte ihn dafür mit einem Lächeln, dann stieg ich ein.

Zu meiner Enttäuschung gab es keinen Alkohol an Bord, aber noch schlimmer war, dass sich ein dicker Kerl direkt neben mich pflanzte.

»Geiles Wetter, was?«, versuchte er mit seinem Wortschatz zu punkten.

Damit hatte er ja auch Recht, die Sonne schien tatsächlich wie verrückt. Weniger geil fand ich allerdings, dass er aus dem Mund roch und noch mehr transpirierte als der arme Gösta.

»Hm«, war daher das Höflichste, was mir dazu einfiel.

»Auch eines?«, fragte er und hielt mir eine Dose Bier hin, die er aus seiner Tasche hervorgekramt hatte.

Wenn ich den Kerl nicht schnell loswurde, hatte ich ein Problem.

»Nein, danke, mein Verlobter sieht es nicht gern, wenn ich Alkohol trinke. Sie wissen ja, wie diese Türken sind.«

Die Überraschung in seinem Blick war kein bisschen geheuchelt.

»Sie sind verlobt? Mit einem Türken?«

»Ja, er erwartet mich am Hotel. Mit seinen Brüdern.«

»Oh, äh, soso. Ah, ich sehe gerade, da vorne sitzt ein Bekannter von mir, ich hoffe, es macht Ihnen nichts aus, wenn ich …?«

»Natürlich nicht, nur zu.«

Er wirkte noch erleichterter als ich, als er sich verzog, und mir war das nur recht. Gösta hatte uns darüber aufgeklärt, dass der Bus drei verschiedene Clubs mit Gästen belieferte, und dass das dicke Transpirationstalent gleich beim ersten ausstieg, fand ich gut.

Weniger gut fand ich, dass unter den übrigen Gästen keine Solomänner waren, von zwei durchgestylten

Typen abgesehen. Aber auch die sahen so aus, als blieben sie lieber unter sich. Beim zweiten Club stiegen auch die beiden aus, und übrig blieben sechs Paare und – ich.

Eine unangenehme Situation, kann ich Ihnen sagen, denn bei so etwas werden Urinstinkte wach.

Die Männer denken: Sieh mal an, die Kleine reist alleine. Die braucht sicher mal 'nen richtigen Kerl. Mal sehen, vielleicht kann ich meine Alte besoffen machen, und dann ...

Die Frauen denken: Sieh mal an, die Schlampe reist alleine. Falls die auf der Suche nach 'nem richtigen Kerl ist, ist sie bei meinem Heinz-Dieter zwar an der falschen Adresse, aber wer weiß ... Eins ist jedenfalls sicher: In diesem Urlaub trinke ich keinen Tropfen.

So etwas führt zu Spannungen, und ich war verdammt froh, als wir endlich bei unserem Club ankamen.

Die Anlage war schön, schöner jedenfalls, als ich es mir bei diesem Preis vorgestellt hatte, und auch mein Zimmer war okay.

Als Erstes schaltete ich mein Handy ein – ich hatte es seit dem vergangenen Abend nicht mehr aktiviert – und sah die Anrufliste durch.

Robert hatte es dreimal versucht, zweimal gestern, einmal heute Morgen. Das war nicht öfter als normal, und es sagte mir, dass meine Briefe noch nicht angekommen waren.

Isa hatte mir eine Nachricht hinterlassen. Sie war vor zwei Stunden in Stuttgart abgeflogen und freute sich auf unser Wiedersehen »wie nur was«.

Roxie hatte dreimal angerufen, aber keine Nachricht hinterlassen, daher rief ich sie zurück.

»Wie sieht's denn aus in dem Laden, männermäßig?«, war das Erste, was sie von mir wissen wollte.

»Keine Ahnung«, berichtete ich wahrheitsgemäß. »Habe gerade erst mein Zimmer bezogen.«

»Aber auf der Fahrt zum Hotel warst du doch sicher nicht die Einzige?«, bohrte sie nach.

»Stimmt, da waren noch ein schwules Pärchen und ein verschwitzter Dicker, die sind aber schon vorher ausgestiegen. Sonst nur Paare.«

»Glückliche Paare?«

»Was weiß ich, die haben nicht mit mir geredet. Du kannst dir ja vorstellen, wie es einem da geht als Solofrau.«

So war es wirklich gewesen. Beim Empfang hatten die mich mit einer Hartnäckigkeit ignoriert, als wäre das Gesetz in diesem Land.

Und ich hatte es genossen. Wenn so viele Frauen Angst um ihre Männer haben, ist das ein echtes Kompliment.

Nur eine hatte mich ein bisschen irritiert, indem sie locker blieb. Aber die hatte auch gut lachen. Die war höchstens zwanzig und sah aus, als wäre sie auf dem Weg zur Miss-World-Wahl ins falsche Flugzeug gestiegen. Ihr Partner war auch kein übler Typ, aber doch um einiges älter, und das machte ihn für mich von vornherein verdächtig. Denn eines ist gewiss: Ein älterer Mann, der sich eine junge Gespielin sucht, muss gehörige Defizite haben.

Ganz sicher fehlt es ihm an Geistesgröße, denn eine Zwanzigjährige kann bezüglich Witz und Esprit einfach nicht das bieten, was eine – wie nenne ich es am besten? – erwachsene Frau mitbringt.

Und auch in Sachen Sex sind solche Kerle mit Vorsicht zu genießen, das liegt doch auf der Hand. Wenn einer eine Zwanzigjährige braucht, um es noch zu bringen, dann hat er ein Problem.

Das einzig Positive an solchen Männern ist meistens ihr Geld. Denn anders lässt sich nicht erklären, warum sich ein junges Ding mit ihnen einlässt, es sei denn, sie hat einen Vaterkomplex. Dann wiederum hätte sie aber ein Problem.

»Au Backe, das sind ja Aussichten«, sagte Roxie.

»Wo bist du gerade?«, fragte ich.

»Bin schon gelandet. Jetzt muss ich nur noch einen Trottel finden, der meine Koffer schleppt. Ah, ich glaube, ich habe schon einen gefunden. Ich muss Schluss machen, wir sehen uns.«

Hatte sie tatsächlich ein geeignetes Objekt gefunden? Und das schon am Flughafen?

Gewundert hätte es mich nicht. Roxie ist die einzige Frau, die ich kenne, die nicht nur von Emanzipation redet, sondern sie auch lebt. Roxie wartet nicht, bis ein Typ sie anquatscht, Roxie quatscht den Typen selber an.

An sich finde ich das ja gut, aber die Sache hat auch einen Haken: Achtzig Prozent der Männer, die derart schonungslos mit weiblicher Begierde konfrontiert werden, suchen schleunigst das Weite. Und das liegt nicht etwa an Roxies Aussehen, sondern Männer geraten einfach in Panik, wenn eine Frau das tut, was sie selber gerne täten: erobern, anmachen, den Ton angeben. Und sie geben sich dann gleich wüsten Fantasien hin, sehen sich als Sexobjekt, wild geritten von einer Furie, die unersättlich ist und der sie nicht genügen können.

Andererseits aber hat Roxies Taktik auch was Gutes: Die Männer, die Angst haben, taugen meistens ohnehin nichts – deswegen haben sie ja Angst –, und die anderen erweisen sich manchmal als echte Volltreffer. Sagt zumindest Roxie.

Wie auch immer, bis zu ihrer Ankunft blieb mir noch eine gute Stunde Zeit, und die wollte ich auch nutzen.

Als Erstes schnappte ich mir den Clubprospekt und verschaffte mir einen Überblick.

Das Angebot war wirklich vielversprechend. Die Anlage verfügte über fünf verschiedene Restaurants, sechs Bars sowie ein umfangreiches Sportangebot: Laufbahn, Fitnessstudio, Sportschwimmbecken, Mountainbiking, Tennis, Squash, Beachvolleyball und noch vieles mehr.

Ich überlegte, ob ich mir einen Tagesplan zusammenstellen sollte, der zum Beispiel so aussehen könnte: Um sieben ein, zwei lockere Runden um die Anlage laufen, zum Warmwerden und um sich das Frühstück zu verdienen. Danach duschen und frühstücken, vollwertig und kalorienarm natürlich. Dann, sagen wir um halb neun, Fitnessstudio, um den Problemzonen (Bauch, Beine, Po, Oberarme, Brust, Unterarme, oberer Rücken, Schultern, unterer Rücken, Hals, um nur die wichtigsten zu nennen) ordentlich einzuheizen. Das würde vielleicht eineinhalb Stunden dauern, somit konnte ich um zehn eine Kaffeepause einlegen.

Gegen elf ein paar Bahnen schwimmen oder eine Tennisstunde absolvieren oder Squash oder Beachvolleyball. Wobei ich Tennis und Squash erst lernen müsste, aber dafür gab es hier doch sicher Trainer.

Dann ein leichtes Mittagsmahl, Sonnenbaden und Entspannen – man ist schließlich keine Maschine –, und für den Nachmittag gab es dann wieder verschiedene Möglichkeiten: Surfen, Segeln, Bogenschießen, Wasseraerobic …

Anschließend Abendessen – nicht zu viel natürlich – und dann Abtanzen in der Disco – auch die gab es hier.

Wow.

Eines war sicher: Nach dieser Woche würde ich in der Form meines Lebens sein, und das kam gerade rechtzeitig, passte es doch hervorragend zu meinem neuen Leben als Powerfrau. Ich würde aussehen wie Sarah Connor – nach ihrem Baby natürlich –, nur: wofür die einen persönlichen Fitnesstrainer verschlissen hatte, brauchte ich bloß eine Woche in einem mittelmäßigen All-Inclusive-Club. So einfach ging das bei mir.

Doch womit sollte ich beginnen? Roxie würde bald eintreffen, und es war Mittagszeit, also entschied ich mich für das nahe Liegende: einen Restaurantbesuch.

Ich zog einen meiner neuen Bikinis an (den gelben), streifte eines meiner neuen Sommerkleider (das weiße, durchsichtige) über, dann machte ich mich auf den Weg zum Hauptrestaurant.

Das war riesig und bot alles, was ein Fitnessfreak sich wünscht: ein meterlanges Salatbuffet, verschiedene magere Fleischspeisen samt gesunder Beilagen, mehrere Müslisorten und jede Menge Obst. Und ein paar Süßigkeiten gab es auch.

Ich schwankte zwischen Hühnchenfilet mit Reis und einem Salatteller mit Roggenbrot, schließlich entschied ich mich für Schokoladensoufflee, Cremetörtchen und Waldbeerenpudding.

Klar, davon würde ich nicht gerade schrumpfen, aber morgen war schließlich auch noch ein Tag, außerdem wollte ich nicht als Magersüchtige zurückkehren. Und man kann von der türkischen Küche halten, was man will, aber bei den süßen Sachen halten die mit den Besten der Welt mit. Das Schokoladensoufflee war locker, die Cremetörtchen cremig und der Pudding beerig.

Doch genießen konnte ich nicht einen einzigen Bissen davon.

Das lag daran, dass, kaum hatte ich meine Teller samt der süßen Beute auf einem freien Tisch platziert, ausgerechnet der alte Kerl mit seiner jungen Miss World am Nebentisch Platz nahm.

Und die Göre aß – wie könnte es anders sein? – nur Salat, und da sie mit dem Rücken zu mir saß und auch einen Bikini – String! – unter einem Sommerkleidchen anhatte, war es unmöglich, ihren Po zu übersehen.

Und da packte mich die Wut.

Nicht, dass ich etwas gegen hübsche Hintern hätte, aber wenn man selber auf etwas sitzt, das viel bequemer, weil doppelt so breit ist, dann will man nicht bei jedem Bissen daran erinnert werden, woher das kommt.

Dazu kam, dass auch der Begleiter der Barbiepuppe in seinem Polohemd und den Shorts so aussah, als hätte er den ganzen Tag nichts anderes zu tun, als Gewichte zu stemmen und Gemüsesticks zu knabbern. Dabei war der bestimmt schon über vierzig, ich meine, so etwas ist doch unnatürlich. Und wie er mit der Göre redete, das war schon richtig peinlich, so verliebt wirkte er. Ich kann mich jedenfalls nicht erinnern, dass mich jemals ein Mann so angesehen hätte. Und damit nicht genug, besaß er auch noch die Unverschämtheit, mich zwischendurch anzugrinsen, so als wollte er sagen: »Iss nur, Dickerchen, bei dir ist es ohnehin egal.«

Doch damit erreicht man bei mir gar nichts. Eine andere hätte vielleicht verschämt ihre Teller beiseite geschoben und so getan, als hätte ihr Vorgänger sie am Tisch vergessen, ich aber aß alles bis zum letzten Cremeflöckchen auf.

So, das hatte der blöde Kerl nun davon.

Dann erhob ich mich mit all der Grazie, zu der eine Vierunddreißigjährige, die mit einer Zwanzigjährigen in Konkurrenz steht, fähig ist, und schwebte durch den Speisesaal davon. Dabei wurde mir erst bewusst, wie elend lang der war, und ich war mir sicher, dass der alte

Geldsack nichts anderes zu tun hatte, als die ganze Zeit verächtlich auf meinen Hintern zu starren, und ich verfluchte mich für dieses Sommerkleid, das außer Stande war, auch nur einen einzigen Millimeter von meiner üppigen Kehrseite zu kaschieren.

Ich fühlte mich beschämt und wütend. Ich brauchte jetzt unbedingt einen Drink, und ich brauchte Roxie, um mich abzulenken, und ich würde es diesem Kerl und seiner Barbiepuppe heimzahlen, dass sie mir das Essen verdorben hatten. Die Frage war nur, wie, aber mir würde schon das Richtige einfallen.

Weil mir immer etwas einfällt, wenn es darum geht, erlittenes Unrecht wieder gutzumachen.

9

Roxies Haare waren so kurz wie immer, nur waren sie jetzt rot. Und damit meine ich nicht etwa einen dezenten Schimmer, sondern richtiges Knallrot, wie bei einer Vierzehnjährigen, die ein bisschen experimentiert hat, um ihren Eltern zu demonstrieren, dass sie fade Spießer sind.

»Hab ein bisschen experimentiert«, erklärte Roxie, nachdem sie mein Strand-Make-up mit einer minutenlangen Kussattacke zerstört hatte.

»Ist nicht zu übersehen«, antwortete ich so neutral wie möglich.

»Und, gefällt's dir?«, fragte sie.

Was sollte man darauf antworten?

»Sicher, ist mal was Anderes.«

In Wahrheit sah sie aus wie Pumuckl, und ihren Meister Eder schien sie auch schon gefunden zu haben.

»Das ist Jo«, stellte sie ihren Begleiter vor. »Jo war so lieb, meine Koffer zu tragen.«

Ah, der Trottel, den sie am Flughafen gesucht hatte.

»Freut mich«, sagte ich.

»Und mich erst«, sagte Jo, und es klang wohltuend echt.

Jo musste um die dreißig sein, er war nicht sonderlich groß, dafür aber umso muskulöser, und anscheinend war er irgendwann mit seinem Friseur übers Kreuz gekommen und hatte sich deshalb eine Glatze zugelegt.

»Wie sieht's aus, trinken wir erst mal einen?«, fragte er.

»Nicht böse sein, Jo, aber Heike und ich haben uns seit Monaten nicht gesehen und müssen jetzt eine Menge besprechen. Du weißt schon: Frauensachen«, raubte Roxie ihm sogleich die Hoffnung auf einen schnellen Aufriss.

Jo ließ sich dadurch seine gute Laune nicht verderben.

»Alles klar. Gebt mir Bescheid, wenn ihr damit fertig seid«, sagte er und trollte sich sang- und klanglos.

»Der ist ja pflegeleicht«, wunderte ich mich, als er weg war. »Wo hast du ihn her? Vom Flughafen?«

»Ja, er war der Kofferträger.«

»Und, hast du was vor mit ihm?«

»Weiß nicht, er ist eigentlich nicht mein Typ. Dabei ist er gar nicht dumm. Er ist Webdesigner.«

»Ehrlich? Ich hätte eher auf Berufsringer oder Rausschmeißer getippt. Aber das ist der Vorteil bei diesen Berufen: Einem Computer ist es egal, wie du aussiehst.«

»Ganz genau. Was trinkst du?«

»Die nennen das Lemon Dream. Sekt mit Zitroneneis.«

»Okay, das nehme ich auch.«

Sie gab dem Barkeeper ein Zeichen.

»So, und jetzt erzähl, wie das war mit Robert! Ich will jedes Detail wissen, vor allem die schlüpfrigen.«

Und ich legte los.

Zwei Stunden und fünf Zitrusträume später traf auch Isa ein. Um sie nicht zu verpassen, waren wir gleich an der Bar neben der Lobby sitzen geblieben. Nach der Begrüßung konnte auch sie ihre Neugierde nicht länger im Zaum halten.

»Und jetzt will ich genau wissen, was passiert ist. Erzähl!«

Und ich legte noch einmal los.

Eines muss ich dazu sagen: Um seelisch mit sich ins Reine zu kommen, gibt es nichts Besseres, als sich mit ein paar Freundinnen einen hinter die Binde zu gießen. Da kann der beste Psychotherapeut nicht mithalten, denn erstens hat der Preise, die an sich schon schwerste Depressionen hervorrufen können und wahrscheinlich schon so manchen Wankelmütigen in den Selbstmord getrieben haben, und zweitens habe ich noch bei keiner Therapiesitzung erlebt, dass sich der Therapeut vor Lachen auf die Schenkel geklopft und noch eine Runde bestellt, geschweige denn, dass er dem vorbeieilenden Kellner auf den Hintern geklopft hätte – was Roxie gerne macht, wenn das Bürschchen knackig genug aussieht. Das mag zwar kindisch klingen, aber es hat eine ungeheuer befreiende Wirkung, und in weiterer Folge setzten wir die Therapiesitzung an der Strandbar fort, um das bisher Erarbeitete noch zu festigen.

Gegen sieben am Abend begann es dann abzukühlen, und wir beschlossen, uns in die Abendgarderobe zu werfen, um die Männerwelt so richtig aufzumischen.

Ich erinnere mich noch, dass ich einige Zeit brauchte, um auf mein Zimmer zu finden – die Anlage war ziemlich groß –, und dass ich mich aufs Bett setzte, um meine Sandaletten auszuziehen. Und dass ich mich für einen kurzen Moment zurücklegte, um mir mein Programm für die nächsten Tage durch den Kopf gehen zu lassen: viel Sport, gute Gespräche, Sonne – und vielleicht auch Sex.

Danach kann ich mich an gar nichts mehr erinnern.

»Wenn der liebe Gott gewollt hätte, dass wir so viel trinken, hätte er das Kopfweh nicht erfunden.«

Ein geistreicher Spruch, den mir eine gute Freundin einmal anvertraut hatte.

Und wie Recht sie damit hatte!

Es dauerte einige Zeit, bis ich überhaupt kapierte, wo ich war. Ich hatte noch immer das Kleid vom Vortag an und einen Schuh, und wenn mein Kopf so aussah, wie er sich anfühlte, dann gab es für mich keine Chance, durch die Badezimmertür zu kommen.

Glücklicherweise verhielt es sich dann doch nicht so – was die Größe meines Kopfes betraf –, aber bei meinem Aussehen konnte ich mir selbst gut zureden, soviel ich wollte, das war einfach verheerend. Die Fremde, die mich da aus dem Spiegel anstarrte, sah aus, als bräuchte sie dringend ein heißes Bad und ein Aspirin. Oder besser zwei Aspirin. Ach, was rede ich, eine ganze Packung.

Und dazu einen Schönheitschirurgen.

Verdammte Trinkerei, dachte ich, sollte ich mal wieder Kummer haben, gehe ich zu einem Therapeuten.

Aber die gegenwärtige Situation war nun mal, wie sie war, und mir blieb nichts anderes übrig, als das Beste daraus zu machen. Ein heißes Bad in Verbindung mit einer halben Packung Aspirin stellte mein inneres Gleichgewicht wieder her, und das äußere brachte ich mit Augentropfen, Schminke und einer frischen Fönwelle wieder ins Lot.

Das Ergebnis war gar nicht mal so schlecht, und als ich meinen anderen neuen Bikini – den blauen – überstreifte, stellte ich mit Genugtuung fest, dass mein Bauch ein wenig flacher war als noch am Vortag.

Das war also das Geheimnis: Alkoholexzesse und wenig feste Nahrung, so wird man schlank. Und dieses ganze Herumgetue mit Fitnesstraining, Body-Shaping, Fat-Burning, Spinning und wie der ganze Quatsch heißt war nichts als eine einzige große Lüge.

Und jetzt war mir auch klar, woher Jean-Claude van Damme seinen knackigen Hintern hat: Der kommt keineswegs vom harten Training, wie uns immer weisgemacht wurde, sondern vielmehr von den unzähligen Stunden, die er auf harten Barhockern verbringt – um seinen Körperfettanteil zu senken, bevor der nächste Dreh beginnt.

Und erst diese spindeldürren Models: Die müssen eine Leber haben, da würde jeder Pathologe vor Freude die Hände zusammenschlagen, da könnte er seinen Studenten anschaulich vor Augen führen, wie das Innenleben eines wahren Trinkers aussieht.

Aber eben eine gute Möglichkeit, um dünn zu werden, und das sollte man im Auge behalten, als Option.

Roxie sah aus, als hätte ihr ein Großwildjäger eine Betäubungsspritze in den Hintern gejagt.

»Schon gefrühstückt?«, fragte ich.

»Ja, zwei Kaffee. Und die hier.« Sie hielt ihre Zigarette hoch.

»Und das genügt dir?«

»Nein, normalerweise trinke ich vier Tassen, aber die Brühe schmeckt noch schlechter, als sie aussieht.«

»Vorne gibt es ein Strandcafé, die haben Cappuccino. Vielleicht ist der besser. Aber vorher muss ich noch was frühstücken.«

Ich nahm mir ein paar Brötchen und dazu Butter, Käse und Konfitüre. Auf Wurst verzichtete ich lieber, denn die sah hier lebensgefährlich aus, aber dafür entdeckte ich einen dunklen Kuchen, der einen sympathischen Eindruck machte.

Während ich aß, redete Roxie keine zwei Sätze. Ihr zuliebe beeilte ich mich, dann trotteten wir hinunter zum Strandcafé. Der Kaffee dort war wirklich besser, und das stimmte auch Roxie wieder friedlich.

»Wart ihr noch lange weg gestern Abend?«, fragte ich.

»Genau kann ich das nicht sagen, ich habe gerade noch die Show mitbekommen, dann war Feierabend bei mir«, sagte Roxie.

»Darf ich?«, fragte ich mit einem Blick auf ihre Zigarettenpackung.

»Nur zu.«

Ich zündete mir eine an. Schmeckte irgendwie seltsam, und ich konnte nach wie vor nicht verstehen, warum manche ein Leben lang nicht von den Dingern loskommen. Bei mir war das natürlich etwas anderes, aber im Urlaub leistet man sich schon mal Sachen, die man zu Hause besser bleiben lässt.

»Und Isa, ist die noch länger geblieben?«, fragte ich dann.

»Ja, sie wollte noch tanzen gehen, soweit ich mich erinnern kann.«

»Dann muss es ihr noch schlechter gehen als uns. Die kann einem echt Leid tun«, schlussfolgerte ich.

»Ja, das sollte man meinen. Aber guck dir das an!«

Dort, wo Roxie hinzeigte, führte die Laufbahn des Clubs direkt an uns vorbei. Und da kam Isa angetrabt, und zwar keineswegs so, wie man das nach einer durchzechten Nacht erwarten würde. Weit gefehlt.

Isa kam daher wie Marion Jones bei einem Achthundert-Meter-Lauf, und in ihrem hautengen Laufsuit hatte sie eine Figur, um die sie sogar Marion Jones beneiden würde, sobald sie erst mal siebenunddreißig wäre.

Und direkt vor Isa liefen – wie konnte es auch anders sein – der alte Geldsack und sein Barbiepüppchen, und allesamt machten sie Gesichter, als wäre diese Lauferei das reinste Vergnügen.

Und ich, ich fühlte mich fett und träge wie nie zuvor.

Doch dann machte Isa etwas, das mich mit tiefer Genugtuung erfüllte: Sie überholte den Alten und seine Barbie, und das mit einem Tempo, das sie beide alt aussehen ließ.

So war das also: Die machten einen auf sportlich, aber wenn es darauf ankam, lief ihnen eine angegraute siebenunddreißigjährige Mutter einer erwachsenen Tochter auf und davon.

Zufrieden saugte ich an meiner Zigarette.

»Das ist der Kerl, von dem ich dir gestern erzählt habe«, sagte ich.

»Was, der? Hast du nicht gesagt, der sei alt?«, meinte Roxie.

»Ist er auch. Der hat schon graue Schläfen, und sieh nur, wie langsam er läuft.«

»Also, langsam würde ich das nicht gerade nennen.«

»Hast du nicht gesehen, wie Isa an denen vorbeigezogen ist? Also, ich würde mich schämen an seiner Stelle.«

Die Szene hatte mich in Stimmung gebracht, und da ich mich noch nicht imstande fühlte, Sport zu betreiben, beschloss ich, anderweitig etwas für meine Figur zu tun.

»Ich hol mir was zu trinken. Willst du auch was?«

»Sicher, warum nicht.«

Ich entschied mich für Wodka mit Ginger Ale. Das hatten wir schon letzten Abend getrunken, und stimmungsmäßig war es ein voller Erfolg gewesen. Dazu hatte Wodka die angenehme Eigenschaft, kaum zu riechen, und in einem Bericht hatte ich gesehen, dass bei der Herstellung alle schädlichen Stoffe – abgesehen vom Alkohol natürlich – herausgefiltert werden. Insgesamt keine schlechte Sache also.

»Spinnst du?«, sagte Roxie nach dem ersten Schluck.

»Jetzt mach mal nicht auf kleines Mädchen! Wir wollen doch Spaß haben, oder nicht?«

Zehn Minuten vergingen oder auch zwölf, und dann geschah etwas Seltsames: Die Szene, die wir gerade eben beobachtet hatten, wiederholte sich: Opa und Barbie liefen daher, redlich bemüht und mittelmäßig schnell, und dann kam Isa und zog an ihnen vorbei wie ein ICE, dessen Lokführer einen Krampf im rechten Fuß hat.

»Hast du das auch gesehen?«, fragte ich.

»Klar, und ich muss sagen, der Typ sieht echt nicht schlecht aus. Nehmen wir noch einen?«, sagte Roxie.

»Das meinte ich nicht. Ist dir nicht aufgefallen, dass Isa die beiden schon wieder überholt hat?«

»Na und? Ist eben ein sportliches Mädchen, unsere Isa. Und jetzt wissen wir auch, woher sie ihre Figur hat. Also, willst du noch einen?«

»Ja, klar.«

Als Roxie mit den Getränken zurück war, versuchte ich ihr klar zu machen, was ich vorhin gemeint hatte.

»Erklär mir doch bitte mal, wie Isa die beiden überholen kann, wenn sie sie gerade eben schon überholt hat?«

»Ach, das meinst du.« Roxie legte ihre Stirn in Falten. »Also, welche Möglichkeiten gäbe es da: Isa könnte gestürzt sein, und die beiden haben sie überholt. Dann hat sie sich wieder hochgerappelt und die beiden wieder eingeholt.«

»Klingt ziemlich unwahrscheinlich, findest du nicht auch?«

»Oder sie haben eine Abkürzung genommen und waren dadurch wieder vor Isa.«

Das klang gar nicht mal schlecht. Und das hätte auch erklärt, warum die kein bisschen außer Atem waren, mit einer Abkürzung war die Runde doch ein Klacks.

Und Roxie fiel noch eine Möglichkeit ein: »Außerdem kann es sein, dass wir Isa einfach übersehen haben, als sie zwischendurch schon mal vorbeigelaufen ist.«

»Das würde ja bedeuten, dass sie doppelt so schnell läuft wie die beiden. Wow!«

Was für eine Demütigung für den alten Sack!

»Wir müssen nur bei ihrer jetzigen Runde aufpassen, dann wissen wir es«, schlug Roxie vor.

Also warteten wir. Da wir nicht wussten, wie lange eine Runde dauerte, durften wir die Strecke keine Sekunde aus den Augen lassen, und die Minuten gingen zäh dahin.

Und dann geschah es noch einmal: Opa und Barbie kamen mit der unerschütterlichen Gleichmäßigkeit von Duracell-Hasen dahergelaufen, und dann wieder Isa! Mit beeindruckendem Geschwindigkeitsüberschuss zog sie an ihnen vorbei, und während sie das tat, winkte sie zu uns herüber und rief: »Nur noch eine Runde, holt mir schon mal was zu trinken!«

Und mir fiel nichts Besseres ein, als mein Glas zu heben und ihr zuzuprosten, und das genau in dem Moment, als der alte Kerl Isas Blick folgte und uns entdeckte.

Na, das passte ja wieder: Er joggte und ich zog mir einen Wodka rein!

Und sowie er das sah, setzte er wieder sein dämliches Grinsen auf, und als Barbie bemerkte, dass er in meine Richtung grinste, folgte sie seinem Beispiel. Allmählich hatte ich den Eindruck, dass die ein Urlaubsmotto hatten: »Wir suchen uns eine fette Blondine, und die lachen wir dann aus.«

Und gefunden hatten sie ausgerechnet mich.

Dabei muss ich jetzt etwas zu meiner Figur klarstellen, um Missverständnissen vorzubeugen: Ich bin nicht fett. Ehrlich nicht. Ich wiege knapp über siebzig Kilo, und das bei einer Körpergröße von eins zweiundsiebzig. Wobei man Folgendes beachten muss: Ich habe nur eine sehr frauliche Figur. Das bedeutet, ich bin mit einem Becken ausgestattet, damit könnte man locker zehn Kinder auf die Welt bringen, ohne an die Grenzen seiner Leistungsfähigkeit zu stoßen. Einer meiner Exfreunde hat es einmal auf den Punkt gebracht: »Also ehrlich, Heike, jeder Tag, den du nicht mit Kindermachen zubringst, ist die reinste Verschwendung.« Wobei ich mir jetzt nicht mehr ganz sicher bin, wie er das mit dem »Kindermachen« gemeint hat. Aber egal.

Und wie es sich nun mal gehört, besitze ich passend dazu ein Hinterteil, auf dem es sich wirklich gut sitzen lässt. Alles andere würde auch komisch aussehen. Aus zuverlässiger Quelle (von einem befreundeten Barkeeper, der ausreichend Gelegenheit hat, Männern zuzuhören, wenn sie am ehrlichsten sind: nach ein paar Schnäpsen und unter sich) weiß ich, dass große Pobacken bezüglich sexueller Anziehungskraft wesentlich mehr hermachen als ein schmaler Knabenhintern. Heterosexualität auf Seiten des Betrachters vorausgesetzt, natürlich.

Und zu all dem habe ich große Brüste, Körbchengröße eher D als C, und relativ breite Schultern, was auch lebensnotwendig ist bei meinen Hüften, denn sonst würde ich bei untergehender Sonne den Schattenriss eines Maggi-Fläschens produzieren.

Was ich damit sagen will?

Also, zum Mitrechnen: Siebzig Kilo minus gebärfreudiges Becken macht, sagen wir, achtundsechzig. Dazu Körbchengröße D im Vergleich zu B, das sind dann noch einmal zwei Kilo. Mindestens. Bleiben sechsundsechzig. Jetzt noch die breiteren Schultern – und auch langes Haar ist nicht gewichtslos –, damit kommen wir schon auf vierundsechzig. Höchstens.

Und jetzt mal ganz ehrlich: Mit vierundsechzig Kilo bei eins zweiundsiebzig ist man doch nicht fett, oder? Ganz im Gegenteil, neidlose Zeitgenossen hätten eigentlich allen Grund, mir zu meiner Disziplin zu gratulieren, finde ich.

Leider hilft einem die eigene Überzeugung nicht immer weiter. Tatsache ist zum Beispiel, dass ich Roxie zu dünn finde. Die ist ein paar Zentimeter größer als ich und wiegt unter sechzig Kilo. Und hat null Titten. An der ist wirklich nicht viel dran, und wäre ich ein Kerl, hätte ich Angst, mir beim Nahkampf blaue Flecken zu holen. Da ist mir mein Körper – mit der ganzen Sonderausstattung – allemal lieber.

Das Problem daran ist nur, dass man in dem Moment, in dem man mit jemandem wie Roxie zusammen ist – vor allem im Bikini und vor Publikum –, plötzlich nicht mehr denkt: Die ist zu dünn, sondern: Mensch, ich bin zu fett!

Das ist, als würde jemand einen Schalter umlegen, und das bisschen Selbstvertrauen, das man seit der letzten Begegnung mühsam aufgebaut hat, verflüchtigt sich in Sekundenschnelle. Am meisten hasse ich es, wenn so ein wandelndes Gerippe dann versucht, einem Honig ums Maul zu schmieren: »Worüber beschwerst du dich denn? Du hast doch große Brüste.«

Als ob das ein Vorteil wäre!

Hiermit sei jedem, der frontseitig mit weniger als Körbchengröße C durchs Leben läuft, mitgeteilt, wie es sich in Wirklichkeit verhält: Große Brüste sind manchmal ein Segen, meistens aber ein Fluch.

Das beginnt schon in der Pubertät, wenn du zum ersten Mal bemerkst, dass du allmählich kopflastiger wirst als die anderen Mädchen in deiner Klasse. Da geht plötzlich rundherum ein Getuschel los, vor allem bei den Jungs. Und nicht, dass du glaubst, einer von denen hätte den Anstand, dir zu sagen: »Wir lachen dich gar nicht aus, Heike, wir kichern nur, weil du die Einzige in der Klasse bist, die schon richtige Titten hat.«

Und später, wenn du eigentlich schon kapieren solltest, dass die darauf stehen, ist es bereits zu spät. Da sitzt in deinem Hirn ein kleiner Kobold, der nicht müde wird, dir einzureden: »Du hast da so ein Ding wie Quasimodo, nur vornherum.«

Der Einzige, der damals menschliche Größe bewies, war Herr Meifart, der Turnlehrer der Parallelklasse, der manchmal bei uns Mädchen aushalf. Der war schon an die sechzig und verfügte über genügend Lebenserfahrung, um zu wissen, dass ich seelischen Beistand benötigte. Den gab er mir dann auch, indem er meine unaufhörlich wachsenden weiblichen Attribute mit wohlwollenden Blicken zur Kenntnis nahm, und von da an durfte ich auch viel länger auf dem großen Trampolin springen als alle anderen.

Aber würde ich jetzt behaupten, ein großer Busen brächte nur Negatives mit sich, dann wäre das auch wieder nur die halbe Wahrheit. Nach der Pubertät kommt nämlich etwas, das man die Phase der Versöhnung nennen könnte. Man merkt plötzlich, dass die anderen Mädchen unter ihren kleinen Busen noch mehr leiden als du unter deinem großen, und plötzlich wird man auch für die Jungs interessant. Damit meine ich jetzt nicht die kindischen Rüpel aus der eigenen Klasse, sondern die wirklich guten Typen aus der Oberstufe. Die haben dann schon einen Führerschein, und auch themenmäßig hängen die nicht mehr bei Comic-Heften fest oder daran, wer die meisten Haare an seinem Pimmelchen hat. Mit denen kann man schon richtige Erwachsenengespräche führen – über coole Musik oder über eine neue In-Disco zum Beispiel, oder wie man sich am besten einen Joint reinzieht.

Auf einmal muss man seine Getränke nicht mehr selbst bezahlen, die Türsteher vor den angesagten Lokalen mutieren von Feinden zu Freunden, und auch deinen Ausweis musst du jetzt nicht mehr fälschen. Das ist eine Zeit, die sollte man wirklich genießen, denn die Ungetrübtheit dieser Freude ist nur von kurzer Dauer.

Kaum hast du nämlich Gefallen an deinen Brüsten gefunden, werden dir auch schon die Nachteile vor Augen geführt. Denn ab dem fünfundzwanzigsten Geburtstag kommt irgendwann der Zeitpunkt, in dem man erkennt, dass der Physiklehrer – der kleine Dicke, bei dem man überzeugt gewesen war, dass der einem nichts, aber auch wirklich gar nichts beibringen könne, was im späteren Leben irgendeinen Wert haben würde – vollkommen Recht gehabt hatte. »Die Schwerkraft bestimmt unser ganzes Leben«, hatte er gesagt, und wer weiß, vielleicht hat er damit sogar ganz explizit meinen Busen gemeint. Und wie Recht er damit hatte, merkte ich, als ich mich beim Orthopäden über ständige

Rückenschmerzen beklagte und der sagte: »Das ist ganz normal, Ihr Busen zieht nach unten, und der Rücken muss das ausgleichen.«

Ihr Busen zieht nach unten.

Genau das hatte er gesagt, wortwörtlich, und entweder besaß dieser Mann die Sensibilität eines hundertjährigen afrikanischen Elefanten, oder er war ein Frauenhasser allererster Güte. Denn von da an war natürlich die Panik mein ständiger Begleiter, und mit jedem Tag wurde es deutlicher: Die beiden Kerlchen zogen tatsächlich nach unten, und das mit einer Beharrlichkeit, als wäre jeder noch so schmutzige Boden das reinste Paradies. Und was mir am meisten Sorge bereitete: Die hatten auch Erfolg damit, denn sie kamen ihrem Ziel immer näher.

So, und jetzt soll mir einer ein vernünftiges Argument bringen, warum es so toll sein soll, einen großen Busen zu haben. Ich als Betroffene habe jedenfalls meine Lektion gelernt, und in Wirklichkeit gibt es nur wenige, die noch schlechter dran sind als eine Frau mit Körbchengröße D.

Erstens Frauen mit mehr als Größe D, denn denen bleibt nur die Möglichkeit, eine Blitzkarriere als Pornostar zu machen, ehe sich alles talwärts verflüchtigt.

Zweitens, wenn jemand weniger als Größe B hat: Das ist dann nämlich A, was bedeutet, dass jeder Junge, der auch nur ein bisschen zur Fettleibigkeit neigt, einen in dieser Hinsicht locker abhängt.

Drittens die Ärmsten der Armen: Frauen mit kleinen Brüsten, die aus vollkommen irrationalen Gründen trotzdem hängen. Eigentlich müsste man denen sogar vorsichtig begegnen, denn wenn an der Sache mit der Wiedergeburt etwas dran sein sollte, dann müssen die im vorigen Leben ordentlich was ausgefressen haben.

Natürlich kommen jetzt sofort die Superklugen mit dem guten Rat, man sollte sich doch einfach zum Schönheitschirurgen seines Vertrauens begeben und Mutter Natur zeigen, dass sie sich für ihre Launenhaftigkeit die Falsche ausgesucht hat.

Der Haken daran ist nur, dass sich das Wort Vertrauen in Verbindung mit dem Begriff Schönheitschirurg ziemlich schwer tut. Das ergibt nämlich ein Paradoxon, das sich gewaschen hat, da könnte man genauso gut von einem schmallippigen Schwarzafrikaner reden, oder von Paris Hiltons Tugendhaftigkeit oder von dem ehrlichen Bestreben eines Politikers, die Abgabenlast zu senken. Manche Dinge sind einfach nicht unter einen Hut zu bringen, da kann man sich noch so auf den Kopf stellen.

Man braucht sich ja nur die diversen Fernsehsendungen zum Thema Schönheits-OPs anzugucken: Da kommen wirklich bedauernswerte Geschöpfe daher, denen müsste man ehrlicherweise den Rat geben, den nächsten Geburtstag bei absoluter Dunkelheit zu feiern und darauf zu achten, dass niemand ein Nachtsichtgerät einschmuggelt, dann wird's vielleicht was mit einem Freund – zumindest so lange, bis die Sonne wieder aufgeht. Und die sind dann voller Hoffnung, haben vielleicht noch ein Bild von Pamela Anderson dabei und äußern tapfer ihre Wünsche: »Ich dachte mir, mit einer anderen Nase ... und vielleicht noch ein bisschen von diesem Nervengift – Botros oder wie das heißt – in die Stirn, gegen die Falten ... Und natürlich, der Busen ... ich meine, bei der Anderson ist ja auch nicht alles ganz echt. Glauben Sie, Sie bekommen das hin, Herr Doktor?«

Und wäre der Arzt jetzt so vertrauenswürdig wie Dr. Stefan Frank, dann müsste er antworten: »Also, das mit dem guten Aussehen können Sie bei Ihrem Gesicht sowieso gleich vergessen, aber ich kenne einen guten Anlageberater, bei dem können Sie mit dem Batzen, den Sie bei mir ausgeben wollten, in ein paar Jahren ordentlich Kohle machen, und dann leisten Sie sich einen jungen Lover, der einen guten Magen und ordentlich was in der Hose hat. Unter uns, in Kitzbühel und auf Marbella macht das jede Zweite so.«

Das wäre für die arme Schönheitsaspirantin natürlich ein brutaler Schock, aber ein heilsamer, denke ich, und falls sie sich davon erholt, kann sie dann den gut gemeinten Ratschlag in die Tat umsetzen, und irgendwann käme sie dann auch auf ihre Kosten.

Nur, so läuft es natürlich nicht, denn was macht dieser geldgierige Sack? Der lächelt so überlegen, als hätte sie ihn gebeten, ihr eine Wimper aus dem Auge zu entfernen, und sagt: »Kein Problem, meine Liebe. Und mit der Anderson haben Sie vollkommen Recht, die hätten Sie mal sehen sollen, bevor sie zu mir kam!«

Und dann geht's los, Tausende von Euro werden verschnippelt, verklebt, versilikoniert, und das Ergebnis ist die Erkenntnis, dass es bei einem hässlichen Gesicht wenig bringt, wenn nur die Nase hübsch ist.

Aber zurück zu meinem Urlaubsdebakel: Jetzt saß ich jedenfalls neben dieser Laufbahn und fühlte mich fett, ohne eigentlich fett zu sein, und ich beschloss, dagegen anzukämpfen, indem ich meine Fettverbrennung mit dem nächsten Wodka-Ginger Ale ankurbelte.

»Und, hast du sie schon gesehen?«, fragte ich Roxy, nachdem ich die Gläser auf den Tisch gestellt hatte. Sicherheitshalber hatte ich auch für sie und Isa einen Drink mitgenommen. Vielleicht wollten sie ja auch ein paar Fettpölsterchen loswerden.

»Noch nicht, aber sie müssten gleich kommen«, sagte Roxile mit einem Blick auf ihre Uhr.

Und dann kamen sie wieder, Opa und Barbie, doch von Isa keine Spur. Zähe Minuten vergingen, dann endlich tauchte sie auf.

»Wo hast du denn so lange gesteckt?«, fragte Roxie.

»Ich war hinten bei dem kleinen Pinienwald und habe Dehnungsübungen gemacht. Das ist wichtig beim Abkühlen, beugt Muskelkater vor und hält beweglich. Was trinkt ihr?«

»Wodka-Ginger Ale. Prost.«

»Für mich etwa auch? Keine gute Idee, ich brauche erst mal ein Mineralwasser.«

Als sie von der Bar zurück war, trank sie in großen Schlucken, was ein bisschen übertrieben wirkte, denn so wie sie aussah, hatte sie kein bisschen geschwitzt.

»Wie kommt es, dass du die beiden bei jeder Runde überholt hast?«, fragte ich schließlich.

»Welche beiden?«

»Den Alten mit der viel zu jungen Freundin.«

»Ach so, die. Ganz einfach, ich lege bei jeder Runde eine Pause ein und dehne ein bisschen, dafür laufe ich dann umso schneller. Mir ist das lieber so, obwohl ich weiß, dass es nicht optimal ist für die Fettverbrennung. Die zwei machen das vernünftiger, die laufen gleichmäßig.«

Roxie und ich wechselten einen Blick. Unser Champion war gar kein Champion, sondern hatte bloß eine bescheuerte Lauftaktik.

»Die haben übrigens eine Bombenkondition, die waren schon vor mir auf der Bahn«, streute Isa dann noch Salz in unsere Wunden, und wie zur Bestätigung kamen die zwei gleich noch einmal vorbei, ohne auch nur die geringsten Anzeichen von Müdigkeit zu zeigen.

Isa nippte an ihrem Drink. »Habt ihr schon gegessen? Ich habe Riesenhunger«, war dann das erste Vernünftige, was ich an diesem Tag von ihr hörte.

Der Vorschlag kam mir ganz gelegen, hatte ich es doch langsam satt, anderen beim Sport zuzusehen. Außerdem hatte ich mittlerweile genügend Wodka in mir, um die Kalorien eines mittelschweren Mittagsmahls verbrennen zu können.

10

Würde man in der Türkei den größten Patrioten aller Zeiten wählen, dann würde mit Sicherheit der Küchenchef eines Ferienclubs gewinnen. Denn aus welchem Grund auch immer – entweder schmeckt denen das wirklich oder sie wollen bloß verhindern, dass die Touristenflieger beim Rückflug Probleme mit der Zuladung bekommen – verteidigen sie die osmanische Esskultur mit einer Beharrlichkeit, die man sich selbst bei einer Hungerkur nur wünschen könnte. Da gibt es einfach kein Fleischgericht ohne Tomaten und Paprika, und Knoblauch verwenden sie, als gelte es, eine bevorstehende Invasion sämtlicher Vampire Transsylvaniens abzuwehren.

Nicht, dass mir das nicht schmecken würde, aber wenn man das eine Woche lang zu Mittag und am Abend serviert bekommt, dann wird es zu einem echten Problem. Und dazu besitzen sie auch noch die Unverschämtheit, die fantasievollsten Namen auf ihre Produkte zu schreiben, so wie auch jetzt, als sie uns Lammbraten in Tomaten-Paprika-Sauce als »Bœuf Stroganoff« servierten.

»Wenn das so weitergeht, werde ich dem Küchenchef die Hammelbeine lang ziehen«, stellte Roxie nach dem ersten Bissen fest. Ihr war das durchaus zuzutrauen, bei ihrem Charakter musste es in ihrer Ahnenkette einige Aufwiegler und Rebellen gegeben haben.

Mächtig großer Fehler, kann ich dazu nur sagen.

Meine Freundin Else Müller zum Beispiel reklamierte einmal in einem angesehenen Münchner Speiserestaurant – dessen Namen ich nicht nenne, da sonst einigen Lesern ihr Morgen-/Mittag-/Abendessen hochkommen könnte –, dass ihr Beef Wellington, das sie medium bestellt hatte, in der Mitte aussah wie ein Schlachtfeld zur Zeit der Napoleonischen Kriege. Der Kellner nahm das widerspruchslos zur Kenntnis und entschwand mit ihrem Teller durch eine leuchtend rote Tür mit Bullauge in die Küche, um den Koch von ihrer Beschwerde in Kenntnis zu setzen. Fünfzehn Minuten später erschien er wieder, und siehe da, das blutige Gemetzel hatte sich in zartes Rosa verwandelt, so, wie Else es gerne hatte. Else war hochzufrieden gewesen über ihren Triumph, bis sie zwei Monate später zufällig bei einer Versteckte-Kamera-Sendung sah, wie der Kellner eines Lokals durch eine leuchtend rote Tür mit Bullauge in die Küche kam, dem Koch einen vollen Teller unter die Nase hielt, der Koch daraufhin ein Gesicht machte, als hätte man ihm angelastet, Musikantenstadl-Fan zu sein und – nachdem der Kellner wieder verschwunden war – auf den Teller rotzte wie ein Bundesligafußballer, ehe er alles wieder in den Ofen schob.

Natürlich gibt es nichts Schlechtes ohne etwas Gutes, denn Else hatte in den darauf folgenden Wochen sechs Kilo abgenommen. Aber meiner Meinung ist schlank sein nicht alles im Leben, und seither halte ich mich zurück, was Kritik an den Künsten eines Koches betrifft – vor allem, wenn ich ihn nicht bei seiner Arbeit beobachten kann.

Als ich Roxie die Geschichte erzählte, schloss sie sich meiner Meinung an, aber wir machten uns die Tatsache zunutze, dass sich ein Verräter in die Reihen der Clubköche eingeschlichen hatte, der in einer Bude am Strand frische Hühnerschnitzel mit verschiedenen Beilagen anbot – und sich obendrein noch beim Kochen zusehen ließ.

»Hat jemand Lust auf einen heißen Ritt auf der Banane?«, fragte Isa eine Stunde später, als wir auf unseren Strandliegen gerade mit Verdauen beschäftigt waren.

Roxie rappelte sich hoch.

»Wieso? Hast du ein paar Jungs aufgerissen?«

»Quatsch! Ich meine die Banane hinter dem Motorboot.«

»Sind wir nicht ein bisschen zu alt für so was?«, fragte ich.

Ich bin keine Freundin von kindischen Aktionen, und ein Ritt auf einer Gummibanane zählt definitiv dazu.

»Oder ein bisschen zu satt?«, meinte Roxie.

Auch ein gutes Argument.

»Nun seid nicht solche Hasenfüße! Wir sind im Urlaub, und hier kennt uns keiner«, sagte Isa hartnäckig, bis wir schließlich nachgaben.

Der Bootsführer sah aus, als hätte er keine Baywatch-Folge versäumt. Die rote Badehose und die dunkle Sonnenbrille erinnerten stark an David Hasselhoff, die braunen Zähne und die Körperbehaarung eines Berggorillas eher weniger. Aber immerhin war er so taktvoll, uns mit »Ladies« anzusprechen, und wartete auch geduldig, bis wir die Gummiwurst erklommen hatten.

Das betrachtete ein dicker Papi mit Sohn, der sich anscheinend an den Ernährungsgewohnheiten seines Vaters orientierte, als günstige Mitfahrgelegenheit und bedeutete dem Bootsführer zu warten.

»Papi, ich will vorne sitzen!«, verlangte das pummelige Söhnchen.

»Unsinn, hinten ist es viel lustiger«, keuchte Papi, nachdem er es gleich hinter mir auf die Banane geschafft hatte, und es war unüberriechbar, dass er keine Probleme mit der türkischen Küche hatte und dazu gerne Bier trank.

Kaum war auch der kleine Dicke auf seinem Platz hinter Papi, von wo aus er mit absoluter Sicherheit nichts sehen würde, ging es los, und der Bootsführer schien noch einen dringenden Termin zu haben, so wie der aufs Gas drückte. Auch dem Papi war das Tempo anscheinend unheimlich, denn er klammerte sich an mich, als wäre ich das letzte Rettungsboot auf der Titanic. Dann sah ich zu meinem Entsetzen, wie Isa dem Bootsführer auch noch zuwinkte, und der verstand das als Aufforderung zu demonstrieren, was er mit seiner Banane so alles anstellen konnte. Papi rückte noch näher an mich heran, und ich war heilfroh, dass ich eine Schwimmweste trug, denn das, woran er sich jetzt festhielt, war eigentlich als Quell des Lebens für meine zukünftigen Kinder gedacht. Ich hätte ihm auch ordentlich meine Meinung gesagt, wäre ich nicht so mit Schreien beschäftigt gewesen, aber das erübrigte sich dann auch gleich wieder, weil mir der Bootsführer höchstpersönlich zu Hilfe kam.

Der hatte nämlich anscheinend von David Hasselhoff gelernt, dass man einer Dame in Not beistehen muss, denn kaum hatte der Papi seine Hände auf meine Brüste gelegt, riss er auch schon das Boot herum, um den grapschenden Mops ins Wasser zu befördern. Das funktionierte auch tadellos, und der Dicke verabschiedete sich mit einem Schrei, der sogar aus dem Mund seines Söhnchens noch peinlich gewesen wäre, nur leider vergaß er dabei, meinen Busen loszulassen, und zwang mich so zu einem gemeinsamen Tauchgang.

Als ich wieder hochkam, sah ich, dass Isa und Roxie ebenfalls im Wasser trieben und der Dicke blöde glotzte, weil sein Söhnchen plärrte. Der Bootsführer vergewisserte sich, dass seine Rettungsaktion erfolgreich gewesen war, als er jedoch unsere Blicke sah, nahm er das zum Anlass, abzudrehen und zurück zum Strand zu rauschen.

»Dieser Mistkerl lässt uns doch glatt zurückschwimmen!«, empörte sich Roxie.

»Macht doch nichts, ein bisschen Sport wird uns nicht schaden«, tröstete Isa sie.

Ich sagte gar nichts, denn ich brauchte meine Luft anderweitig. Wir benötigten eine halbe Stunde zurück zum Strand, obwohl es keine große Entfernung war. Aber Schwimmwesten sind nun einmal nicht dafür geeignet, einen neuen Schwimmrekord aufzustellen, so zuverlässig sie einen auch über Wasser halten, und wahrscheinlich ist das auch der Grund, warum noch nie jemand in so einem Ding bei einer Weltmeisterschaft angetreten ist.

Zu allem Überdruss hatte sich inzwischen auch noch der Opa mit seiner Barbie keine zehn Meter von unseren Liegen entfernt an den Strand platziert, und die Häme, mit der sie uns beobachteten, als wir wie die begossenen Pudel aus dem Wasser stiegen, war unübersehbar.

»Hat sich Robert inzwischen gemeldet?«, fragte Isa, als wir wieder halbwegs trocken auf unseren Liegen hockten.

Gute Frage. Ich hatte mein Handy in die Badetasche gepackt, es aber auf lautlos geschaltet, um nicht gestört zu werden – wobei eigentlich? Jetzt kramte ich es hervor.

Das Display meldete siebenundzwanzig Anrufe in Abwesenheit, zweiundzwanzig davon allein von Robert.

»Sieht so aus, als wären die Briefe angekommen«, sagte Isa. »Der muss stinksauer sein. War eine gute Idee von dir abzuhauen.«

Dem war nichts hinzuzufügen. Einen Moment lang keimte Mitleid in mir auf, als ich mir vorstellte, wie Robert mit dem Image eines Mikropenisträgers im Kreis rannte. Aber Mitleid ist nur was für Schwache, und ich vergegenwärtigte mir wieder das Bild von Lisa Elsbachs Beinen. Sofort ging es mir besser.

»Der hat jetzt ein echtes Problem«, sagte Roxie. »Vielleicht hättest du ihn doch besser erschießen sollen.«

»Was wird er jetzt wohl unternehmen, um sein angekratztes Image wieder aufzupolieren?«, meinte Isa.

»Also, ich würde alle vögeln, die mich kennen, damit die sehen, dass bei mir alles in Ordnung ist«, sinnierte Roxie.

»Ich bezweifle, dass sich alle von Robert vögeln lassen würden. Vor allem bei den Männern wird das schwierig«, sagte Isa.

»Dann würde ich einen Pornofilm drehen und jedem eine Kopie davon schenken«, schlug Roxie vor.

»Dann denken alle, er hätte sich sein Ding operativ verlängern lassen«, antwortete Isa.

»Na und? Ob operiert oder nicht, ist doch egal. Hauptsache, lang.«

Allmählich ging es mir auf die Nerven, dass die beiden sich so viele Gedanken über Roberts bestes Stück machten, daher sagte ich: »Mir wird's langsam heiß. Was haltet ihr von einem kühlen Getränk im Schatten?«

Sie waren einverstanden, und ich war auch froh, dass wir von Opa und Barbie wegkamen. Meine Haare waren nämlich nass, und es gibt Leute, bei denen ist das wenig vorteilhaft. Leute mit vorwitzigen Nasen und abstehenden Ohren zum Beispiel. Nicht, dass ich Lauscher wie Dumbo hätte, aber es gibt doch Windstärken, bei denen ich lieber nicht ohne Helm ins Freie gehe. Andererseits, wenn ich anderen so zuhöre, habe ich manchmal den Verdacht, dass alle Menschen glauben, sie hätten abstehende Ohren.

Aber ich sage mir, wozu seine Schwächen betonen, wenn man sich ohnehin schon unterlegen fühlt?

»Ein Mann mit einem großen Lümmel ist ein armes Schwein.«

Es war schon seltsam, so etwas aus Isas Mund zu hören. Sonst gibt sie sich bei solchen Themen eher bedeckt, aber wir hatten uns wieder dem Thema Fettverbrennung zugewandt und schütteten Wodka-Ginger Ale in uns hinein, als würde das am nächsten Tag verboten werden, und so etwas lockert bekanntlich die Zunge.

Da fragt man sich dann auch, warum Geheimdienste noch Leute foltern, um sie zum Reden zu bringen, wo sie sie doch genauso gut auf eine Sauftour schicken könnten.

Roxie konnte Isa jetzt nicht ganz folgen, und ich ehrlich gesagt auch nicht. Aber ich war gerade damit beschäftigt, mir eine Zigarette anzuzünden, daher überließ ich Roxie das Reden.

»Spinnst du?«, sagte sie. »Jeder Mann träumt davon, einen Großen zu haben. Und unter uns gesagt, ein mickriger Wurm kommt auch wirklich nicht gut rüber.«

Damit hatte sie nicht ganz Unrecht. Ein bisschen was sollte schon dran sein.

»Das meinte ich auch nicht«, stellte Isa sofort klar, »Ich rede von den wirklich großen Dingern, von denen über zwanzig Zentimeter.«

»Die sind so selten, darüber brauchen wir uns gar keine Sorgen zu machen«, sagte ich und wunderte mich selber darüber, dass ich dabei kicherte.

Das mit der Penisgröße kommt mir immer ein bisschen vor wie die Sache mit dem Busen. Jeder denkt, die Größe sei das Wichtigste, aber in Wirklichkeit fängt man in beiden Fällen nicht viel damit an.

»Und was stört dich an einem Großen?«, fragte Roxie.

»Hattest du mal so einen?«, konterte Isa.

»Über zwanzig Zentimeter?« Roxie dachte nach.

»Und mit der entsprechenden Dicke«, legte Isa die Latte noch höher. »Eine dünne Cabanossi zählt nicht.«

»Hm, wenn ich ehrlich sein soll: nein«, gab Roxie zu.

»Du?«, wandte Isa sich an mich.

Was wollte sie denn von mir? Ich bin kein Mensch, der über solche Dinge spricht, weil ich die Erfahrung gemacht habe, dass man dabei immer irgendwie dumm wegkommt. Ich hatte tatsächlich mal einen Typen mit einem Riesenschniedel gehabt, aber ich hätte niemals darüber gesprochen. Nicht mal nach einem Liter Wodka.

Ich war damals noch unerfahren gewesen und hatte in der Finsternis von Uwes Auto nicht so ganz umrissen, was er mir zwischen die Finger schob. Als Uwe dann die Innenraumbeleuchtung anschaltete, dämmerte es mir. Das Problem war nur, dass das, was da aus seiner Hose ragte, ganz sicher nicht dafür gedacht war, um damit Sex zu haben. Ich konnte mit dem Prügel beim besten Willen nichts anfangen, dazu reichte mein Masochismus einfach nicht aus, aber wie gesagt, vielleicht war ich damals ja auch noch zu unerfahren gewesen. Jedenfalls hatte ich Uwe danach nie wieder getroffen, obwohl der ansonsten eigentlich ganz nett gewesen war.

Als Antwort auf Isas Frage schüttelte ich jedenfalls den Kopf.

Isa nickte, als hätte sie keine andere Antwort erwartet.

»Seht ihr, darum könnt ihr das auch nicht wissen«, belehrte sie uns.

»Sag bloß, du hattest mal so einen«, wurde Roxie jetzt neugierig.

Isa druckste ein bisschen herum, um es spannender zu machen.

»Also, unter uns: Ja, hatte ich«, sagte sie dann.

Jetzt machte sie auch mich neugierig. »Wer war es denn?«

»Das möchte ich lieber für mich behalten. Ich will nicht indiskret sein«, wich sie aus.

»Moment mal«, sagte Roxie. »Soviel ich weiß, warst du doch immer nur mit Rüdiger zusammen. Bist du etwa fremdgegangen?«

»Quatsch, ich doch nicht!«, dementierte Isa.

Roxie legte ihre Stirn in Falten.

»Dann muss es Rüdiger sein«, schlussfolgerte sie.

Das war Isa jetzt sichtlich unangenehm.

»Von mir habt ihr das aber nicht! Ich will nicht, dass er denkt, ich plaudere intime Geschichten aus.«

Also, das war ja eine Neuigkeit! Rüdiger, Isas Ex, war ein unscheinbares Männchen, dem man wenig bis gar nichts zutrauen würde außer vielleicht einem dicken Bankkonto – aber am allerwenigsten eine großzügige Männerausstattung.

Roxie nahm einen Schluck, dann zündete sie sich eine Zigarette an.

»Mann, Mann, wer hätte das gedacht? Der kleine Rüdiger ist gar nicht klein. Wie groß ist er denn?«, wollte sie dann wissen.

Und nach kurzem Zögern verriet Isa: »Ich will's mal so sagen: Neben Rüdiger würde so manche Salatgurke Komplexe bekommen.«

»Wow!« Roxie war beeindruckt. »Und warum hast du ihn dann verlassen?«

»Das hatte nichts mit seiner Größe zu tun. Und wenn, dann war das eher ein Minuspunkt.«

Zwei Männer am Nebentisch – wohlgenährte Gestalten mit reichlich Sonnenbrand – hatten inzwischen mitbekommen, worum sich unser Gespräch drehte, und machten lange Ohren.

»Das musst du uns jetzt schon genauer erklären!«, verlangte Roxie.

»Ganz einfach«, dozierte Isa, dass man glauben hätte können, sie wäre Sexualwissenschafterin. »Wie jeder von uns weiß, ist es nicht einfach, so ein Ding unterzubringen, wenn man ... ihr wisst schon, wenn man nicht so richtig in Stimmung ist. Und genau da liegt das Problem: Wie bringt man eine Frau am besten in Stimmung?«

»Mit einem verschwitzten T-Shirt von Mel Gibson«, meinte Roxie.

»Mit Dieter Bohlens Kontoauszug«, war mein Vorschlag.

»Nein, jetzt mal im Ernst.«

»Okay, mit einem gekonnten Vorspiel natürlich«, sagte Roxie und wurde wieder ernst.

»Haargenau«, sagte Isa. »Und was stört einen Durchschnittsmann am allermeisten am Sex?«

»Eben das«, kam es unisono aus Roxies und meinem Mund.

Verdammt, Isa hatte ja so was von Recht! Vorspiel ist für die meisten Männer ein lästiges Übel, vor allem, wenn man schon länger zusammen ist, und für eine Frau ist es alles andere als angenehm, etwas hineingestopft zu bekommen, wenn sie nicht erregt ist. Umso schlimmer, wenn das Etwas groß ist.

»Was uns zeigt, dass ein Riesenschwanz zu einem echten Problem werden kann!«, stellte Isa triumphierend fest.

Das sagte sie so laut, dass auch unsere Tischnachbarn es nicht überhören konnten, und man konnte förmlich sehen, wie die aufatmeten. Diese Feststellung aus dem Mund einer Frau musste der reinste Balsam auf die Seele eines Durchschnittsmannes sein, und es hätte nicht viel gefehlt, dann wären sie aufgestanden und hätten applaudiert.

»Trotzdem«, sagte Roxie, »für meinen Geschmack sollte ein Kerl schon ein bisschen was in der Hose haben. Das gehört einfach dazu, da kannst du sagen, was du willst. Es muss ja nicht gleich ein Riese sein!«

Jetzt fielen die Nachbarn wieder ein bisschen in sich zusammen. Hätten sie gerade eben noch vorgehabt, sich zu uns zu gesellen, dann war dieser Plan damit gestorben. Aber so wie sie aussahen, konnte uns das nur Recht sein.

In diesem Moment kam Jo angeschlendert. Er hatte eine Strandtasche mit und sah gar nicht übel aus in seinen Badeshorts.

»Schon fertig mit den Frauengesprächen?«, fragte er, als er sich zu uns setzte.

»Sind wir eigentlich nie«, sagte Roxie. »Macht aber nichts, vielleicht kannst du dabei was lernen.«

Im weiteren Verlauf des Nachmittags wurde eines unübersehbar: Jo war ein messerscharfer Kostenrechner. Das Urlaubsarrangement war all-inclusive, sprich: Je mehr man konsumiert, desto billiger kommt es, relativ gesehen. Und Jo schien den verbissenen Ehrgeiz zu haben, den billigsten Urlaub seines Lebens zu verbringen, relativ gesehen, denn er trank mit rekordverdächtiger Geschwindigkeit, und alle zehn Minuten ging er rüber zur Schnitzelbude und holte sich einen Burger. Dabei war er immerhin so aufmerksam, uns mitzuversorgen, und wir genossen das.

Als es dann gegen fünf war, klinkte ich mich aus. Ich wollte ein entspannendes Bad auf meinem Zimmer nehmen, und auch meine Haare konnten nach dem Bananenritt ein bisschen Pflege vertragen. Wir verabredeten uns um sieben zum Abendessen, dann ging ich.

11

Man kann über alles diskutieren, auch darüber, wie logisch es ist, ein heißes Bad zu nehmen, wenn es draußen dreißig Grad hat, aber ich genoss es trotzdem.

Meine Haare waren mit einer Mandelöl-Soja-Blütenhonig-Kurpackung bestens versorgt, und meinen Gesichtsfalten rückte ich mit einer Aloe-Vera-Schokoladen-Maske zu Leibe – wenn man die Zusammensetzung mancher Schönheitsprodukte liest, könnte man meinen, Haut und Haare wären die reinsten Feinschmecker.

Nachdem ich die Wassertemperatur auf achtunddreißig Grad hochgeschraubt hatte, begann ich über mein Leben nachzudenken.

Zweiundzwanzig Anrufe.

Wie es Robert wohl gerade ging? Schlecht natürlich, daran bestand kein Zweifel. Sollte ich mich deswegen auch schlecht fühlen? Ganz sicher nicht, entschied ich.

Wie es wohl weitergegangen wäre mit uns beiden ohne Fräulein Elsbachs übertriebenen Diensteifer? Wäre er mir treu geblieben? Höchst unwahrscheinlich. Er hätte eine andere gefunden – sie finden immer eine andere –, und irgendwann wäre ich sowieso die Dumme gewesen.

Aber wer weiß, vielleicht waren wir auch einfach nicht für einander bestimmt gewesen. Ich finde nämlich, dass manche Menschen grundsätzlich nicht zueinander passen. Nehmen wir zum Beispiel Brad Pitt und Jennifer Aniston: Was war ich froh, als ich hörte, dass die sich trennen! Angeblich, weil er Kinder wollte und sie noch nicht, und ich muss sagen, zu dieser Entscheidung kann man Jennifer nur gratulieren. Das darf man jetzt nicht falsch verstehen, die sehen beide super aus, jeder für sich genommen, darüber braucht man gar nicht erst zu diskutieren, aber: Schauen Sie sich einmal deren Unterkiefer an! Breit wie ein Matrose auf Landurlaub, und zwar bei beiden. So, und jetzt stellen Sie sich einmal in aller Kompromisslosigkeit ein Kind von den beiden vor: Das hätte doch ausgesehen wie David Coulthard, mindestens!

Und bei Robert und mir wäre es nicht anders gewesen. Nicht wegen unserer Kiefer – die sind unauffällig –, aber die Ohren hätten zu einem echten Trauma für unsere Nachkommen werden können. Robert sieht nämlich auch nicht aus, als würde er schlecht hören, so wie er seine Antennen ausgefahren hat, und ein Kind von uns beiden würde wahrscheinlich aussehen wie Prinz Charles. Und ehrlich, für so etwas möchte ich nicht verantwortlich sein!

Und wenn dann noch die Presse Wind davon bekäme, die würden den Kleinen jagen bis ans Ende der Welt, und die Schlagzeilen kann man sich leicht ausmalen: *Hat Charles auch seine Camilla betrogen?!* Ich meine, so kann man doch kein Kind großziehen.

Aber wer weiß, vielleicht gab es ja irgendwo auf dieser großen weiten Welt auch für mich den Richtigen, einen einfühlsamen, gut aussehenden, charmanten Mann, der zeit seines Lebens auf seine Traumfrau gewartet hatte, eine naturblonde Frau mit viel Humor und einem gesunden Appetit. Das konnte doch durchaus sein.

Dieser Gedanke ließ mich in glückselige Melancholie versinken, und plötzlich war ich mir hundertprozentig sicher, dass die schönsten Momente meines Lebens noch vor mir lagen.

Ich ritt auf einem prächtigen weißen Hengst den Strand entlang. Mein langes, weizenblondes Haar wehte in der sanften Brise, die vom azurblauen Meer hereinkam, und das blütenweiße Nichts von einem Kleid umschmeichelte meine vollen Brüste und den zarten Schwung meiner Schenkel.

Der Strand war leer, bis auf einen winzigen kleinen Punkt am Horizont, der allmählich größer wurde, als ich näher kam. Und dann konnte ich auch erkennen, was es war: ein Mann.

Er war vollkommen nackt, er hatte den Körper eines griechischen Gottes und ein schönes, edles Gesicht, und er schien auf mich zu warten, auf mich, seine Göttin der Liebe. Dabei lächelte er und breitete seine Arme aus, um mich zu empfangen, um eins mit mir zu werden, und mein Glück war vollkommen.

Doch dann, als ich nur noch wenige Meter entfernt war, erkannte ich, dass er gar nicht nackt war, sondern Badeshorts mit kleinen bunten Fischen darauf trug. Dafür war ich jetzt nackt, und auf meinen Oberschenkeln waren plötzlich lauter Dellen wie auf einem riesigen Golfball, und meine Brüste waren auf einmal nicht mehr so voll, dafür aber viel weiter unten. Und jetzt sah ich auch, dass der Mann seine Arme gar nicht ausgebreitet, sondern nur den einen gehoben hatte, um auf mich zu zeigen, und er lächelte auch nicht, sondern er lachte mich aus. Und er war auch nicht allein, sondern neben ihm stand ein hübsches junges Mädchen, das ebenfalls auf mich zeigte und dabei lachte. Und jetzt erkannte ich die beiden, das waren – natürlich! – Opa und Barbie, und plötzlich war der ganze Strand voller Menschen, und alle lachten über mich.

Und wo kam auf einmal dieser Esel zwischen meinen Beinen her? Dieser Platz war doch für einen edlen Hengst reserviert!

Sie bildeten jetzt einen Kreis um mich herum, alle lachten aus vollem Hals, sogar der Esel lachte, und dann plötzlich – wachte ich auf.

Ich brauchte einen Moment, um mich zu orientieren, um zu erkennen, wo ich überhaupt war.

Dann atmete ich auf.

Ich lag noch immer in der Badewanne, und ich war schweißüberströmt. Quatsch, ich war nur patschnass, weil ich im Wasser lag, und ich war mutterseelenallein. Gott sei es gedankt.

Was war denn das für ein bescheuerter Traum gewesen?

Ich auf einem Pferd, das allein entbehrte schon jeder Grundlage. Ich habe noch nie in meinem Leben auf einem Pferd gesessen, und dafür habe ich gute Gründe.

Erstens sind mir diese Viecher nicht geheuer. Ein Pferd ist riesengroß, hat ein Riesenmaul und dazu gewaltige Hufe, von denen ich keinen Tritt in den Allerwertesten bekommen möchte. Vor allem aber: Es hat seinen eigenen Willen. Wer also garantiert mir, dass es immer einer Meinung mit mir ist? Und wenn nicht, dann bedeutet das doch den totalen Kontrollverlust, wie in einem Auto auf Glatteis oder mit zwei Promille, und auf einem Pferd habe ich weder Knautschzone noch Vollkaskoversicherung. Das sind wohlüberlegte und logische Bedenken, die kann mir niemand ausreden.

Der zweite Grund, warum ich niemals ein Pferd reiten würde, ist der, dass ich diesen Tieren vermutlich mehr Achtung und Respekt entgegenbringe als so mancher passionierte Reiter. Ein Durchschnittspferdchen hat um die dreihundert Kilo, und wenn sich da jemand draufhockt, der annähernd ein Drittel von dem Tier wiegt, dann kann das dem Pferdchen doch nicht egal sein. Wohlgemerkt, damit meine ich jetzt nicht die Leichtgewichte, die einen Hobbit in »Der Herr der Ringe« spielen könnten, wie diese Jockeys, bei denen das Pferd sogar nach dem Rennen noch nicht sicher ist, ob der überhaupt schon aufgestiegen ist. Ich meine damit solche, die normal gewachsen sind und die sich normal ernähren.

Und wäre ich ein Pferd und müsste eine Gewichtsgrenze definieren, bis zu der man mich besteigen dürfte, dann würde ich das absolute Limit bei fünfzig Kilo sehen. Alles bis dahin wäre einigermaßen tolerierbar, mit so jemandem könnte ich mir einen kleinen Ausritt vorstellen. Ich würde das als meinen Beitrag für ein friedliches Miteinander von Mensch und Tier sehen, und es müsste ja nicht gleich ein wilder Galopp sein. Schnell wäre ich ja sowieso nicht, auch nicht mit vier Beinen.

Alle anderen aber – somit etwa neunundneunzig Prozent der Bevölkerung in Wohlstandsländern – spielen gewichtsmäßig in einer Liga, da hört selbst für den breitesten Pferderücken der Spaß auf. Und da ich mich selbst zu diesen neunundneunzig Prozent zähle, weiß ich eines: Ich möchte dem Pferd, auf das ich mich setze, nicht in die Augen sehen müssen!

Und dabei rede ich noch gar nicht von dieser hässlichen Eisenstange im Maul oder dem rücksichtslosen In-die-Weichteile-Treten zwecks besserer Beschleunigung.

Daher: Ich auf einem Pferd, das ist so fern jeglicher Realität, dass ich mich ernsthaft frage, was das in meinen Träumen verloren hat.

Und Opa und Barbie erst! Das war wirklich ein starkes Stück, konnten die mich nicht einmal in meiner Badewanne in Ruhe lassen? Langsam wurden die zu einem ernsten Problem. Wenn sie so weitermachten, war meine ganze Urlaubsfreude zum Teufel. Ich musste mir also bald etwas überlegen, denn eine Woche war zu kurz, um auch nur eine Minute davon herzuschenken.

Ein Blick auf die Uhr zeigte mir, dass ich über eine Stunde geschlafen hatte, und obwohl ich mich beeilte, wurde es fast acht, bis ich ins Hauptrestaurant kam.

Die anderen sahen so aus, als hätten sie nicht so viel Zeit mit Körperpflege vergeudet, vor allem Jo machte den Eindruck, als hätte er weiter an der Optimierung seines Urlaubs-Preis-Leistungsverhältnisses gearbeitet. Ein bisschen kam es mir sogar vor, als schielte er, und das war mir bis dahin noch nicht aufgefallen.

»Was gibt es denn?«, fragte ich mit einem Blick auf das Buffet.

»Saltimbocca«, antwortete Isa.

Ich wusste zwar nicht genau, wie das gekocht wird – irgendwas mit Kalbfleisch und Schinken –, aber es klang beeindruckend.

»Donnerwetter, das hätte ich denen gar nicht zugetraut.«

»Aber auf Türkisch. Mit Tomaten und Paprika und Tonnen von Knoblauch«, bremste Roxie sogleich wieder meine Euphorie.

Das hätte ich mir denken können. Man fällt doch immer wieder auf denselben Trick herein. Ich ließ mir aber dennoch nicht die Laune verderben und holte mir Pommes mit Ketchup und einen Teller Spaghetti Bolognese.

Ich kostete von beidem – ich weiß nicht, wie die Türken ihr Ketchup herstellen, aber ich kann mir nicht vorstellen, dass sie sich dabei nicht strafbar machen – und stellte beides wieder beiseite, dann rollte ich das süße Buffet von hinten auf.

»Beeindruckend, was du so alles runterbringst«, sagte Jo, nachdem ich auch das letzte Schoko-Sahne-Törtchen seiner Bestimmung zugeführt hatte.

»Ich hatte ja sonst noch nichts«, meinte ich.

»Aber nur, wenn du die drei Schnitzelburger am Strand nicht mitzählst«, wurde er auf einmal lästig.

Überhaupt fiel mir auf, dass Jo mit zunehmender Alkoholisierung immer rechthaberischer wurde, und auch das Schielen wurde immer ärger. Das Unangenehme daran war, dass man nicht mit Bestimmtheit sagen konnte, wohin er gerade schaute. Das war, wie wenn einer ein Glasauge hat, da weiß man auch nie, auf welcher Seite die Attrappe ist und auf welcher nicht.

Da ich keine Lust hatte, mit Jo meinen Ernährungsplan zu diskutieren, wechselte ich das Thema.

»Gibt es heute wieder eine Show?«, fragte ich Isa.

Am Vorabend hatten Roxie und ich das Showprogramm versäumt, aber Isas Berichten nach war es gar nicht schlecht gewesen.

»Ja, um neun. Das solltet ihr nicht versäumen, da sind ein paar appetitliche Jungs dabei.«

»Keine Bange, heute bin ich fit. Aber vorher haben wir noch Zeit für einen Drink, oder?«

»Klasse Idee«, meinte Jo, und ich war mir nicht sicher, ob er das zu mir sagte oder zu dem Hängeleuchter, der hinter mir an der Wand hing.

»Dann lasst uns gehen.«

Gerade wollte ich aufstehen, als es mich plötzlich siedendheiß durchfuhr. Ich hatte die allerwichtigste Regel in einem Selbstbedienungsrestaurant außer Acht gelassen: Ich hatte vergessen, meine leeren Teller auf einen anderen Tisch zu stellen.

Das allein hätte mir noch keine großen Sorgen bereitet. Isa, Roxie und Jo hatten ohnehin mitbekommen, dass ich meine Diät verschoben hatte, und die anderen Gäste futterten selber wie die Scheunendrescher, daher waren die mir auch egal.

Aber das Alptraumpärchen, das war mir nicht egal. Und genau die beiden tauchten jetzt auf. Als sie an unserem Tisch vorbeikamen, fassten sie meine Telleransammlung ins Auge, als müssten sie Inventur machen. Fehlte nur noch, dass sie einen Taschenrechner zückten, um die von mir konsumierten Kalorien zu errechnen. Dann setzten sie wieder ihr dämliches Grinsen auf, und ich sah, wie der Alte sich zur Jungen umdrehte, ihr etwas ins Ohr flüsterte – überhaupt eine Unart, das lernt man schon als Kind! –, worauf sie mich ansah, lachte und schließlich weiterging.

Langsam fragte ich mich, ob die von der Clubleitung engagiert worden waren, damit Gäste wie ich nicht zu viel konsumierten.

»Was hast du?«, fragte Roxie, weil sie sah, dass mich etwas störte.

Aber wie sollte ich ihr klar machen, was mich bedrückte? Sie war zu dünn, um ein geeignetes Ziel für

Leute wie diese beiden abzugeben, wahrscheinlich hätte sie mich nicht verstanden und mir womöglich unterstellt, dass ich mir das alles nur einbildete.

»Gar nichts, ich bin nur durstig«, sagte ich deshalb und stand auf.

12

Wir saßen an der Poolbar und tranken Wodka mit Ginger Ale. Unser Thema war Sport, und ich redete eifrig mit. Auch nicht schlecht, was?

»Der Größte für mich ist Lance Armstrong, der Radfahrer«, stellte Isa gerade fest. »Der hatte Krebs und hat sich danach zum Dauersieger hochgeschuftet.«

»Ich sage da nur Hermann Maier: Dem haben sie beinahe das Bein abgenommen, und der wurde wieder Weltcupsieger«, hielt Roxie dagegen.

Und wie sie das sagte, ging ein Ruck durch Jos Körper. Bis jetzt hatte er sich zurückgehalten. Er war betrunken und schielte inzwischen beängstigend, aber anscheinend war das ein Thema, zu dem er etwas loswerden musste.

»Also, das mit Hermann Maier war in Wirklichkeit ganz anders«, sagte er, und es sah aus, als würde er mit der Musikbox neben Roxie reden.

»Was soll da anders gewesen sein?«, fragte Roxie. Die kann in Sachen Sportinteresse mit den dickbäuchigsten Familienpapis mithalten und duldet keinen Widerspruch.

Aber Jo blieb stur, auf die Gefahr hin, dass wieder nichts werden würde aus ihrem Zeig-mir-deins-zeig-ich-dir-meins-Spiel.

»Hermann Maier war in Wirklichkeit gar nicht so gut, wie alle behaupten«, sagte Jo trotzig.

Diese Aussage war so kühn, dass sich auch Isa einmischte. »Also, ich bin ja keine Expertin in Sachen Skisport, aber dass Hermann Maier jahrelang der Größte war, das weiß sogar ich«, sagte sie.

Jo machte eine Miene, als wäre er der einzige Sehende unter lauter Blinden, was mit seinen Schielaugen ein bisschen grotesk wirkte. Aber das konnte er ja nicht wissen.

»Ich bestreite ja nicht, dass er viel gewonnen hat, aber die Frage ist, warum er so viel gewonnen hat«, meinte Jo gewichtig. Dann schwieg er und starrte die Palme hinter Isa herausfordernd an.

Darüber mussten wir jetzt erst mal nachdenken, dann sagte Roxie: »Und was willst du damit sagen? Dass er gedopt war?«

Jo lächelte nachsichtig.

»Nein, so blöd war er nicht, da wären sie sofort draufgekommen bei den vielen Kontrollen, die die haben.«

Und wieder Schweigen.

»Verdammt, nun sag schon, oder müssen wir es aus dir rausprügeln?«, fragte Roxie, die langsam die Geduld verlor.

»Also gut, ich verrat's euch. Aber eines sage ich euch gleich: Von mir habt ihr das nicht! Ich werde alles abstreiten, sollte man mich darauf ansprechen.« Er nahm noch einen kräftigen Schluck, dann beugte er sich mit verschwörerischer Miene vor. »Also, dass der Hermann Maier so gut wurde, hat nichts mit seinem eisernen Willen oder mit seinem Talent zu tun, sondern vielmehr mit der Kunst eines Chirurgen.«

»Du meinst nach seinem Unfall?«, sagte ich. »Also, so klug waren wir auch schon. Aber danach musste er sich wieder auftrainieren.«

Mir ist Sport im Allgemeinen und Skisport im Besonderen eigentlich schnurz. Mit einer Ausnahme: Janica Kostelić, die Kroatin. Die hat nämlich einmal nach einem zweiten Platz bei der Abfahrt von Cortina vor laufender Kamera erklärt, dass ich die körperlichen Voraussetzungen für eine Weltklasse-Abfahrerin hätte.

Also, das muss man sich jetzt auf der Zunge zergehen lassen: Ich habe den Körper einer Top-Athletin!

Natürlich hat sie mich nicht namentlich erwähnt – sie kennt mich ja gar nicht –, aber sie hat wortwörtlich gesagt: »Bei der Abfahrt brauchst du einen schnellen Ski – und einen großen Hintern!«

Ich muss sagen, dafür war ich ihr dankbar, so etwas baut einen echt auf. Ansonsten, wie gesagt, Skisportinteresse annähernd null. Aber bei dem Unsinn, den Jo da verzapfte, konnte ich nicht schweigen.

Jo aber schüttelte nur den Kopf.

»Ich rede nicht von der Zeit nach seinem Unfall. Ich rede von der Zeit davor, als er überhaupt erst zum Star wurde. Habt ihr einmal seine Oberschenkel gesehen, ohne Rennanzug?«

»Ja«, sagte Isa. »Da gab es eine Werbebroschüre für ein Fitnessgerät, auf dem saß er mit angespannten Oberschenkeln. Ich muss schon sagen: Wow, an dem ist wirklich was dran.«

»Das kenne ich auch«, meldete ich mich zu Wort. »Das sah aus wie die Muskeln eines Rennpferdes, da konnte man jede einzelne Faser sehen.«

»Bingo!«, sagte Jo, und in seiner Stimme schwang ehrliche Anerkennung mit. »Die Dame nimmt mir das Wort aus dem Mund.«

Dann lehnte er sich zurück, nahm einen Schluck von seinem Drink und schwieg, um das Gesagte richtig wirken zu lassen.

Wir schauten uns gegenseitig an.

»Und, was weiter?« Roxie wurde jetzt wirklich ärgerlich. »Er hat gewaltige Muskeln, logisch. Die muss er auch haben, bei dem Training, das er täglich absolviert.«

Jo lächelte wieder sein Was-seid-ihr-doch-für-naive-Dummchen-Lächeln.

»Sicher hat er viel trainiert, aber eins steht fest: Solche Muskeln kann man sich nicht antrainieren, nicht ohne Doping. Das schafft kein Mensch.«

Wieder Pause.

»Und?« Wenn er so weitermachte, lief er wirklich Gefahr, von Roxie im Pool versenkt zu werden.

»Also, hört zu!«, sagte Jo und fasste die Musikbox fest ins Auge, »Hermann Maier stammt aus Salzburg, genauer gesagt aus Flachau. Und ebenfalls aus Flachau stammt ein Chirurg – ein gewisser Dr. Angerer –, und dem wollten sie angeblich schon einmal die Zulassung entziehen, weil er unzulässige Versuche gemacht hat.«

»Welcher Art?«, fragte Roxie.

»Organtransplantationen.«

»Und was soll daran unzulässig sein?«

»Normalerweise gar nichts, wenn man …«, wieder eine rhetorische Pause, »… von Mensch zu Mensch transplantiert.«

»Und was hat Dr. Angerer gemacht?«

»Der machte es von Tier zu Mensch.«

»Das wird doch schon lange versucht, nur funktioniert es nicht, weil der menschliche Körper Tierorgane abstößt«, sagte Isa.

»Bis jetzt«, erwiderte Jo. »Aber Dr. Angerer hat eine Möglichkeit gefunden.«

Langsam ahnten wir, worauf er hinauswollte.

»Und jetzt willst du uns weismachen, dass dieser Dr. Angerer Hermann Maier Tierorgane eingepflanzt hat?«, fragte ich.

Jo schüttelte energisch den Kopf.

»Keine Organe! Er hat ihm Muskeln eingepflanzt, Pferdemuskeln, in die Oberschenkel, um genau zu sein.«

Nachdem das heraus war, lehnte er sich wieder zurück und wartete auf unsere Reaktionen.

»Also, du hast wirklich nicht alle Tassen im Schrank«, war die von Roxie.

»So etwas Verrücktes habe ich noch nie gehört«, meinte auch Isa, und ich konnte mich dem nur anschließen.

Aber Jo hatte sein Pulver noch nicht verschossen. Grimmig fixierte er die Glatze des Mannes, der hinter Isa saß.

»Und wie erklärst du mir dann, dass ausgerechnet dieser Dr. Angerer seit Jahren im Leistungszentrum Obertauern aus und ein geht, dort, wo die ganzen Sportasse aufgebaut werden?«

»Dort gehen viele Ärzte aus und ein, das besagt noch gar nichts«, sagte Isa.

»Okay, aber Maier war immer ein Einzelgänger, der teilt mit niemandem sein Zimmer, will immer eine Extrawurst gebraten bekommen. Und jetzt ratet mal, warum!«

Also, einen Mangel an Hartnäckigkeit konnte man Jo nicht nachsagen.

»Was soll das denn mit seinen Pferdemuskeln zu tun haben?«, wollte Roxie wissen. »Deswegen fängt er doch nicht an zu wiehern!«

»Das nicht, aber der Geruch! Habt ihr überhaupt eine Ahnung, wie so ein Pferd stinkt?«, wollte Jo von der Musikbox wissen. »Im selben Zimmer würde das doch keiner aushalten!«

So absurd Jos Behauptungen auch waren, ich ging weiter auf das Thema ein. Allein schon, um ihm zu beweisen, dass er Unsinn verzapfte.

»Also gut, Jo, nehmen wir an, du hättest Recht, nur mal so als Hypothese«, sagte ich, »und Hermann Maier hätte durch so eine Operation die stärksten Muskeln von allen Rennläufern ...« Aus den Augenwinkeln konnte ich sehen, dass Isa und Roxie jetzt auch an meinem Verstand zu zweifeln begannen. »... wie kann es dann sein, dass in der letzten Saison diese beiden Amerikaner ... wie heißen die noch schnell ...?« Die Namen fielen mir nicht ein.

»Bode Miller und Daron Rahlves«, half Roxie aus.

»Genau! Wie kommt es dann, dass Miller und Rahlves Maier einige Male geschlagen haben?«

Jetzt lehnte ich mich zurück. Ich war stolz auf mich. Ausgerechnet ich, die totale Sportniete, hatte ihm ein Argument entgegengeschleudert, an dem er zu knabbern hatte.

Doch ich hatte die Rechnung ohne Jo gemacht. Der schien nämlich nur darauf gewartet zu haben, dass ihm jemand mit den Amerikanern kam.

»Gut, dass du die erwähnst! Die bestätigen nämlich genau das, was ich behaupte: Die wurden auch erst so gut, als sie mit den Österreichern trainierten!« Jetzt kam Jo richtig in Fahrt. »Und überhaupt: Miller lebt seit Jahren in Österreich. Jetzt erklär mir mal, warum?«, fragte er irgendjemanden hinter mir.

»Wahrscheinlich, weil es ihm in Österreich gefällt und weil es da gute Möglichkeiten zum Skifahren gibt«, sagte ich.

»Und warum leben ausgerechnet Miller und Rahlves in Wohnmobilen, den ganzen Winter über?«

Das hatte ich nicht gewusst, aber vielleicht fanden sie das einfach praktischer.

»Ganz einfach, es liegt am Geruch!«, sagte Jo, als ich nicht schnell genug antwortete. »Und noch was: Miller ist auf Atomic-Ski umgestiegen, dieselbe Marke, die auch Maier fährt. Und wie man hört, ist er damit schneller als vorher.«

»Etwa, weil diese Skier den Pferdegeruch besser vertragen?«, witzelte Roxie.

»Quatsch!«, ereiferte sich Jo. »Weil die von vornherein für diese Muskeln konstruiert wurden. Hinter der ganzen Sache steckt die Ski-Industrie, da geht es um den amerikanischen Markt. Darum haben sie ja ausgerechnet die Amerikaner umoperiert, und jetzt geben sie ihnen auch noch das dazugehörige Material.«

Also, eines musste man Jo lassen: So verrückt diese Geschichte auch war, irgendwie passte doch einiges zusammen. Aber unsere Skepsis war zu groß.

»Ich sehe schon, mit euch kann man nicht vernünftig reden. Weiber eben«, sagte Jo und stand auf. »Ich hol lieber noch was zu trinken. Ihr wollt doch auch 'ne Runde?«

Klar wollten wir.

Nach dieser Geschichte musste ich erst mal eine rauchen. Als Jo wieder zurückkam, wechselten wir das Thema, um ihn nicht wieder auf hundertfünfzig zu bringen. Wir hatten ohnehin nicht mehr viel Zeit, da die Show gleich anfing, und es war offensichtlich, dass Jo sie heute nicht mehr miterleben würde. Die hitzige Diskussion schien ihn seine letzten Reserven gekostet zu haben, er redete mit schwerer Zunge und sah müde aus. Dennoch versuchte er noch sein Glück in Sachen Sex.

»Sagt mal, Mädels, wie sieht's aus: Ich würde euch am liebsten alle drei vögeln. Habe ich da noch Chancen heute?«, fragte er den Kellner, der neben Isa die leeren Gläser abservierte.

Woraufhin der schleunigst das Weite suchte.

Isa hatte nicht übertrieben, als sie uns von der Show erzählte.

Wir saßen in der ersten Reihe des Amphitheaters und konnten alles aus nächster Nähe sehen. Die Animateure hatte man uns der Reihe nach vorgestellt, allesamt schöne Menschen aus allen Ländern dieser Erde. Dann gab es Gesang, Sketche, Tanz und artistische Einlagen, die nichts zu wünschen übrig ließen. Vor allem zwei schokoladenbraune Tänzer mit Namen, die auffallend gut zu ihren Geburtsorten passten – Rico aus Puerto Rico und José aus San José, so einen Zufall muss man sich mal vorstellen! – ließen uns den Atem stocken, als sie bei einer Mischung aus Tanz- und Kampfsportdarbietung die abartigsten Verrenkungen machten und man dabei deutlich sehen konnte, dass sie unter ihren hautengen Kostümen nichts anhatten.

»Da soll noch mal jemand behaupten, Schwarze seien nicht besser gebaut!«, rief Roxie in einem Anflug von Euphorie aus.

»Ob das alles echt ist?«, zweifelte ich.

Für Frauen gibt es schließlich auch Push-ups, möglicherweise hatten die beiden ja ein bisschen nachgeholfen.

»Unsinn, das ist alles Natur, das sieht man doch«, sagte Roxie mit leuchtenden Augen. »Weiß jemand, wie man an die Kerle rankommt?«, wollte sie dann wissen.

»Gar nicht«, sagte Isa. »Den Animateuren ist es streng verboten, sich mit den Clubgästen einzulassen.

Die tanzen hinterher noch ein bisschen mit den Gästen, und das war's dann. Deshalb schlafen sie auch in einem eigenen Bungalow, damit nichts passiert.«

»Und woher weißt du das?«, fragte ich.

»Das weiß doch jeder«, kam als Antwort.

Nun gut, mir war's egal. Ich war nicht darauf angewiesen, mich an ein paar schlecht bezahlte Animateure ranzuschmeißen, um meine sexuellen Defizite auszugleichen.

Roxie aber schien damit ein Problem zu haben.

»Das find ich Scheiße«, sagte sie, gar nicht ladylike. »Wo bleibt denn da die menschliche Freiheit? Ich meine, die haben doch auch Bedürfnisse!«

Ich hatte den Verdacht, dass sie die Bedürfnisse von Rico und José mit ihren eigenen verwechselte, fand es aber klüger, das für mich zu behalten.

»Für die ist das nicht weiter schlimm«, sagte Isa. »Die haben ja die weiblichen Animateure, und ich könnte mir Schlechteres vorstellen für einen Mann.«

Damit hatte sie auch wieder Recht. Jede einzelne dieser Animateurinnen sah zum Anbeißen aus, und darin sah ich die eigentliche Frechheit. Wie soll man sich als Frau entspannen, wenn einem ein perfekter Körper nach dem anderen präsentiert wird? Aber Isa hatte da natürlich leicht reden mit ihrer Figur.

»Trotzdem, ich finde es nicht richtig. Für mich riecht das nach Sklaverei«, meckerte Roxie.

Als ich mich umsah, bekam ich den Eindruck, dass der Rest des Publikums von Ricos und Josés Darbietung in zwei Lager gespalten war. Auf der einen Seite waren die Hausmütter, denen ihre kühnsten Träume ins Gesicht geschrieben standen, auf der anderen die Papis, die die beiden am liebsten zum Teufel wünschten. Als dann wieder die Mädchen auf die Bühne kamen, war es genau umgekehrt. Am harmonischsten lief es ab, wenn sie in gemischten Gruppen auftraten, da hatte jeder was zum Gucken. Ein Aspekt, über den die Verantwortlichen solcher Programme vielleicht mal nachdenken sollten.

Später, als wir wieder an der Poolbar saßen, spielte eine Live-Band, und Isa hatte wieder einmal Recht gehabt. Die Animateure boten sich als Tanzpartner an, und ich muss schon sagen, wie sich die Leute da zum Affen machten, das spottete jeder Beschreibung. Da wurden schwitzende Familienväter zu Rock'n'Roll-Akrobaten, und die dazugehörigen Mamis drückten ihre Hängebrüste an die Tänzer, dass denen hundertprozentig alles vergehen musste – hübsche Kolleginnen hin oder her.

Roxie, Isa und ich aber waren klug genug, um uns auf Distanz zu halten. Wir beobachteten lieber das Geschehen und amüsierten uns über die anderen.

»Echt peinlich, wie die sich benehmen«, brüllte Isa, um die laute Musik zu übertönen.

Dabei deutete sie auf eine dicke Mittfünfzigerin mit einer Rose im Mund, die sich gerade von Felipe, einem hoch gewachsenen Spanier, über das Parkett schleifen ließ.

»Der da ist noch besser!«, rief Isa.

Damit meinte sie einen pausbackigen Glatzkopf, der mit Britt aus Schweden einen Lambada versuchte, indem er sich an ihr rieb wie Nachbars Lumpi an seinem Lieblingshosenbein.

Ich konnte mich nicht entscheiden, wer von beiden die größere Witzfigur abgab, aber ich muss sagen, dass mir das Ganze auch ein bisschen Leid tat. Ich tanze nämlich gerne, und es hätte nichts dagegen gesprochen, mit dem einen oder anderen dieser Jungs ein Tänzchen zu wagen – zumal die wirklich gute Tänzer waren.

Das Problem war nur, dass man dabei Gefahr lief, mit diesen lächerlichen Figuren in einen Topf geworfen zu werden. Ich meine, wenn ich Tango tanze, dann macht das schon was her, und bei mir müsste Felipe eine gute Tonne weniger herumschleppen als bei der Dicken mit der Rose. Aber wer erkennt schon den Unterschied zwischen natürlicher Grazie und dem kläglichen Versuch eines Walrosses, sinnlich zu wirken?

Dazu kommt, dass die Animateure Order hatten, die Unscheinbaren, wenig Attraktiven aufzufordern. Isa hatte uns das erklärt, und der Grund dafür war einleuchtend: Im Urlaub soll man glücklich sein, und dazu gehört, dass man sich schön und begehrt fühlt. Daher die Clubdevise: den Leuten Honig ums Maul schmieren, was das Zeug hält, und die Allerhässlichsten kommen als Erste dran!

Attraktive Menschen dagegen sind auf so etwas nicht angewiesen, die müssen nicht künstlich hofiert werden, und die fallen auch nicht auf die plumpen Sprüche herein, mit denen die Animateure ihre Opfer auf die Tanzfläche holen.

Felipe zum Beispiel hatte sich nicht entblödet, »Schöne Signorita« zu der Dicken zu sagen. Und Sammy, der Sunnyboy aus Jamaika, schnappte sich eine stocksteife, klapperdürre Rothaarige vom Typ frigide Oberlehrerin, indem er sagte: »Lady, ich weiß, Sie haben Feuer im Blut.«

Also, das war wirklich ein Grenzgang in Sachen Verarschung, und die Leute fielen auch noch darauf rein!

Roxie kam gerade mit einer neuen Runde von der Bar zurück.

»Hübsche Pärchen, was?«, sagte sie.

»Das kannst du laut sagen«, pflichtete Isa ihr bei. »Prost!«

Wir stießen miteinander an. Ich nahm mir eine Zigarette von Roxie, dann sagte ich: »Diese Animateure sind echt arme Schweine. Kein Wunder, dass die so schlank sind, da muss einem doch der Appetit vergehen.«

»Tja, Job ist Job«, meinte Roxie sarkastisch.

»Wenn die dich als Erste auf die Tanzfläche zerren, dann hast du wirklich ein Problem«, grinste Isa.

»Ja, dann kannst du genauso gut in einer Gruft schlafen«, setzte ich noch einen drauf.

»Schenkt mir die schönste Frau, die ich jemals gesehen habe, einen Tanz?«, fragte Sammy aus Jamaika in diesem Moment.

Der stand jetzt nämlich vor mir und lächelte sein breitestes Komm-du-fette-Kuh-und-freu-dich-Lächeln.

An dieser Stelle sei erwähnt, dass ich absolut keine Freundin von körperlicher Gewalt bin, aber in diesem Moment hätte ich Sammy am liebsten den Aschenbecher zwischen seine blendenden Beißerchen geschoben.

War der Kerl blind oder was?

Da gab es doch eine ganze Menge unappetitlicher, narbengesichtiger, skurriler Gestalten um uns herum! Die waren es, um die er sich zu kümmern hatte, die sollte er beglücken. Job ist nun mal Job.

Was aber wollte er von mir, einer jungen, hübschen, lebensbejahenden Frau?

Irritiert schaute ich zu Roxie und Isa, und was ich in deren Mienen las, das gab mir den Rest. Die hatten Mitleid! Sie wirkten zwar auch überrascht, aber es war ohne jeden Zweifel erkennbar: Ich tat ihnen Leid!

Eine peinliche Pause entstand, zumal auch die Band den Animateuren genügend Zeit ließ, um ihre unansehnlichen Opfer einzusammeln, und ich weiß nicht, was mir lieber gewesen wäre: Diesem affigen Jamaikaner sein dämliches Grinsen aus der Visage zu prügeln oder mich auf der Stelle im Pool zu ertränken.

Doch dann fiel mir eine andere Möglichkeit ein: Ich konnte mich doch auch verbal zur Wehr setzen, ich war schließlich nicht auf den Mund gefallen. Ich konnte zum Beispiel sagen: »Nee, lass mal, Bübchen, geh lieber spielen« oder: »Bist du nicht ein bisschen zu klein für so was?« oder: »Für meinen Geschmack warst du ein bisschen zu lange in der Sonne, Kleiner«. Unterste Schublade, ein Hundertprozenttreffer, damit würde ich sogar Sammy das Grinsen aus seinem Gesicht wischen.

»Danke, ich rauche gerade«, hörte ich mich stattdessen sagen, und dabei verfluchte ich meine Eltern dafür, dass sie mich so höflich erzogen hatten.

Gott sei Dank war Isa dann feinfühlig genug, um mich zu retten.

»Ich würde gerne tanzen, Sammy ... das ist doch Ihr Name, oder?«, sagte sie und stand auf.

Jetzt war Sammy irritiert. Isa hatte anscheinend nicht auf seiner Liste gestanden. Aber wenn ein Gast sich von selber anbot, konnte man schließlich nicht nein sagen – auch wenn die gut aussah. Und als er Isa in die Arme nahm, wirkte sein Grinsen sogar ausnahmsweise echt.

»Bist du jetzt beleidigt?«, fragte Roxie, nachdem wir Isa und Sammy und den anderen Zombies eine Weile zugesehen hatten.

»Nein, warum sollte ich?«, gab ich zurück.

Ich war wirklich nicht beleidigt, zumindest nicht so richtig.

Isas Theorie von den hässlichen Entlein, mit denen sich die Animateure abquälen müssen, war schließlich nur eine Theorie. Möglicherweise entbehrte sie sogar jeglicher Grundlage, war nur ein Mythos, ich hatte nämlich noch nie gelesen oder von einem verlässlichen

Insider gehört, dass so eine Vorgabe existierte, und ich war schließlich nicht zum ersten Mal in der Türkei.

Nein, zu diesem Zeitpunkt war ich wirklich noch nicht beleidigt.

Beleidigt wurde ich erst, als im weiteren Verlauf des Abends kein Einziger von diesen rattengesichtigen Animateuren auch nur eine Frau zum Tanzen aufforderte, die jünger als fünfzig war und/oder unter hundert Kilo wog.

Noch beleidigter wurde ich, als der Opa mit seiner Barbie kam und eine Sohle aufs Parkett legte, bei der so mancher Turniertänzer gelb vor Neid geworden wäre.

Und so richtig beleidigt war ich, als der schwarze Rico aus Puerto Rico sich vor mir aufbaute und in breitestem Akzent sagte: »Ein Samba mit dirr würrde brringen Licht in meine Dunkel.«

13

Wenn man gedemütigt wird, sollte man nicht die Flucht ergreifen, ohne sich zu wehren.

Kein weiser Spruch aus dem Munde eines berühmten Mannes, sondern eine Erfahrung, die ich in der letzten Nacht gemacht hatte. Ich hatte kaum ein Auge zugetan, mich stattdessen hin- und hergewälzt und ständig gefragt, ob ich denn wirklich so eine Versagerin war. Und irgendwann gegen sechs Uhr morgens beschloss ich, allen zu beweisen, dass ich keine war.

Also: neue Motivation, frisch machen, Frühstück und danach ab ins Fitnessstudio.

Das war so vollständig ausgestattet, dass mir anfangs ein bisschen die Luft wegblieb. Na ja, eigentlich war mir die Luft schon vorher weggeblieben, als ich mich in meinen neuen Fitness-Workout-Bodysuit in Größe 38 gezwängt hatte. Aber ich bin der Meinung, dass man Sportbekleidung eher etwas kleiner kaufen sollte, schließlich nimmt man ja ab, wenn man die Sachen bestimmungsgemäß trägt, und außerdem bringt einen das bereits optisch in Form, noch ehe man irgendeine Übung darin absolviert hat. Diese Dinger sind nämlich raffiniert geschnitten heutzutage, das ist, als würde man eine Ladung Hackfleisch in eine Claudia-Schiffer-Form pressen, und ich wunderte mich selbst ein wenig, als mir meine Brüste plötzlich hoch erhoben entgegenragten und meine Oberschenkel aussahen wie die von Heidi Klum.

Wir ließen es locker angehen mit ein paar Aufwärm- und Dehnungsübungen – besser: Warm-up und Stretching, so heißt das ja jetzt –, dann begannen wir mit einem gezielten Workout an den verschiedenen Geräten.

Und eines musste man Isa lassen: In Sachen Fitness kannte die sich aus, da wurde mir sofort klar, warum sie so eine Figur hatte. Während wir trainierten, hielt sie mir unablässig Vorträge über alle möglichen Trainingsmethoden: Slow-Motion-Methode, Superspeed-Reps-Methode, Methode der Vorermüdung, Methode der Nachermüdung, Konzentrische Reinformmethode, Supersätze, Dreifachsätze, Riesensätze, Intensivwiederholungen ...

Puh!

Langsam bekam ich Kopfweh, das konnte sich doch kein Mensch merken! Ich wollte doch nur ein bisschen trainieren und keine Ausbildung zum Fitnessguru absolvieren.

Roxie schuftete eine Zeit lang mit, dann reichte es ihr, und sie machte sich vom Acker. Ich aber dachte gar nicht daran, aufzugeben, im Gegenteil, ich war jetzt erst so richtig in Fahrt, und das kommt nicht so oft vor bei mir, das musste ich ausnutzen.

Und dann passierte etwas, das ebenso unerwartet wie angenehm war: Ich hatte die ganze Zeit befürchtet, dass Opa und Barbie auftauchen würden – die tauchten ja immer dann auf, wenn ich sie nicht brauchen konnte –, und dass die dann ein Training vorlegen würden, bei dem ich alt aussah.

Doch es kamen nicht Opa und Barbie, sondern der Opa allein, und der trainierte so, wie es seinem Alter entsprach: langsam, bedächtig, mit viel Stretching zwischendurch und nie zu viel Gewicht. Das war meine Chance, endlich konnte ich ihm zeigen, wo's lang ging, und ich packte die Gelegenheit beim Schopf. Als er beim Beinstrecker zwanzig Kilo auflegte, nahm ich dreißig, und als er bei der Latissimusmaschine drei Sätze mit dreißig Kilo machte, machte ich vier mit vierzig – auch wenn mir dabei das Frühstück fast wieder hochkam.

Und bei der Beinpresse stellte ich, glaube ich, überhaupt einen neuen Weltrekord auf.

Zwischendurch mahnte Isa immer wieder: »Übertreib's nicht, Heike. Wenn du das nicht gewohnt bist, holst du dir einen üblen Muskelkater!«

Aber da kannte mich meine Freundin schlecht. Ich bin Fitnessstudiomitglied, seit ich denken kann – also seit meinem zwanzigsten Lebensjahr etwa –, ich brauchte keine Belehrungen, ich kannte meinen Körper.

Zwischendurch registrierte ich mit Genugtuung, dass der Opa mich mit verstohlenen Blicken beobachtete. Diesmal war er derjenige, der sich blöd vorkam, keine Frage.

Ach, wie gut das tat.

Es spornte mich nur noch mehr an, und als der Opa wieder ging oder besser gesagt, sich mit eingezogenem Schwanz davonschlich, war ich noch längst nicht fertig.

»Ehrlich, Heike«, sagte Isa, als ich gerade meinen Trizeps mit einer asymmetrischen Curlstange – so hatte sie das verbogene Ding genannt – stählte, »diese Power hätte ich dir gar nicht zugetraut. Bist du sicher, dass du so ein hartes Training auch verträgst?«

»Tja, Isa, es gibt vieles an mir, von dem du nichts weißt. Was kommt als Nächstes?«

Und wir machten weiter. Ich trainierte wie besessen, während Isa über den Muskelaufbau des menschlichen Körpers referierte, als wäre sie die reinste Anatomiedozentin. Ich muss sagen, wenn man hört, wo man überall Muskeln hat, dann fragt man sich schon, warum man sich rundherum wie ein Big Mac anfühlt. Aber andererseits, man braucht auch ein paar Reserven für die schlechten Zeiten.

Dann jedoch spürte ich, wie mir der Saft ausging, es war, als hätte jemand bei einer Luftmatratze den Stöpsel rausgezogen. Doch Isa bemerkte nichts davon, sondern referierte weiter über die Prinzipien des Krafttrainings, über Belastungssteigerung, Variation, Regelmäßigkeit und Langfristigkeit, über Periodisierung und die optimale Relation von Belastung und Erholung.

Und das war dann das Stichwort: Erholung.

Zwei Stunden Vollgas mussten fürs Erste reichen. Ich war fix und fertig, und ich war stolz auf mich. Ich hatte schätzungsweise sämtliche Kalorien der letzten drei Monate verbrannt, und ich fühlte mich so dünn wie noch nie. Wenn ich so weitermachte, musste ich mir nächste Woche neue Klamotten kaufen. Ein wahrhaft erhebender Gedanke.

Und ich hatte dem Opa gegenüber zum ersten Mal eine wirklich gute Figur gemacht, ich war die Souveräne gewesen und er der Schwache, und so, wie ich in meinem Fitness-Workout-Bodysuit aussah, musste er geglaubt haben, das sei für mich die normalste Sache der Welt.

Und ich beschloss, noch eins draufzusetzen.

Ich nahm mir vor, zu Mittag Salat zu essen.

Nur Salat.

Und sonst gar nichts.

Ich hatte mir nicht alles gemerkt, was Isa mir über den menschlichen Muskelaufbau erzählt hatte – niemand hätte das –, aber irgendwo in meinem Hinterstübchen war hängen geblieben, dass man allein an den Beinen mehr Muskeln hat, als ich in meinem ganzen Körper vermutet hätte.

Nur mal die Oberschenkelvorderseite zum Beispiel: Das beginnt oben bei den so genannten Adduktoren, das ist jener Bereich, der allgemein als Bikinizone bekannt ist. Allein von diesen Adduktoren gibt es fünf verschiedene – das muss man sich einmal vorstellen –, dabei haben die im Grunde genommen nur eine einzige Funktion: Man braucht sie, um die Beine wieder zusammenzubringen, wenn sie gespreizt sind. Oder (Umkehrschluss) man kann mit diesen Muskeln verhindern, dass die Beine überhaupt erst gespreizt werden. So gesehen könnte man auch sagen, dass die weiblichen Adduktoren die natürlichen Feinde eines jeden Mannes sind.

Der Quadrizeps ist der große Muskel an der Oberschenkelvorderseite. Na ja, mehr oder weniger groß, je nach Bedarf. Bei Menschen, die gut treten können müssen – Fußballer oder Firmenchefs – natürlich größer als bei anderen, aber auch bei Durchschnittsbürgern ist der Quadrizeps im Vergleich zu den anderen Beinmuskeln der größte, jetzt mal abgesehen vom großen Gesäßmuskel. Aber der zählt ja halb zu den Beckenmuskeln und halb zu den Beinmuskeln, der kann sich da irgendwie nicht entscheiden, deshalb läuft er außer Konkurrenz.

Wobei ich sagen muss, dass mir der Gesäßmuskel ja der liebste ist. Der kann an einem knackigen Mann – leider eine seltene Spezies – nämlich wirklich lecker aussehen, und außerdem scheint das der einzige Muskel zu sein, der durch Daraufsitzen und Herumliegen wächst. Ich selbst bin das beste Beispiel dafür.

Aber bleiben wir beim Quadrizeps: Also, dieser Riese unter den Muskeln besteht ebenfalls aus vier einzelnen Muskeln, und diese muntere Truppe hat genau genommen auch nur eine Funktion: Sie müssen das Bein strecken. Daher auch die Bezeichnung Beinstrecker. Den Beinstreckern ist es nämlich vollkommen schnurz, wie wir unsere Beine abbiegen, die sind ausschließlich fürs Strecken zuständig, und damit ist ihr Job auch schon erledigt. Um unsere Beinchen abbiegen zu können, gibt es nun die so genannten Beugemuskeln, und von denen haben wir drei.

So, damit hätten wir jetzt nur mal die wichtigsten Oberschenkelmuskeln durch, ohne auf die medizinischen Fachausdrücke eingegangen zu sein. Die hätten Sie wahrscheinlich nur gelangweilt, abgesehen davon habe ich sie mir auch nicht gemerkt.

Wollte ich jetzt auch noch die Unterschenkelmuskulatur erklären, würde das mindestens noch einmal so lange dauern, daher nur so viel: Von denen gibt es geschlagene elf Stück, und nicht, dass jetzt jemand denkt, das sind nur zufällig so viele oder ein paar von denen dienen nur dem guten Aussehen.

Wahr ist vielmehr, dass jeder einzelne von ihnen eine wichtige Funktion bekleidet – das kann man sich so vorstellen wie bei unseren Bundestagsmitgliedern –, und wenn auch nur ein Einziger nicht spurt, dann ist es Essig mit dem Rumgehopse.

Ich weiß, Sie denken jetzt, wozu erzählt die uns den ganzen Mist, das interessiert doch keinen, doch ich habe gute Gründe dafür.

Wie ich nämlich am selben Tag noch bemerkte, war bei mir einer dieser Muskeln mit meinen Trainingsmethoden ganz und gar nicht einverstanden gewesen, und mein Pech war, dass es sich dabei um einen von der sturen Sorte zu handeln schien. Einer, dem es nicht reicht, ein bisschen weh zu tun, um klarzustellen, dass ich in Zukunft etwas leiser treten sollte, sondern einer, der seelenverwandt mit Roxie sein musste. Einer, der gleich alles hinschmeißt. Quasi Generalstreik ohne vorherige Verhandlungen.

Zum ersten Mal fiel mir das am Nachmittag auf, als wir auf unseren Strandliegen faulenzten und ich an der Reihe war, neue Getränke zu holen. Es fing schon beim Aufstehen an, ich hatte massive Probleme, überhaupt hochzukommen, und das lag nicht etwa am Alkoholkonsum, denn bis zu diesem Zeitpunkt hatten wir noch gar nichts Hochprozentiges getrunken. Und die paar Meter bis zur Strandbar waren dann ein Kraftakt sondergleichen, ich musste mir alle Mühe geben, um nicht auf der Stelle zusammenzubrechen, und das Unangenehme daran war, dass ich mich nicht einfach nur schwach fühlte, sondern drauf und dran war, gänzlich die Kontrolle über meine Gehwerkzeuge zu verlieren.

Der Rückweg mit den Getränken gestaltete sich dann umso schwieriger, und ich war heilfroh, als ich mich wieder auf meine Liege fallen lassen konnte, ohne dass jemand etwas bemerkt hatte.

Es war offensichtlich, dass einer meiner Muskeln beschlossen hatte, mir den Dienst zu verweigern, und insgeheim hatte ich den Quadrizeps in Verdacht. Der hatte schon so einen hinterfotzigen Namen, und wahrscheinlich hatte der nur auf so eine Gelegenheit gewartet.

Hatte Isa etwa Recht gehabt? Hatte ich wirklich übertrieben mit meinem Training? Und wenn ja, was konnte ich dagegen tun?

Isa zu fragen wagte ich nicht, zu gut hatte ich ihre Warnungen im Gedächtnis und auch meine Antworten, die nichts an Großkotzigkeit hatten vermissen lassen.

Ich versuchte also, logisch an die Sache heranzugehen. Wie bringt man einen überstrapazierten Muskel wieder auf Vordermann?

Mit Entspannung, natürlich, und mit Massage. Aber wie kann man seine Beine massieren, ohne dass es auffällt, wenn um einen herum mindestens hundert Menschen liegen, die nichts anderes zu tun haben, als einander heimlich zu beobachten?

Die Lösung war einfach: mit Sonnencreme. Nichts ist natürlicher, als sich an einem Badestrand gegen die Sonne zu schützen, und dass das Zeug einmassiert werden muss, weiß jeder.

»Du scheinst ja höllische Angst vor Sonnenbrand zu haben«, stellte Roxie fest, als ich mich zum fünften Mal eincremte.

»Ja, da kann man gar nicht genug aufpassen. Weißt du überhaupt, wie stark die Hautkrebsrate in den letzten Jahren angestiegen ist?«

»Keine Ahnung. Wie stark denn?«, wollte sie wissen.

Eine saublöde Frage.

»Extrem, kann ich dir nur sagen«, klärte ich sie auf.

»Und wieso cremst du nur deine Beine ein?«, fragte Isa.

Die nächste blöde Frage.

»Weil das der Hauptgrund für die steigende Krebsrate ist. Die meisten cremen sich nur oben herum ein und vergessen die Beine.«

»Hast du Töne«, sagte Roxie, während sie nach ihrem Sonnenöl griff. »Also, ich finde, da müsste viel mehr Aufklärung betrieben werden.«

Nur gut, dass ich nie um Ausflüchte verlegen bin. Meine Freundinnen jedenfalls nahmen mir die Geschichte ab, doch wie ich feststellen musste, hielt sich der Erfolg meiner Selbstmassagen in Grenzen. Aber zumindest verschlimmerte sich mein Zustand auch nicht, so gesehen konnte ich wenigstens einen Teilerfolg verbuchen. Und der positive Nebeneffekt: wir hatten alle drei wundervoll glänzende Beine, die garantiert keinen Sonnenbrand abbekommen würden. Auch nicht schlecht.

Doch wie sollte es nun weitergehen?

Ich hatte noch so viel vor an diesem Tag, ich wollte meinen Triumph vom Fitnessstudio auskosten, und vor allem wollte ich einmal dem alten Kerl gegenübertreten, ohne meinen Blick zu senken.

Und ich wollte tanzen.

Ja, Sie haben richtig gehört, ich wollte an diesem Abend noch mit einem der Animateure tanzen – oder gleich mit mehreren. Isa hatte nämlich letzte Nacht, nachdem ich weg war, noch mit Sammy, dem Jamaika-Boy, geplaudert, und er hatte ihr versichert, dass er mich nicht aufgefordert habe, weil ich so hässlich sei, sondern weil ich so deprimiert gewirkt habe und er mich habe aufheitern wollen. Das sei der einzige Grund gewesen, nichts, weswegen man sich zu schämen brauche. Und Sammy hatte mir ausrichten lassen, dass es ihm eine Freude sei, es heute noch einmal zu versuchen. Vorausgesetzt, ich wollte es.

Und ich wollte, denn ich konnte dabei nur gewinnen. Ich war schließlich eine gute Tänzerin, außerdem war ich schlank wie schon lange nicht mehr. Und ich hatte noch ein paar neue Kleider mit, die wirklich sexy aussahen.

Nein, man konnte es drehen und wenden, wie man wollte, ich musste einfach durchhalten, mein Wille musste stärker sein als mein Körper.

Denn wo kämen wir hin, wenn wir uns vom aufgeblähten Ego eines größenwahnsinnigen Muskels den möglicherweise besten Abend unseres Lebens verderben ließen?

14

Ich kann nicht sagen, woran es lag.

Vielleicht daran, das mir das neue Esprit-Kleid wie angegossen passte – obwohl ich es eine halbe Nummer zu klein gekauft hatte.

Oder daran, dass Jo mir gerade eben ein furchtbar nettes Kompliment gemacht hatte: »Du hast den mit Abstand geilsten Arsch in diesem Club«, hatte er zu dem älteren Herrn gesagt, der beim Buffet hinter mir in der Warteschlange stand, und die besondere Qualität dieses Komplimentes lag weniger in der Wortwahl – da hatte ich schon Eleganteres gehört –, sondern vielmehr in dem Umstand, dass Jo schon wieder seine Urlaubs-Kosten-Nutzen-Rechnung optimiert hatte und sturzbetrunken war. Und Betrunkene sagen nun mal die Wahrheit.

Oder hatte es damit zu tun, dass mir gerade eben der Opa und seine minderjährige Gespielin über den Weg gelaufen waren und die beiden kein bisschen gelacht hatten.

Woran auch immer es lag, ich fand jedenfalls, dass die Show heute noch besser war als am Vorabend, und auf den Tanzabend freute ich mich wie ein Teenager auf seinen ersten Sex. Meine muskulären Probleme hatte ich in den Griff bekommen, indem ich heiß gebadet und meine Oberschenkel wie verrückt massiert hatte, und auch die vier Wodkas hatten sich als zuverlässige Helfer in Sachen Schmerzbekämpfung erwiesen.

Und ich hatte einen Wahnsinnsplan entwickelt.

Bei der Tanzerei kommt es nämlich im Grunde genommen nur darauf an, wer wen zuerst auffordert. Sprich: Wer aufgefordert wird, ist der Dumme. Daher: Nicht abwarten, bis einer kommt und dich anlabert, sondern gleich selber einen von den süßen Kerlchen schnappen.

Und das tat ich dann auch. Kaum hatte die Band losgelegt, riss ich mir auch schon den langen Felipe unter den Nagel und legte einen Foxtrott hin, der nichts, aber auch gar nichts an Eleganz vermissen ließ. Sogar Felipe war überrascht.

»Sie sind bestimmt Turniertänzerin«, mutmaßte er schon nach den ersten Schritten.

»Sie müssen mir nicht schmeicheln«, gab ich zurück, während ich gierig auf weitere Komplimente wartete.

»Nein, ehrlich, Sie tanzen hervorragend. Ich will tot umfallen, wenn ich lüge«, versicherte er mir.

Anscheinend meinte er es wirklich ehrlich, denn er fiel nicht um. Und so ging es weiter. Ich schnappte mir nach und nach Sammy aus Jamaika, einen riesigen Sven aus Schweden und schließlich auch José und Rico. Dazu muss ich sagen, Hut ab vor Roxies Kennerblick, der Lambada mit den beiden räumte jeden Zweifel aus, dass die von Mutter Natur mit einer Extraportion bedacht worden waren.

»Wenn du so weitermachst, werde ich noch neidisch«, sagte Roxie während einer Pause. Netter hätte sie das gar nicht sagen können.

»Gegen dich sind sogar die beiden blasse Lichter«, meinte Isa und deutete auf Opa und Barbie, die gerade ihre Runden auf dem Parkett drehten. Sie machten ihre Sache gar nicht schlecht, das konnte ich jetzt locker zugeben. Ich war in einer Position, da brauchte ich die Konkurrenz nicht mehr zu fürchten, so wie Michael Schumacher, wenn er seinen Teamkollegen lobt, weil der mit drei Minuten Abstand Zweiter geworden ist. Eine unangefochtene Nummer eins kann auch mal andere loben.

Und beim Tanzen ist das so eine Sache. Manche sind da wirklich bemüht und erreichen gerade mal gepflegte Mittelmäßigkeit. So, dass sich der Tanzlehrer beim Abschlussabend ein höfliches »Sehen Sie, es geht doch« abringt. Und wieder andere, die haben das im Gefühl, die gucken sich ein paar Schritte ab und sind sofort eins mit der Musik und mit dem Partner. Die liefern auf Anhieb ein echtes Feuerwerk ab.

Wobei man aber sagen muss, dass das seltene Ausnahmen sind.

Opa und Barbie jedenfalls waren solche mit dem höflichen Tanzlehrer. Korrekt wie aus dem Lehrbuch, und es sah auch nicht aus, als müssten sie noch mitzählen bei den Schritten. Aber andererseits war es doch eher eine steife Angelegenheit, so eine Besen-im-Kreuz-Geschichte.

Ich dagegen, ich war so eine mit dem Feuerwerk, eine von den seltenen Ausnahmen. Tanzen liegt mir einfach. Und dann schlug meine Stunde. Die Band stimmte »Rock around the Clock« an, das konnte ich mir nicht entgehen lassen.

Felipe hatte nämlich gar nicht so Unrecht gehabt mit seiner Vermutung. Ich hatte tatsächlich einmal an Tanzturnieren teilgenommen, genauer gesagt an Rock'n'Roll-Turnieren. Noch genauer: Rock'n'Roll-Akrobatik. Vor langer Zeit. Als Teenager.

So, jetzt ist es heraus.

Ich hatte damals mehrere Aufbaukurse belegt, mit einem Freund, Freddy hatte der geheißen, und wir waren ziemlich gut – bis uns die Natur ein Schnippchen schlug.

Beim Erwachsenwerden ist es nämlich so, dass wir Mädchen ab einem bestimmten Alter ein Tempo in Sachen Wachstum vorlegen, bei dem die Jungs einfach nicht mithalten können. Da kann es vorkommen, dass ein Gleichaltriger, mit dem du dich noch am Vortag ganz nett unterhalten hast, plötzlich richtig kindisch wird, indem er dir nur noch auf den Busen starrt. Und das nicht, weil ihm dein Busen so gefällt – obwohl das auch eine Rolle spielen könnte –, sondern weil du auf einmal um einen ganzen Kopf größer bist als er.

Und so ähnlich erging es mir mit Freddy. Nicht, dass der gestarrt hätte – dazu war er viel zu höflich –, aber irgendwann knapp vor meinem fünfzehnten Geburtstag begann er beim Tanzen eine beängstigende Geräuschkulisse aufzubauen. Anfangs war es nur ein leises Schnaufen, wenn er mich hochheben musste, doch dann kam mit jedem weiteren Training etwas Neues dazu: Aus dem leisen Schnaufen wurde ein lautes, dann folgte ein Pfeifen, schließlich ein Ächzen, und hin und wieder auch mal ein Stöhnen, als hätte er seinen ersten nächtlichen Erguss auf den Tag vorverlegt. Und manchmal waren es Geräusche wie bei einer Maus, der man gerade auf den Schwanz steigt. Nicht, dass ich jemals gehört hätte, wie eine Maus dabei klingt, aber eines weiß ich:

Hätte Walt Disney mich damals beauftragt, ein Mäusequietschen zu imitieren, ich hätte Freddy ins Synchronstudio geschleift und mit ihm einen Hüftumschwung hingelegt, und das hätte hundertprozentig gepasst.

Das wäre noch nicht weiter schlimm gewesen, denn auf Geräusche achteten die Punktrichter ja nicht, und auch nicht auf Freddys Gesichtsfarbe, die sich bei den schwierigen Passagen von natürlichem Rosa in tiefes Purpur verwandelte.

Wirklich problematisch wurde es erst, als wir bei den Jugendlandesmeisterschaften antraten und Freddy mich nach einem Überschlag auffangen wollte. Da kam dann nämlich weder ein Schnaufen noch ein Ächzen noch ein Stöhnen, und auch kein Quietschen; dafür aber ein leichtes Schnalzen.

Eine seiner Bandscheiben hatte sich soeben verabschiedet, sprich: ein klassischer Vorfall, und auffangen konnte Freddy dann natürlich gar nichts mehr. Seitdem kann ich in Sachen Bruchlandung einiges mitreden, denn ich schlug in den Parkettboden ein wie ein Kamikaze in einen Flugzeugträger, und rückblickend muss ich sagen, Glück gehabt, dass nicht mehr zurückgeblieben ist als die kleine Narbe am Kinn.

Aber natürlich, kein Unglück ohne tief greifende Erkenntnis, und von da an wusste ich, dass es bei Rock'n'Roll-Akrobatik eher ungünstig ist, wenn der weibliche Partner zehn Kilo mehr wiegt als der männliche.

Aber auch etwas anderes weiß ich seit damals: Beim Rock'n'Roll kann mir keiner etwas vormachen, und diesen Trumpf gedachte ich jetzt gnadenlos auszuspielen. Also legte ich mit Sammy los.

Und dann wusste ich schon wieder nicht, woran es lag.

Vielleicht war der Umstand schuld, dass Sammy nicht viel schwerer war als seinerzeit mein braver Freddy, wobei man das jetzt in der richtigen Relation sehen muss. Denn natürlich war Sammy schwerer als Freddy mit seinen damals vielleicht fünfzig Kilo, aber das mit den zehn Kilo Differenz zwischen männlichem und weiblichem Tanzpartner dürfte schon hingekommen sein.

Oder aber es lag daran, dass auch der Opa und sein Püppchen zeigen wollten, was sie in Sachen Rock'n'Roll drauf haben, denn die zogen eine ziemliche Show ab, und dabei ließ es sich nicht vermeiden, dass sich unsere Wege ein paar Mal gefährlich kreuzten.

Was man auch nicht vergessen darf, ist die Möglichkeit, dass mein Quadrizeps noch immer seinen perfiden Racheplänen nachhing und die günstige Gelegenheit eiskalt nutzte, um zurückzuschlagen.

Wie man es auch drehen und wenden mag, als jedenfalls Bill Haleys Uhr zum letzten Mal schlug, packte Sammy mich an den Hüften, wir steppten jeder einen Schritt zurück, ich holte Schwung und federte in die Höhe. Normalerweise wäre ich jetzt elegant an Sammys Hüfte vorbeigeschwungen, er hätte mich abgefangen und ich wäre wieder zurückgefedert. Sicher eine Belastungsprobe für Sammys Kreuz, aber der war fit wie ein Turnschuh, und außerdem hatte ich die ganze Zeit auf verdächtige Geräusche geachtet. Aber da war nichts gewesen, kein Schnaufen, kein Stöhnen, kein Pfeifen und kein Quietschen, ja nicht einmal ein Wechseln der Gesichtsfarbe – die blieb schokobraun wie immer.

Es gab überhaupt kein Geräusch, das mich gewarnt hätte, aber vielleicht lag das auch an der Band, die ihre eingeschränkten musikalischen Fähigkeiten mit einem gewaltigen Verstärker kompensierte. Dadurch konnte man nicht einmal sein eigenes Wort verstehen, geschweige denn irgendwelche Laute des Leidens oder der Körperauflösung.

Was man dann aber trotz der lauten Musik hören konnte, war das Platschen, als ich in voller Länge auf der Wasseroberfläche aufschlug. Die zwei Meter, die die Tanzfläche vom Pool trennten, war ich nämlich mit der Leichtigkeit einer rumänischen Primaballerina geflogen, und obwohl man annehmen sollte, eine Landung im Wasser wäre im Vergleich zu einer Landung auf hartem Parkett das reinste Vergnügen, muss ich doch sagen, dass mir damals die Sache mit Freddy weit weniger ausgemacht hatte als dieser unfreiwillige Tauchgang.

Denn die Umstände waren einfach nicht vergleichbar.

Bei Tanzturnieren – und vor allem bei solchen, bei denen auch weniger routinierte Tänzer mitmachen – ist es nämlich keine Seltenheit, dass jemand nicht dort landet, wo die Hände seines Partners auf ihn warten. Daher ist es dort auch nichts Besonderes, wenn man den Saal in der Horizontale, sprich auf der Trage, wieder verlässt. Wenn man dagegen im Pool eines Ferienclubs landet, dann tut das zwar nicht wirklich weh, aber die seelischen Leiden wiegen umso schwerer.

Da wird einem nämlich schnell bewusst, dass man in nichts nackter aussehen kann als in einem dünnen Sommerkleid in Kombination mit Stringtanga und BH im Transparentlook, vor allem, wenn man gerade aus dem Wasser gezogen wurde. Und als Draufgabe hat man plötzlich eine Frisur, mit der sich nicht einmal der abgetakeltste Harley-Davidson-Fahrer nach einem Drei-Tage-Zeltfest aus seinem Schlafsack trauen würde.

Als ich in die Gesichter der Menschen um mich herum blickte, wusste ich auf einmal, dass mein nächtlicher Traum gar kein Traum gewesen war, sondern vielmehr eine Vorahnung. Bloß, dass ich auf keinem Esel ritt, sondern patschnass auf der Tanzfläche stand und auch nicht wirklich nackt war, aber optisch doch so gut wie. Und das Starren und das Lachen der Leute, das war sogar zu hundert Prozent identisch, und die Sackgesichter genossen das auch noch, als hätten sie dafür bezahlt.

Nur Isa und Roxie machten betretene Gesichter, und natürlich Sammy, aber das war er mir auch schuldig. Und der gute Jo, der lachte auch nicht, stattdessen starrte er lüstern auf Sammys Brust, weil der neben mir stand und mich stützte.

Das Letzte, was ich sah, bevor ich die Flucht ergriff, waren Opa und Barbie, und die tuschelten natürlich. Jetzt könnte man ihnen natürlich zugute halten, dass sie nicht lachten wie die anderen. Ich glaube jedoch, an denen nagte bloß das schlechte Gewissen, weil sie Sammy und mir vorhin in die Quere gekommen waren und dadurch vielleicht sogar die Hauptschuld an meinem Debakel trugen. Und ich hatte auch noch gut vor Augen, wie sie in meinem Traum gelacht hatten.

Was mich aber am meisten ärgerte, war der Umstand, dass ich von meinem Olymp gestürzt war. Ich war ganz oben gewesen, für kurze Zeit wenigstens, und sie waren unten gewesen, und jetzt war es wieder genau umgekehrt. Ich war die Verliererin, die lächerliche Figur, die Gratisbelustigung für alle, und der alte Kerl war wieder fein heraus. Ich hasste ihn dafür, und ich glaube, meine Wut war das Einzige, was mich überhaupt noch aufrecht hielt, als ich hoch erhobenen Hauptes davonschritt.

Und hätte mir zu diesem Zeitpunkt irgendjemand prophezeit, dass sich ausgerechnet dieser alte Kerl schon am nächsten Tag in meinem Höschen wiederfinden würde, hätte ich ihn glatt für verrückt erklärt.

15

»Fühlst du das?«

»Ja, es kitzelt.«

»Und hier?«

»Autsch, da tut es weh!«

»Und da?«

»Da ist es angenehmer, und es kitzelt auch nicht so.«

»Gut, dann dreh dich mal zur Seite, vielleicht geht es dann.«

»Keine Chance! Wenn du nicht kräftig zupackst, funktioniert es nie.«

»Versuch mal, das Becken zu heben.«

»Geht nicht, hab ich schon probiert.«

»Vielleicht sollten wir auf Isa warten, dann machen wir es zu dritt.«

»Gute Idee.«

Es ist schon seltsam, wie man die Beherrschung über seinen Körper verlieren kann. Ich meine, jeder hat schon mal gehört, wie es sich anfühlt, wenn man gelähmt ist. Man spürt nichts, und man kontrolliert auch nichts. So wird es einem gesagt.

Bei mir war es aber so, dass ich nichts kontrollieren konnte, dafür aber umso mehr spürte. Oder genauer gesagt, ich konnte nichts kontrollieren, weil ich so viel spürte. Mein Körper war schon ein einziges Zentrum des Schmerzes, wenn ich nur ruhig da lag, aber sobald ich mich zu bewegen versuchte, ging ein wahres Inferno los. Dann durchzuckte es mich, als hätte der liebe Gott höchstpersönlich seinen mächtigsten Blitz durch meine Gliedmaßen gejagt, als Strafe für ich weiß nicht was.

Eine Zeit lang hatte ich versucht, aus eigener Kraft aus dem Bett zu kommen, doch schließlich hatte ich eingesehen, dass es ohne fremde Hilfe nicht ging. Zum Glück hatte ich mir Roxies Zimmernummer gemerkt und sie über das Haustelefon zu Hilfe rufen können. Nicht einmal das war mir leicht gefallen, obwohl das Telefon keinen Meter von meinem Bett entfernt auf dem Nachtkästchen stand. Denn sogar die Hand zu heben und den Telefonhörer abzunehmen erfordert Muskelarbeit, und zwar eine ganze Menge. Und langsam dämmerte es mir, dass der Quadrizeps tatsächlich zum Generalstreik aufgerufen hatte und allmählich die Oberhand gewann und dass ihm alle, aber auch wirklich alle Muskeln meines Körpers folgten, anscheinend sogar die, die ich bei meinem Training gar nicht beansprucht hatte.

Als Isa dann kam, hielt sie mir natürlich gleich eine Standpauke wegen meiner Unvernunft.

Als ob ich keine anderen Sorgen gehabt hätte.

Das Problem war nämlich nicht nur, dass die beiden mich aus dem Bett wuchten mussten wie ein komatöses Flusspferd und ich rein gar nichts dazu beitragen konnte. Sobald ich nämlich auch nur ansatzweise versuchte, irgendeinen Muskel anzuspannen, schickte der mir via Nervenbahnen einen Schmerzimpuls ins Gehirn, dass ich schrie wie Olli Kahn nach einem Eigentor. Mit dem Schreien wurde die Sache aber auch nicht leichter, obwohl man das jetzt glauben sollte.

Allgemein ist es nämlich so, dass im Leben vieles leichter geht, wenn man dabei kräftig schreit. Ein Vorarbeiter auf dem Bau zum Beispiel, stellen Sie sich den mal ohne Schreien vor. Dem würden seine Kulis was husten. Sobald er ihnen jedoch mit siebzig Dezibel die Ohren durchpustet, rührt sich was.

Oder das Kinderkriegen. Müssten die angehenden Mamis dabei leise wie die Mäuschen sein, könnten sie einem wirklich Leid tun. So aber, nachdem sie in dieser anerkannten Ausnahmesituation ja brüllen dürfen wie ein schottischer Freiheitskämpfer, ist es das reinste Kinderspiel. Da flutschen die Kleinen nur so heraus, anfangs vielleicht ein bisschen schwerhörig von dem Lärm, den Mami produziert, aber ansonsten gesund und rund. Es soll sogar schon Mütter gegeben haben, die bei der ganzen Schreierei gar nicht mitbekommen haben, dass sie bereits entbunden haben.

Man sieht also, Schreien kann durchaus hilfreich sein.

Mir jedoch half es rein gar nichts. Das Problem beim Schreien ist nämlich, dass man dazu eine Luftsäule braucht. Genau genommen kann man ohne Luftsäule überhaupt kein Geräusch erzeugen, nicht einmal ein Flüstern. Aber beim Schreien ist es natürlich noch viel problematischer. Dafür muss man nämlich kräftig ausatmen, und das geht wiederum nur, wenn man ordentlich mit den Bauchmuskeln nachhilft. Was bei mir natürlich ein Problem war, denn auch die hatte ich trainiert wie die Klitschkobrüder – und zwar beide zusammen –, und dadurch geriet ich in eine echte Zwickmühle. Sobald ich mich bewegte: Schmerz. Und sobald ich dann vor Schmerzen schrie: noch mehr Schmerz!

Also ehrlich, es gibt Situationen im Leben, da fragt man sich, was man verbrochen hat, dass einen das Schicksal derart prügelt.

Und peinlich war es noch dazu.

Ich hatte nämlich am Vorabend nach dem unfreiwilligen Bad im Pool meine nassen Klamotten auf den Balkon gehängt und ein Nachthemd angezogen – mit nichts darunter. Zu diesem Zeitpunkt hatte ich ja nicht ahnen können, dass man mich am nächsten Morgen aus dem Bett heben müsste wie ein Baby – nicht so klein, aber so hilflos. Und so etwas ist umso peinlicher, wenn es jemand macht, den man gut kennt. Das passt irgendwie nicht zusammen, mit diesen Menschen steht man normalerweise auf einer Stufe, vor denen will man nicht darniederliegen wie ein alter, sabbernder Waschlappen.

Ich genierte mich jedenfalls in Grund und Boden, als Isa und Roxie mich ins Badezimmer schleppten, mir bei der Morgentoilette halfen und mich anzogen.

Fehlte nur noch, dass sie mich wickelten.

Und auch damit war mir noch nicht viel geholfen, denn die nächste Frage drängte sich mit nervtötender Logik auf: Was weiter? Ich konnte mich kaum bewegen, und selbst wenn ich es bis zum Speisesaal schaffte, wie sollte ich dann frühstücken? Die Arme nur zu heben war schon eine Qual, aber wie sollte ich das erst mit einer Kaffeetasse in der Hand zustande bringen? Und wer weiß, vielleicht konnte ich nicht einmal richtig schlucken? Ich konnte mich schon sehen, wie sie mir die Tasse an die Lippen hielten und mir die braune Soße aus den Mundwinkeln lief wie bei einem Baby, dem man Mamas Busen abgewöhnen will.

»Ich glaube, ich brauche eine Schmerztablette«, sagte ich deshalb.

»Ich glaube, du brauchst eher einen Arzt«, brachte Roxie es auf den Punkt.

»Hm, ich weiß nicht, der verpasst dir wahrscheinlich nur eine Spritze, aber deiner verkrampften Muskulatur hilft das auch nicht weiter«, meinte Isa nachdenklich.

»Und was zum Teufel soll ich dann machen?«, fragte ich verzweifelt. Ich hockte auf meinem Bett und war den Tränen nahe.

»Hm«, machte Isa wieder. »Ich weiß, was dir helfen könnte. Ein Hamam.«

»Was ist das? Irgend so ein Wunderheiler?«, fragte ich.

»Quatsch, das ist ein türkisches Bad«, klärte Isa uns auf.

»Ich glaube nicht, dass es mit einem heißen Bad getan ist«, erwiderte ich skeptisch.

»Um das Bad geht es gar nicht, sondern um die Massagen. Die wirken manchmal Wunder.«

Ein Wunder war genau das, was ich brauchte. Und vor allem: Zu einer Massage muss man selber absolut nichts beitragen, man braucht nur dazuliegen und sich durchkneten zu lassen. Das war im Moment auch das Einzige, wozu ich imstande war.

»Haben die hier so was?«, fragte ich hoffnungsvoll.

»Ja, ich habe draußen an der Einkaufsstraße ein Reklameschild gesehen. Es sind bloß ein paar hundert Meter von hier.«

»Also gut, versuchen wir es. Ihr müsst mir aber ein bisschen helfen.«

Das bisschen Helfen sah dann so aus, dass ich meine Arme über ihre Schultern legte und sie mich schleppen mussten, und hätte Isa mir nicht meine neuen Gucci-Sandaletten angezogen, hätte ich sogar meine Füße nachschleifen lassen, so heftig waren meine Schmerzen. So aber blieb mir nichts anderes übrig, als brav einen Fuß vor den anderen zu setzen, wollte ich das edle Schuhwerk nicht zu Tode schleifen, und ich glaube, Isa hatte das auch so geplant.

Bei den ersten Schritten gab ich noch unkontrollierte Geräusche von mir, aber mit der Zeit wurde es besser, und wir kamen recht zügig voran. Eine geschätzte halbe Stunde und drei Pausen später hatten wir das Haupttor erreicht, und obwohl es noch gar nicht richtig heiß war, schwitzten Isa und Roxie wie zwei Bauarbeiter.

Und dann sagte Isa etwas, das mir zu denken hätte geben sollen.

»Übrigens, Heike, du wirst ein bisschen die Zähne zusammenbeißen müssen«, erwähnte sie beiläufig. »Am Anfang kann es nämlich etwas weh tun.«

Wie gesagt, das hätte mir zu denken geben sollen. Ich aber war zu sehr damit beschäftigt, die Bewegungsabläufe meiner Beine zu koordinieren, außerdem hätte ich zu diesem Zeitpunkt alles dafür getan, um wieder schmerzfrei zu werden, daher dachte ich nicht weiter über Isas Worte nach.

Ein Fehler, wie ich rückblickend sagen muss.

Es roch wirklich gut. Ungefähr so, als hätte jemand sämtliche Kräuter des Orients in einen Aufguss gemischt, und das ergab ein intensives Aroma. Genau genommen ein bisschen zu intensiv für meinen Geschmack, aber irgendwie roch es auch verdammt gesund, und genau das brauchte ich.

Isa hatte uns während unseres Marsches erklärt, was ein türkischer Hamam ist, und so wie ich es verstanden hatte, war es nichts anderes als eine Sauna mit verschiedenen Massageangeboten. Mit einem gravierenden Nachteil allerdings: Im Vergleich zu unseren Saunen wird in einem Hamam streng zwischen Männlein und Weiblein getrennt. Zu sehen gab es da also nichts für uns, aber andererseits war ich so wenigstens vor dem Opa sicher.

Auf den letzten Metern hatte ich mich schon besser gefühlt, und ich glaube, ich hätte sogar aus eigener Kraft gehen können. Isa und Roxie sagte ich aber nichts davon, denn ehrlich gesagt war es gar nicht unangenehm, auf den Schultern meiner Freundinnen durch die Gegend zu schweben, als wäre ich schwerelos, auch wenn es sie den einen oder anderen Schweißtropfen kostete.

Die Dame am Empfang war dann auch sehr freundlich und sprach ausgezeichnet Deutsch, und nachdem ich ihr mein Anliegen erklärt hatte, sagte sie: »Am besten gehen Sie eine halbe Stunde in den Whirlpool, um die Muskeln zu entspannen, und dann wird sich Irina um Sie kümmern. Das wird Ihnen helfen, obwohl es am Anfang ein wenig schmerzhaft ist.«

Dabei lächelte sie wie der reinste Engel, und ich dachte mir noch immer nichts dabei. Wie sollte ich auch? Ein heißes Bad und danach eine wohltuende Massage von den zarten Händen einer zierlichen Irina – was sollte daran schon schmerzhaft sein im Vergleich zu dem, was ich bereits durchlitten hatte?

Die halbe Stunde im Whirlpool entsprach dann auch tatsächlich meinen Erwartungen. Ich genoss die Wärme und das angenehme Blubbern, und obwohl Isa und Roxie die ganze Zeit schnatterten wie die Gänse, wäre ich beinahe eingeschlafen, als mir plötzlich die nette Dame auf die Schulter tippte.

»Irina ist jetzt bereit für Sie. Wenn Sie mir bitte folgen wollen«, sagte sie.

»Also dann, Mädels«, sagte ich frohgemut und wollte aus dem Becken klettern. Auch wieder peinlich, weil ich natürlich nackt war und Isa und Roxie und auch die nette Dame ein wenig mithelfen mussten, und es ist ganz und gar nicht angenehm, wenn andere deine Problemzonen nicht nur sehen, sondern auch noch fühlen können.

Dann führte sie mich in Kabine fünf. Eine Massageliege stand da, ansonsten gab es in dem kleinen Raum nichts außer einer schwachen Lampe über der Tür. Sie forderte mich auf, den Bademantel auszuziehen und mich auf den Bauch zu legen. Nachdem ich das stöhnend geschafft hatte, bedeckte sie meine Kehrseite mit einem Handtuch. Dann ging sie.

Eine Minute oder zwei lag ich so da und hörte nichts außer leiser türkischer Musik, die mich an Kebab mit Knoblauchsoße erinnerte und heftiges Magenknurren bei mir auslöste. Dann hörte ich, wie die Tür wieder aufging, und für einen Moment wurde es so finster, dass ich dachte, irgendjemand hätte das Licht abgedreht.

Ich versuchte meinen Kopf zu heben, um meine Masseurin zu begrüßen, aber heftige Muskelschmerzen erinnerten mich sogleich wieder an den eigentlichen Grund meines Besuchs. War aber auch egal, die Dame vom Empfang hatte Irina sicher erklärt, welche Probleme ich hatte, und gewiss verstand sie das. Also blieb ich liegen und harrte der Dinge, die da kommen würden.

»Gutten Tagg. Ich Irrina. Sie habben Prrobläme mit Musskäl?!«

Ich war überrascht, was für eine tiefe Stimme die Frau hatte und dazu einen Akzent, der eher nach russischem Kosakenführer klang als nach sanfter türkischer Masseurin.

Aber solche Launen hat sie eben, unsere Mutter Natur, da hat ein Zwerg wie Dustin Hoffman eine Stimme, dass man denken müsste, hoppla, Zwei-Meter-Riese, und Dolf Lundgren klingt dafür im Original wie Woody Allen.

»Ja, ich habe ein bisschen übertrieben beim Sport«, sagte ich, und ich hatte das Gefühl, als redete ich mit dem Fußboden, weil mein Gesicht in einem dafür vorgesehenen Loch in der Massageliege steckte.

»Issich imma das Gleiche mit die Touristen, ganze Jahr lang nix Sporrt, und dann in Urrlaub volle Gass.

Aber wirr gleich habben«, brummte Irina, und wenigstens sagte sie nichts von irgendwelchen Schmerzen. Dann fegte sie das Handtuch von meinem Allerwertesten. »Als Errstes bitte umdrrehen«, befahl sie entgegen der Anweisung der Empfangsdame.

Nun gut, wenn sie es wollte. Sie war der Boss hier.

Ich versuchte mich aufzurichten, aber meine Oberkörpermuskeln rebellierten heftig dagegen. Irina bemerkte das und half mit. Und wie sie mithalf! Eigentlich musste ich gar nichts machen, denn sie packte mich und drehte mich um, als wäre ich eine aufgeblasene Gummipuppe.

Und als ich sie dann sah, wusste ich auch, woher sie die Kraft dazu nahm.

Bei Irina hatte Mütterchen Natur sich nämlich keinen Scherz erlaubt, was das Verhältnis Stimme zu Körper betraf, ganz im Gegenteil, das passte haargenau. Das Einzige, was nicht passte, war ihr Geschlecht. Wobei ich mir da gar nicht so sicher war. Und jetzt wusste ich auch, warum es vorhin so finster geworden war, als sie das Zimmer betreten hatte, denn diese Frau war riesig, sicher an die zwei Meter, und dazu hatte sie Schultern wie ein Freistilringer und Hände wie Baggerschaufeln.

Plötzlich überkam mich die nackte Angst. Bilder aus einem Fernsehbericht zuckten durch meinen Kopf, von zierlichen Masseusen, die sich barfuss auf den Körper ihres Patienten stellen und darauf herumlaufen. Obwohl, das, glaube ich, ein Bericht aus Thailand gewesen war, und die Mädchen dort sind ja die reinsten Ameisen. Aber wer weiß, vielleicht gehörte Irina zu diesen modernen, multikulturellen Menschen, die auch gerne mal Methoden aus anderen Ländern ausprobieren.

Und das vielleicht heute, und ausgerechnet mit mir.

Meine Instinkte rieten mir zur sofortigen Flucht, aber Irina verhinderte das, indem sie mich mit einem gezielten Hieb auf den linken Oberschenkel endgültig lähmte. Ich schrie auf, was bei meiner Peinigerin nur ein grausames Lächeln hervorrief.

»Tutt ein bissel weh, aberr rruhig schrreien wie Schwein, das gutte Entspannung.«

Schrreien wie Schwein?

Wofür hielt die mich eigentlich? Wenn sie mich schon mit einem Tier verglich, dann bitteschön mit etwas Niedlichem. Ein Häschen hätte ich mir gefallen lassen oder ein Kätzchen.

Aber Schwein?

Die Antwort darauf gab ich wenige Sekunden später selber, denn die Geräusche, die ich von mir gab, hätte kein Kätzchen dieser Welt zustande gebracht, geschweige denn ein Häschen. Aber das mit dem Schwein, das kam schon hin. So könnten die tatsächlich klingen, kurz bevor sie geschlachtet werden. Dabei können die noch von Glück reden, denn die werden zuerst geschlachtet und dann erst tranchiert. Irina dagegen ließ das Schlachten weg und begann mich gleich bei vollem Bewusstsein in meine Einzelteile zu zerlegen. Ich habe keine Ahnung, wo sie das Massieren gelernt hatte, aber es musste entweder in einer Metzgerei gewesen sein, wo sie statt Messern die Hände benutzen, oder sie hatte bei einem östlichen Geheimdienst einen Schnellkurs für manuelle Foltermethoden gebucht.

Denn das, was sie jetzt machte, war wirklich grausam.

Sie begann bei den Oberschenkeln, die sie zuerst knetete, dann walkte und schließlich mit den Handkanten prügelte, bis sie nur noch eine breiige Masse waren.

Dann löste sie nach und nach jeden einzelnen Muskel (und wie wir mittlerweile wissen, gibt es davon eine ganze Menge) von den Knochen und sortierte sie anschließend fein säuberlich auseinander. Das Gleiche machte sie dann mit den Unterschenkeln, mit dem Bauch, mit den Armen und sogar mit meiner Brust.

Doch wie hätte ich mich dagegen wehren sollen?

Ich war hilflos und schwach und ausgeliefert. Dieses Monsterweib konnte mit mir machen, was sie wollte, und das wusste sie auch. Und zwischendurch fragte sie dann auch noch scheinheilig: »Hirr auch tutt weh?« Als ob sie das interessiert hätte! Und bevor ich irgendetwas sagen konnte, hatte sie schon wieder mit der Unerbittlichkeit eines Schraubstockes zugepackt, und ich litt wahre Höllenqualen.

Ich weiß nicht, wie lange es dauerte, mir kam es jedenfalls vor wie eine Ewigkeit, und als ich dachte, sie sei endlich fertig, kam erst die Rückseite dran. Irina fragte gar nicht lange, sondern drehte mich mit der gleichen bedrohlichen Leichtigkeit wie vorhin um, und dann ging das gleiche Spiel an meiner Kehrseite los. Ich hatte bis dahin gar keine Ahnung gehabt, was man mit Pobacken alles anstellen kann, und so etwas wie Intimzonen schien Irina gar nicht zu kennen. Doch mittlerweile war mir das schon egal, denn ich befand mich jetzt in einem Bewusstseinsstadium, das irgendwo zwischen Ohnmacht und Todessehnsucht angesiedelt war, ich war ein willenloses, gebrochenes, kleines Häufchen Elend.

Und dann – endlich – war es vorbei, ich fühlte nichts mehr außer einer beinahe unwirklichen Leichtigkeit, und Irina sagte so sanft, wie es mit ihrer Stimme eben ging: »So, jetzt gett wida bessa. Noch nemmen Schlammbad, dann füllen gutt!«

Ich konnte es gar nicht glauben. Wo waren meine Schmerzen auf einmal hin? Ich konnte nichts fühlen, außer eben dieser Leichtigkeit. Und als ich dann aufzustehen versuchte, kam die nächste Überraschung. Es ging, ich konnte mich bewegen. Zwar noch etwas unsicher am Anfang und irgendwie ferngesteuert, aber doch beinahe schmerzfrei.

Ich zog mir meinen Bademantel über und ging wieder hinaus zum Empfang. Es war unglaublich, ich schwebte wie auf Wolken. Es war tatsächlich ein Wunder geschehen.

Isa und Roxie sahen inzwischen aus wie Rollschinken von einer fremden Galaxie. Sie hatten auch eine Schlammpackung genommen und dazu eine Gesichtsmaske, und die nette Dame vom Empfang platzierte mich auf eine Liege neben ihnen.

»Und, geht's dir besser?«, fragte Roxie.

»Ja, war echt nicht schlecht. Ich muss zugeben, Isa, das war eine deiner besten Ideen«, sagte ich, während mich die Therapeutin fachgerecht einpackte.

»Sag ich doch, diese Massagen wirken Wunder«, sagte Isa. Dann lachte sie. »Übrigens, hast du gehört, wie da vorhin eine geschrieen hat? Der müssen sie bei lebendigem Leib die Haut abgezogen haben.«

Wie Recht sie doch hatte, meine Freundin.

»Ja, das war nicht zu überhören«, sagte ich. »Also, mir wäre so was echt peinlich. Aber manche sind eben zart besaitet.«

16

Eigentlich hätte man der guten Irina einen Orden verleihen müssen. Sie hatte mich nicht nur von meinen Schmerzen befreit, sondern auch noch schlanker gemacht. Ich weiß nicht, wie sie es gemacht hatte, möglicherweise hatte sie meine Fettspeicher mit ihren Kräften zum Schmelzen gebracht, oder meine Panik hatte zu erhöhtem Energieverbrauch meinerseits geführt, aber auf jeden Fall kam ich mir dünner vor.

Und ich konnte mich wieder richtig gut bewegen. Zwar spürte ich noch eine leichte Anspannung in den Muskeln, aber das war durchaus nicht unangenehm. Eher so ein Gefühl, wie wenn man richtig gut trainiert und sich ein ordentliches Essen verdient hat.

Dementsprechend hielt ich mich beim Mittagessen auch nicht zurück, zumal ich ja auch noch nichts gefrühstückt hatte, und es war mir sogar egal, dass der Opa mir zusah, als ich zum dritten Mal beim süßen Buffet auftauchte.

Nach dem Kaffee lagen wir faul am Strand herum und genossen die Sonne, und das hätten wir bis zum Abend tun können, wäre nicht Jo aufgetaucht.

»Eins muss man euch lassen«, meinte er, nachdem er sich träge auf einer Sonnenliege ausgebreitet und seine Gliedmaßen von sich gestreckt hatte. »Ihr seid ganz schön mutig.«

Wir guckten uns gegenseitig an.

»Meinst du wegen der Sonne? Wir haben uns gut eingecremt, Roxie sogar mit Faktor zwanzig«, sagte Isa.

Jo lächelte milde.

»Das meinte ich auch nicht.«

»Was dann?«

»Ich meinte die Organmafia.«

»Was denn für eine Organmafia?«

»Sagt bloß, ihr habt noch nie davon gehört.«

»Du meinst doch nicht etwa diese Schauermärchen über Leute, denen man irgendwelche Körperteile entfernt?«, mischte sich Roxie ein.

»Genau die. Ihr seid die idealen Opfer, wisst ihr das eigentlich?«

Alles klar, er hatte schon wieder einige Bierchen intus, und Alkohol in Verbindung mit Jos Phantasie, das war eine fatale Mischung.

»Abgesehen davon, dass das alles sowieso Quatsch ist, wieso sollen ausgerechnet wir die idealen Opfer sein?«, fragte ich dennoch, weil ich neugierig war, was er sich da wieder zusammengereimt hatte.

»Na, das ist doch wohl klar: Ihr seid nicht zu alt, anscheinend gesund, und ihr seid alleinreisend.«

»Wieso alleinreisend? Wir sind zu dritt.«

»Das schon. Aber ihr habt doch Einzelzimmer, nicht wahr?«

»Ja, und?«

»Deshalb seid ihr für diese Typen Alleinreisende. Die sind gut organisiert, die haben überall ihre Informanten und wissen genau, wer in welchem Zimmer schläft.«

»Also, in Sachen Blödsinn quatschen bist du echt rekordverdächtig, Jo«, stellte Roxie verärgert fest. »Du willst doch nicht allen Ernstes behaupten, da kommen irgendwelche finsteren Gestalten mitten in der Nacht und stehlen Organe von ahnungslosen Touristen? Das sind doch alles Märchen.«

»Genau«, pflichtete ich ihr bei. »Ich habe sogar einen Artikel über diese Geschichten gelesen, ›urban legends‹ nennt man die, Stadtlegenden, die gibt es mittlerweile auf der ganzen Welt. Und sie sind allesamt falsch.«

»Heike hat Recht«, sagte Isa, »davon habe ich auch gelesen. Die Geschichte mit dem Hund aus dem Urlaub, der dann plötzlich eine gefährliche Ratte ist und die Hauskatze auffrisst, oder das zubetonierte Cabrio eines Liebhabers der Ehefrau …«

»Oder die Geschichte mit dem Spinnenbiss, und wie

derjenige dann plötzlich ein ganzes Spinnennest unter der Haut hat«, fiel Roxie ein.

»Und die Schlange im Klo«, fügte ich noch hinzu.

»Da hast du's, Jo«, fasste Roxie zusammen. »Alles Bockmist. Wie deine Organklaugeschichte. So etwas glauben doch wirklich nur Idioten.«

»Außerdem müsste man doch irgendwann mal davon gehört haben, wenn solche Sachen tatsächlich vorkämen, und damit meine ich nicht haltlose Gerüchte, sondern die Presse, das Fernsehen und so weiter. Was glaubst du, was das für einen Rummel gäbe? Da könnten die gleich ihren ganzen Fremdenverkehr vergessen«, fiel mir noch als Argument ein.

Als ob gute Argumente etwas genützt hätten bei Jo.

Der setzte sich jetzt nämlich auf und machte ein listiges Gesicht.

»Du sagst es«, meinte er. »Genau das ist der Grund, weshalb nie etwas nach außen dringt. So eine Negativwerbung können die natürlich nicht brauchen, deshalb halten sie auch alle zusammen. Das wird einfach totgeschwiegen, ist doch klar.«

»Also ehrlich, Jo, du spinnst«, sagte Roxie ärgerlich.

Jo setzte jetzt sein überheblichstes Grinsen auf.

»So? Dann erklärt mir doch bitte mal, wieso man noch kein einziges Mal in einer seriösen Zeitung von so einem Fall gelesen hat«, forderte er Roxie auf.

»Na, weil es so einen Fall nicht gibt!«

»Eben nicht, sondern weil die hier alles totschweigen. Und falls jemand zu den Behörden rennt und eine Anzeige machen will, dichten sie ihm einen Verkehrsunfall an, und womöglich noch, dass er besoffen war, und dann werfen sie ihn ins Gefängnis, bis er kapiert, dass es besser ist, die Klappe zu halten. So läuft das hier.«

»Vergiss es, Jo!«, sagte Roxie »Den Quatsch kannst du kleinen Kindern auftischen, und selbst die dürfen noch nicht aus den Windeln raus sein.«

Jo schien einzusehen, dass seine Warnungen bei uns die reinste Zeitverschwendung waren. »Na gut, wie ihr meint. Ich habe euch jedenfalls gewarnt.« Er betrachtete nachdenklich Isas Badetasche, die auf dem Tischchen neben meinem Liegestuhl lag. »Vor allem an deiner Stelle würde ich mich in Acht nehmen, Heike, ich kann mir vorstellen, dass die eine oder andere reiche Tante eine Menge dafür zahlen würde, um sich deine Dinger umhängen zu können.«

»Jetzt reicht's aber, Jo, du nervst!« Roxies Stimme klang jetzt wirklich gefährlich.

Jo stand auf. »Was soll's, ihr seid schließlich erwachsene Mädchen. Aber wo wir gerade beim Thema Mut sind: Wer traut sich mit mir auf die große Rutsche?«, fragte er auf einmal herausfordernd.

So etwas gab es nämlich auch in diesem Club. Eine Wasserrutschenanlage, mit Rutschen von klein bis groß. Bis ziemlich groß sogar. Und die größte Rutsche hatte man bezeichnenderweise auf den Namen Harakiri getauft.

»Wieso denn nicht?«, antwortete Roxie. »Glaubst du, wir haben Angst vor ein paar Kinderrutschen?«

Jo hatte die Hände in den Taschen seiner Badeshorts und wippte provozierend mit dem Becken vor und zurück.

»Das könnte ich mir schon vorstellen«, grinste er. »Ich habe die große vorhin ausprobiert. Da geht die Post ab, das kann ich euch sagen.«

Isa richtete sich auf.

»Mach dich doch nicht lächerlich, Jo. Da rutschen sogar Hundertjährige.«

»Meinst du? Na, wenn das so ist, dann rutscht doch mal!«

Und dann kam das, wovor ich mich schon gefürchtet hatte: Jo fixierte den Sonnenschirm neben mir.

»Wie sieht's mit dir aus, Heike? Auch so mutig?«

Und das war jetzt ein echtes Problem für mich.

Es gibt im Leben nämlich ein paar Regeln, die sollte man unbedingt befolgen.

Man sollte zum Beispiel nicht sein erstes Mal beim Gruppensex im Swingerklub erleben. Da könnte einem nämlich gleich alles wieder vergehen, bevor es überhaupt angefangen hat, und Homosexualität oder gar ein Klosterdasein könnten die Folge sein.

Man sollte auch das Bergsteigen nicht gleich auf dem Mount Everest erlernen, sonst könnte es sein, dass das Letzte, was man im Leben sieht, Reinhold Messner ist, der mit dem Yeti Karten spielt.

Vor allem aber – und das ist jetzt wirklich wichtig! – sollte man unter keinen Umständen gleich auf die höchste Wasserrutsche gehen, wenn man das zum ersten Mal im Leben macht. Das Trauma, das man sich damit einfängt, wird man nie mehr los.

Ich weiß es, denn mir ist das passiert.

Das war vor einigen Jahren auf Ibiza gewesen. Ich hatte einen coolen Freund, der für eine noch coolere Firma im Außendienst arbeitete. Cool deshalb, weil die jedes Jahr für ihre Kunden eine Reise in irgendein sonniges Land spendierten, und die Mitarbeiter durften mitfahren. Samt ihren jeweiligen Frauen/Freundinnen/sonstigen Anhängseln.

Eben dort auf Ibiza gab es so eine Wasserrutschenanlage, und damals war das etwas Neues, eine echte Sensation, nicht so wie heutzutage, wo jeder bessere Kindergarten so was herumstehen hat. Logischerweise kannte sich auch keiner so richtig aus damit, vor allem ich nicht, und natürlich hatte dann gleich jemand die beste aller Ideen: Nichts wie rauf auf das fetteste Gerät, und das hieß Kamikaze.

Man merkt schon, bei diesen Rutschen geht nichts ohne fernöstliche Namen, die einen grausamen Tod verheißen. Und das hat auch seinen Grund.

Als wir nämlich da hinaufstürmten, fiel mir auf einmal ein, dass ich gar nicht schwindelfrei bin, genauer gesagt dreht sich bei mir schon ab dem ersten Stockwerk alles, und eine zwingende Logik besagt, dass jemand, der tief hinunterrutschen will, vorher auch hoch hinaufklettern muss.

Als ich das kapierte, war es jedoch längst zu spät, denn die Treppe, die da geradewegs in den Himmel führte, war schmal, und die Menge, die hinter mir nachdrängte, war ungeduldig und schob mich mit der Unerbittlichkeit eines Bulldozers nach oben. Als ich dann das erste Mal von der Rutsche hinunterschaute, begann ich gleich zu hyperventilieren wie ein Agoraphobiker im Weltall, doch es gab kein Zurück mehr. Ich versuchte noch, mich am Rand der Rutsche festzuhalten, aber bei einem Gefälle wie in der Eignernordwand natürlich Bremswirkung gleich null, dafür aber siebenundzwanzig Brandblasen an jeder Hand. Bis ich dann im Wasser eintauchte, war ich in ein Wachkoma verfallen. Wach deshalb, weil ich noch mitbekam, dass ich unterging, und Koma, weil ich nie mehr aufgetaucht wäre, hätte mich mein Freund nicht rausgefischt. Und seit diesem Erlebnis habe ich panische Angst vor Rutschen, sogar vor den kleinen.

Und jetzt gleich noch eine Regel, die man niemals brechen sollte: Wenn dich ein dämlich grinsender Jo zu etwas auffordert, wovor du panische Angst hast, dann sag einfach nein. Nicht so wie ich, die jetzt lässig antwortete: »Ich glaube, wir beide haben unterschiedliche Maßstäbe, was Größe anbelangt, Jo. Ich für meinen Teil habe auf diesem Gelände noch keine große Rutsche gesehen.«

Da machte er Augen, der gute Jo.

Und dann machte ich Augen, als ich hinter den anderen die Treppe hochstieg, wobei ich sagen muss, dass diese Rutsche bei weitem nicht so schlimm war wie das Monster von Ibiza. Das lag einerseits daran, dass diese Treppe in Fels gehauen war, sodass man seitlich nicht hinuntersehen konnte, andererseits war sie längst nicht so hoch. Aber wie gesagt, für mich haben auch die Kleinen ihren Schrecken.

Und dann standen wir oben, und ich merkte, dass mein Körper schon wieder auf Hyperventilation umschaltete. Aber noch war nichts passiert, ich konnte ja die anderen vorausrutschen lassen, ein paar verblödete Jungs vorschicken – von denen gab es hier genug –, dann wieder die Treppe runterrennen und später, wenn Isa, Roxie und Jo gerade nicht aufpassten, von der anderen Seite ins Becken springen und so tun, als wäre ich gerutscht.

War eigentlich ganz easy, clever musste man sein.

Teil eins meines Planes verlief dann auch programmgemäß. Jo hechtete mit dem Kopf voran in die Röhre und zischte ab, als wäre das der absolute Spaß.

Teil zwei funktionierte auch noch tadellos. Roxie nahm zwei Schritte Anlauf und tat es Jo gleich. Ein Teufelsweib, kann man da nur sagen, Hut ab.

Fehlte nur noch Teil drei: Isa. Doch die machte Schwierigkeiten.

»Nach dir, Heike.«

Ahnte sie etwas?

»Nein, nein, Isa, ich rutsche als Letzte. Mach ich immer so.«

»Quatsch, nun mach schon, die warten schon da unten!«

Schön langsam machte sie mich wütend. Wenn sie so weitermachte, lief sie Gefahr, von mir eigenhändig auf die Reise geschickt zu werden. Doch dann kam ihr das Schicksal zu Hilfe, und zwar in der Gestalt von – nun raten Sie mal! – Opa. Natürlich.

Der kam jetzt nämlich mit seiner Minderjährigen hochgeschnauft und stellte sich brav an das hintere Ende der Reihe. Und wartete, bis ich rutschte.

In diesem Moment wusste ich nicht, was größer war, meine Angst vor der Rutsche oder meine Wut auf diesen Kerl. Doch dann überwog die Wut, und ich setzte mich zähneknirschend in diese verdammte Rutsche, und los ging es.

Bis zur ersten Kurve behielt meine Wut die Oberhand, und ich fluchte noch immer innerlich vor mich hin.

Schon bei der zweiten Kurve jedoch, als ich seitlich überzukippen drohte und nichts mehr sehen konnte, weil mir das Wasser in die Augen spritzte, gab die Angst dann kräftige Lebenszeichen von sich.

Und bei der dritten Kurve hatte ich den Opa bereits vollkommen vergessen, denn ich merkte, wie ich mich langsam zu drehen begann, und mein Albtraum hatte mich wieder. Bis ich unten ankam, war auch mein Wachkoma wieder perfekt, und ich weiß nicht mehr, wie ich im Wasser landete und auch nicht, wie ich wieder hochgekommen bin. Aber irgendwie muss ich es dann doch geschafft haben, und das Erste, woran ich mich wieder erinnern kann, war, dass ich dort, wo die Rutsche ins Becken mündet, im Wasser stand und dass Roxie und Jo und Isa – die war inzwischen auch schon da – mir irgendetwas zuriefen. Ich hatte eine Menge

Wasser in den Ohren und konnte sie nicht verstehen, aber als ich dann auch den Bademeister gestikulieren sah, kapierte ich. Ich stand genau dort, wo die Leute aus der Rutsche herausgeschossen kamen, und der Bademeister hatte den Wasserzulauf gestoppt, damit niemand mehr herunterkam. Und jetzt warteten alle bloß darauf, dass ich zur Seite ging.

Okay, das konnten sie haben.

Ich war unheimlich stolz auf mich, weil ich es geschafft hatte. Ich war aus freien Stücken gerutscht und auch wieder aus dem Wasser hoch gekommen, und ich hatte noch alles beisammen.

Fast alles.

Denn es ist schon seltsam: Wenn man im Wasser steht und alles nass ist, die Haare, die Haut und auch der Bikini, und alles die gleiche Temperatur hat, dann ist es doch seltsam, dass man es sofort spürt, wenn ein Teil davon fehlt. Das Höschen zum Beispiel. Wenn das weg ist, fühlt es sich so an, als wäre es da unten kühler, obwohl das natürlich vollkommener Quatsch ist.

Und doch ist es so.

Und als ich jetzt ein Gefühl hatte, als hätte da unten irgendwer das Fenster offen gelassen, ahnte ich sogleich das Schlimmste, und ein schneller Griff bestätigte, was ich befürchtet hatte. Mein Bikinihöschen hatte sich bei der Landung verabschiedet, und das Peinliche daran war, dass der Bademeister den Wasserzulauf der Rutsche abgeschaltet hatte. Denn das ist auch so eine Sache bei diesen Becken: Wenn da nichts nachfließt, wird das Wasser ruhig, sprich glatter Wasserspiegel. Das wiederum hat zur Folge, dass jeder, der am Beckenrand steht, sitzt oder liegt, mit absoluter Deutlichkeit alles sehen kann, was sich unter der Wasseroberfläche befindet.

Meinen nackten Unterbau zum Beispiel.

Und als ich Isa und Roxie zu verstehen gab, was für ein Problem ich hatte, wurde es noch unangenehmer. Denn sowie die Leute mitbekamen, dass mir mein Höschen abhanden gekommen war, ging eine Welle der Hilfsbereitschaft durch die Menge – vor allem durch die männliche –, und alle wollten helfen, indem sie aufsprangen und zum Beckenrand stürzten und sich die Augen nach meinem Bikinihöschen ausstarrten.

Mir war diese übertriebene Hilfsbereitschaft natürlich peinlich, und ich war heilfroh, als Roxie endlich rief: »Ich hab's gefunden!« Sie stand ein paar Meter von mir entfernt und schwenkte mein Höschen in der Luft. Ein Raunen ging durch die Menge, das ich nicht so richtig deuten konnte, und einige suchten weiter, obwohl schon alles gefunden war, und dann schaltete der Bademeister den Wasserzulauf wieder ein, weil ich inzwischen ja von der gefährlichen Stelle weg war.

»Los, wirf rüber!«, rief ich Roxie zu.

Zwischen uns befand sich die Mündung der Rutsche, sodass ich nicht zu ihr kommen konnte und sie nicht zu mir.

»Okay, pass auf!«, rief sie zurück, dann holte sie aus und warf.

An dieser Stelle muss ich erwähnen, dass Roxie ein sportlicher Mensch ist, und auch bei den Wurfdisziplinen in der Schule kann sie nicht die Schlechteste gewesen sein. Denn so, wie sie mir mein Bikinihöschen zuwarf, hätte alles gepasst, da hätte kein Ballistiker der Welt eine bessere Flugbahn errechnen können, und ich streckte in froher Erwartung meine Hände hoch, um es aufzufangen. Ob ich es dann auch tatsächlich erwischt hätte, werden wir nie erfahren, denn als das Höschen nur noch einen knappen Meter von meinen Händen entfernt war und ich schon dachte, ich hätte es, kam etwas dazwischen, womit keiner von uns gerechnet hatte: Opas Kopf.

Der kam nämlich genau in diesem Moment die Rutsche heruntergebraust und übernahm geradewegs das kleine Stückchen Stoff, das eigentlich dazu gedacht war, meine Lenden zu bedecken. Und als er dann im Wasser stand und aus meinem Höschen guckte wie ein tollkühner Motorradfahrer in den Dreißigern aus seiner Lederkappe, da mag das für einen Unbeteiligten durchaus witzig ausgesehen haben, aber ich, ich konnte kein bisschen darüber lachen. Das übernahmen dann die anderen für mich, genau genommen alle außer dem Opa und mir, und sogar Barbie ließ ihrer grellen Stimme freien Lauf, dass mir die Ohren wehtaten. Als der Opa kapierte, welchem Umstand er seine plötzliche Sehschwäche zu verdanken hatte, lachte auch er und gab mir mein Höschen wieder. Dabei stammelte er irgendwas, das ich nicht verstand, aber ich vermute mal, dass er versuchte, witzig zu sein.

Als ich mich dann wieder angezogen hatte und endlich aus dem Wasser war, standen für mich drei Dinge fest.

Erstens: Hersteller von Bademode sind glatte Idioten. Denn wenn eine Bikinihose blau ist, die Inneneinlage im Schritt dagegen weiß, fällt es sofort auf, wenn man das Ding verkehrt herum anhat.

Zweitens: Von diesem Zeitpunkt an wusste jeder im Club, dass ich naturblond und teilrasiert war.

Drittens: Die Schonfrist für Opa und Barbie war endgültig abgelaufen. Wollte ich mir einen letzten Rest von Lebensfreude bewahren, musste ich die beiden loswerden, und ich wusste, dass das nicht ohne drastische Mittel gehen würde.

Und ich hatte auch schon einen Plan. Einen teuflischen Plan, um genau zu sein.

Ich würde sie mit einer furchtbaren Waffe schlagen, mit einer Waffe, die bereits seit Anbeginn der Menschheit existiert, deren tödliche Präzision aber von vielen noch gar nicht erkannt oder doch zumindest grob unterschätzt wird. Und ich hatte vor, dieses tödliche Instrument gnadenlos anzuwenden.

Ich würde Opa und Barbie den finalen Todesstoß versetzen, und zwar mit der immerwährenden Launenhaftigkeit des weiblichen Verdauungsapparates.

17

Tatort: Der große Speisesaal im Hauptrestaurant, Reihe sieben, Tisch zwei.

Tatzeit: Neunzehn Uhr zwölf, Abendvöllerei.

Tatwaffe: Zwanzig Milliliter Ferolax-Tropfen, zuverlässig, hochwirksam, aber dennoch schonend. Dazu farblos und geschmacksneutral. Ein Spitzenprodukt der pharmazeutischen Industrie.

Täterin: Die Blonde, die aus der Badewanne kam.

Opfer: Zwei, die sich zu früh gefreut hatten.

Das mit der weiblichen Verdauung ist so eine Sache. Ich glaube, auf der ganzen Welt existiert keine einzige Frau, die damit nicht ihre Probleme hätte. Vielleicht liegt es daran, dass wir permanent irgendwelche Diäten ausprobieren und unser Körper nicht mehr weiß, was genau jetzt von ihm erwartet wird. Mal kriegt er einen Tag lang nichts, also Verdauung einstellen. Warteposition. Dann plötzlich – übergangslos – zwei Big Mac, eine große Portion Pommes, eine Apfeltasche und zwei Eis, einmal mit Schokosoße, einmal Erdbeer. Alarm, alles an die Maschinen, die Verrückte hat mal wieder eine Fressattacke! Dann wieder Stillstand, zermürbende Warterei. Bis es wieder losgeht.

Und irgendwann sagt sich dann der freundlichste Magen-Darm-Trakt: Die kann uns mal!

Das könnte einer der Gründe sein, warum das bei uns Frauen nicht immer funktioniert. Oben rein geht es immer, aber untenrum, da klemmt es manchmal. Und im Urlaub kommt die Ernährungsumstellung hinzu und die Angst: Nur jetzt keinen Blähbauch, sonst kriegst du nie einen Kerl ab! Natürlich ist die Angst die Vorstufe des Versagens, sprich des Darmversagens, und eh man sich's versieht: akute Ballonitis!

Aus diesem Grund hat jede vernünftige Frau immer etwas mit, wenn sie auf Reisen geht, so auch Isa und Roxie.

»Äh, Isa, hast du etwas mit?«, fragte ich am Nachmittag beiläufig, als Roxie gerade Zigaretten kaufen war.

»Was meinst du? Tampons?«

»Nein, du weißt schon … für die Verdauung.«

»Ach so, klar.« Sie angelte ein Fläschchen aus ihrer Badetasche. »Hier, bitte. Zehn bis fünfzehn Tropfen reichen, dann klappt's wieder.«

»Äh, die nehme ich lieber auf dem Zimmer, hier am Strand ist mir das peinlich.«

Und schwups, ab aufs Zimmer und selber nichts genommen, dafür aber umgefüllt in mein eigenes, halbleeres Fläschchen und den Rest bei Isa mit Wasser verdünnt.

Dann, eine Stunde später, als Isa ein paar Runden im Pool schwamm: »Du, Roxie, hast du etwas mit?«

»Was meinst du? Joints? Koks? Einen Vibrator?«

»Nein, du weißt schon … für die Verdauung.«

»Ach, das meinst du.«

Und wieder ab auf mein Zimmer und noch einmal dieselbe Prozedur.

Dann war ich gerüstet. Wie Isa schon gesagt hatte, fünf Tropfen reichen, wenn man mittelschwere Probleme hat, und bei wirklich hartnäckiger Verstopfung zehn. Maximal. Und ich hatte ein ganzes Fläschchen voll, das sind ... ich weiß nicht so genau, aber auf jeden Fall genug, um die gesamte japanische Sumoringer-Nationalmannschaft für den Rest der Woche aufs Klo zu schicken.

Und jetzt, beim Abendessen, war meine Zeit gekommen. Ich hatte nämlich beobachtet, dass auch Opa und Barbie nicht nur von Luft und Liebe lebten, sondern genau das praktizierten, wofür sie mich mit ihren Blicken straften: Die gingen immer mehrmals ans Buffet und holten Nachschub, und genau diese Gier sollte ihnen zum Verhängnis werden.

Also verabredete ich mich mit Isa und Roxie um halb acht zum Essen – Opa und Barbie kamen meistens schon um sieben, also würde mir genug Zeit bleiben – und um zwölf nach sieben war es dann so weit: Die beiden standen auf, um sich den zweiten Gang zu holen, und ließen ihre Gläser mit Orangensaft sträflich allein.

So viel Leichtsinn musste einfach bestraft werden.

Ich nahm die zwei Gläser, die ich vorher präpariert hatte – und zwar weder mit fünfzehn Tropfen wie bei den mittelschweren Fällen, noch mit fünfundzwanzig Tropfen wie beim angehenden Darmverschluss, sondern mit dem Inhalt der ganzen Flasche, gerecht geteilt durch zwei –, ging damit an ihren Tisch und setzte mich. Dann tat ich so, als bemerkte ich, dass ich versehentlich am falschen Platz gelandet war, nahm ihre Gläser mit, und ehe jemandem etwas auffiel, war ich auch schon wieder weg.

Dann genoss ich mein Essen und beobachtete aus sicherer Entfernung, wie sie ihren verhängnisvollen

Cocktail schlürften. Zuverlässig, hochwirksam, aber ganz gewiss nicht schonend bei dieser Dosierung. Insgeheim schloss ich mit mir selbst Wetten ab, wer von den beiden als Erster Wirkung zeigen würde, und ich hätte eigentlich auf den Opa getippt. Schließlich gewann aber Barbie, und das mit haushohem Vorsprung. Knapp nach halb acht – Isa und Roxie waren inzwischen auch schon da – machte sie plötzlich Augen wie eine Kuh, die zum ersten Mal besprungen wird, und startete Richtung Klo, als gäbe es dort einen Modeausverkauf.

Fünf Minuten später war dann der Opa dran. Der war noch ein bisschen schneller, und hätte jemand mitgestoppt, wäre der Hundert-Meter-Weltrekord zerbröselt wie ein Leibniz-Keks zwischen Ottfried Fischers Zähnen.

»Dir scheint's ja wieder gut zu gehen«, sagte Isa, als sie mich lachen sah. »Haben die Tropfen gewirkt?«

»O ja«, antwortete ich. »Das haben sie, Isa, und wie.«

Opa und Barbie sah ich dann den Rest des Abends nicht mehr, und ich kann gar nicht beschreiben, was für eine befreiende Wirkung das auf mich hatte. Ich fühlte mich entspannt wie selten zuvor und genoss das Essen und den Nachtisch und die Show und auch das Tanzen danach. Die Peinlichkeiten der vorangegangenen Tage kümmerten mich kein bisschen mehr.

Und so feierte ich dann bis tief in die Nacht hinein, und diesmal war ich diejenige, die noch immer munter war, während Isa und Roxie und Jo schon kleine Augen bekamen. Als sie aufbrachen, um ins Bett zu hüpfen, beschloss ich, noch einen Drink zu nehmen. Ich war gut drauf, und ich wollte noch ein Abenteuer erleben.

Das ich dann auch bekam.

Und was für eines.

Ein guter Verbrecherjäger benötigt neben den grundsätzlichen Erfordernissen wie körperliche und geistige Fitness sowie Nerven aus Edelstahl jahrelanges Training, um seiner heiklen Aufgabe gewachsen zu sein. Ob beim FBI, beim BKA oder bei Scotland Yard, alle sind sich einig, dass sogar die Besten zuerst eine gründliche Ausbildung brauchen, um auf die Bösesten unter den Bösen losgelassen zu werden.

Bei mir jedoch reichten ein Pegel von schätzungsweise zwei Promille und meine angeborene Orientierungslosigkeit, um ein brutales Verbrechen zu verhindern und unschuldigen Menschen die körperliche Unversehrtheit, wenn nicht sogar das Leben zu retten.

Und das kam so: Das »Café Mozart« lag ganz im Norden des Clubgeländes, also von der Disco einen guten halben Kilometer Fußmarsch entfernt. Mir war das egal, denn ich war gut gelaunt, ich war fit, und ich war angetrunken. Und ich wollte unbedingt sehen, ob in dem Laden noch etwas los war. Außerdem trug ich diesmal Jeans und Turnschuhe, daher konnte ich durchaus etwas Sportlichkeit an den Tag legen.

Aus dem halben Kilometer wurde dann ein ganzer oder sogar zwei. Im Dunkeln sehe ich nicht besonders gut, und das mit der Orientierung ... was soll ich lange rumreden, ich bin eine Frau. Auf jeden Fall hatte ich mich irgendwann total verfranst.

In dieser Ecke des Clubs war ich noch gar nicht gewesen, die Beleuchtung war schwach, und ich musste Acht geben, dass ich in der Finsternis nicht in einen der zahlreichen Bäume donnerte. Dann endlich hörte ich Stimmen, und ich dachte, dass das die Gäste vom Café Mozart wären, die gerade die nächste Runde bestellten.

Doch ich wurde enttäuscht. Als ich näher kam, konnte ich nämlich kein Wort verstehen, was zum einen daran lag, dass diese Gestalten anscheinend türkisch sprachen, und zum anderen daran, dass sie leise redeten.

So, als hätten sie etwas zu verbergen.

Ich kämpfte gerade gegen die herabhängenden Äste einer Pinie an, als ich die Rücklichter des Lieferwagens entdeckte. Er parkte in einer Einfahrt – anscheinend ein Lieferanteneingang für den Club –, und ein paar dunkle Gestalten standen daneben in der Dunkelheit.

Eine innere Stimme sagte mir, dass es besser war, im Verborgenen zu bleiben, also verharrte ich in meiner Position und beobachtete das verdächtige Treiben vor mir. Obwohl ich nur Umrisse wahrnehmen konnte, glaubte ich jetzt zu erkennen, dass sie zu zweit waren, sie waren dunkel gekleidet und tuschelten miteinander, und sie hoben irgendetwas von der Ladefläche des Wagens, das aussah wie eine Trage.

Und dann, als sich einer von ihnen eine Zigarette anzündete, zuckte ich zusammen. Sie waren vermummt, mit schwarzen Tüchern oder Ähnlichem, das sie sich vors Gesicht gebunden hatten, und das gab mir jetzt zu denken.

Aus welchem Grund treiben sich maskierte Gestalten nachts um drei im hintersten Winkel eines Ferienclubs herum?, fragte ich mich.

Und dann durchlief es mich siedendheiß.

Was, wenn Jo Recht gehabt hatte? Was, wenn die tatsächlich so etwas wie eine schwarze Liste hatten, in der fein säuberlich die persönlichen Daten und die Zimmernummern der Feriengäste aufgelistet waren? Was, wenn die tatsächlich gekommen waren, um das eine oder andere unschuldige Opfer zu filetieren, um dann die besten Stücke an einer internationalen Börse für edle Körperteile für einen Wucherpreis zu verhökern?

Weil irgendein alkoholkranker Schauspieler dringend eine neue Leber brauchte? Weil irgendein ehrgeiziger Politiker es übertrieben hatte mit der ungesunden Ernährung und den ständigen Einschulungen von dienstbereiten Praktikantinnen? Oder weil sich irgendeine flachbrüstige Tochter eines Ölscheichs einen größeren Busen wünschte, mit dem sie dann unter ihren wallenden Gewändern heimlich spielen konnte? Einen Busen wie den meinen zum Beispiel?

Und was hatte Jo gesagt?

Ich habe euch gewarnt!

Und diese Trage, natürlich, auch das ergab jetzt einen Sinn: Die wollten nicht nur an Ort und Stelle die eine oder andere Niere entnehmen, sondern womöglich ganze Menschen als Ersatzteillager abtransportieren. Oder sie hatten noch Schlimmeres vor: Ich sah mich schon in einem Harem fern der Heimat, bewacht von fetten Eunuchen, darauf wartend, dass sich mein Käufer herablässt, sein neues Spielzeug zu besteigen, feige von hinten natürlich, weil er fürchtet, dass ich die einzig mögliche Form von Widerstand leiste, indem ich so gucke, als wäre er viel zu klein gebaut.

Verdammt noch mal, Jo hatte Recht gehabt, das hier waren Menschenjäger!

Und ausgerechnet hier und heute wollten sie zuschlagen.

Ich überlegte fieberhaft. Was sollte ich bloß tun, wie konnte ich dieses Verbrechen verhindern? Dieses Pack war gut organisiert, vermutlich waren sie auch bewaffnet, und wahrscheinlich hatten sie für ihre Raubzüge Nahkampf trainiert bis zum Exzess. Die würden mit einer alkoholisierten, von Muskelkater geplagten Blondine kurzen Prozess machen, so viel war sicher.

Ich könnte bei der Rezeption Alarm schlagen, aber dazu musste ich die erst mal finden.

Und selbst wenn: Jo hatte gesagt, dass die doch alle unter einer Decke steckten, wem konnte ich also trauen?

Gab es überhaupt eine Möglichkeit, diese Leute zu stoppen?

Und dann, während sich meine Gedanken noch überschlugen, machten sie einen entscheidenden Fehler: Sie entfernten sich von ihrem Wagen. Sie nahmen ihre Trage, die sie vorher mit verschiedenen – wahrscheinlich chirurgischen – Utensilien beladen hatten, setzten sich in Bewegung und marschierten genau den Gehweg entlang, der an meiner Pinie vorbeiführte und den ich erst jetzt erkennen konnte, weil sich meine Augen an die Dunkelheit gewöhnt hatten oder möglicherweise, weil meine Sinne durch die angespannte Situation extrem geschärft waren. Ich wagte gar nicht zu atmen, als sie keine zwei Meter von mir entfernt vorbeigingen, und zu meinem Glück waren sie so sehr in ein Gespräch vertieft, dass sie ihrer Umgebung nicht allzu viel Beachtung schenkten.

Ich wusste, was zu tun war: Ich musste sie ihres Fluchtfahrzeuges berauben, damit sie keine Möglichkeit mehr hatten, ihre Beute abzutransportieren. Mir blieb nur diese einzige, winzige Chance, und ich musste sie nutzen. Als sie zehn oder fünfzehn Meter weiter waren, schlich ich unter meinem Baum hervor und zu ihrem Lieferwagen. Die Türen zum Laderaum hatten sie wieder geschlossen, aber die Fahrertür stand offen, und als ich mich hineinbeugte, sah ich, dass ich unwahrscheinliches Glück hatte: Sie hatten den Schlüssel stecken lassen, das war ein Wink des Schicksals. Ich kletterte so leise wie möglich auf den Fahrersitz, trat die Kupplung durch und vergewisserte mich, dass der erste Gang eingelegt und die Handbremse gelöst war. Dann startete ich den Motor, trat das Gaspedal bis zum Anschlag durch und raste mit durchdrehenden Rädern davon.

Mein Herz schlug mir bis zum Hals, und ich wurde beinahe ohnmächtig vor Angst, aber es gab kein Wenn und Aber, hier ging es um die Gesundheit von unschuldigen Menschen. Auf den ersten Metern konnte ich kaum etwas sehen, weil nur das Standlicht eingeschaltet war, aber nicht weit entfernt erkannte ich Straßenlaternen, und dann fand ich auch den Lichtschalter. Als ich in die Hauptstraße einbog, atmete ich befreit auf.

Dann zwang ich mich zum Nachdenken.

Wohin nun mit diesem Lieferwagen? Und die Frage war auch, ob nicht irgendwo an der Hauptstraße Komplizen warteten. Was würden die unternehmen, wenn sie mich mit diesem Lieferwagen vorbeirasen sahen? Und wohin sollte ich überhaupt fahren?

Ich wusste nicht, wo die nächste Polizeistation war, und selbst wenn ich sie fand: Konnte man den Polizisten trauen? Möglicherweise waren die ebenfalls Mitwisser, möglicherweise hielten auch sie eifrig ihre Händchen auf bei diesem orientalischen Körperteilebazar.

Es war klar: Ich war ganz auf mich allein gestellt.

Und dann endlich die rettende Idee: Auf der Herfahrt waren wir an einem Steinbruch vorbeigekommen, und soweit ich mich erinnern konnte, war das nur ein paar Kilometer von unserem Club entfernt. Und welcher Ort wäre besser geeignet, um diesen Wagen unauffällig loszuwerden?

Also begann ich nach der Einfahrt Ausschau zu halten, und als ich sie endlich entdeckte, war ich viel zu schnell dran. Ich schaffte es nur mit Mühe, den Wagen herunterzubremsen und in die staubige Einfahrt zu zwingen. Dann fuhr ich langsamer, ich kam an einem heruntergekommenen Wirtschaftsgebäude und an ein paar abgestellten Baufahrzeugen vorbei, dann endlich fand ich, wonach ich gesucht hatte: einen ausgesprengten Krater, von dem die Felswände an drei Seiten steil in die Höhe ragten, von der Straße nicht einsehbar.

Ich stoppte den Wagen, sprang hinaus und wollte schon Richtung Hauptstraße losrennen, als mir einfiel, dass unser Club möglicherweise gar nicht die einzige Station auf der Sammeltour dieser Verbrecher gewesen war. Und wenn es so war, dann konnten sich doch bereits andere Opfer im Laderaum des Lieferwagens befinden. Wer weiß, vielleicht kugelte da hinten schon das eine oder andere menschliche Ersatzteillager herum, geknebelt und handlich verschnürt wie ein Rollschinken.

Also riss ich kurzerhand die Hecktüren auf, und im ersten Moment sah ich – gar nichts.

Die Innenbeleuchtung war nämlich ausgefallen, und so mussten sich meine Augen erst an die Dunkelheit gewöhnen. Dann konnte ich langsam etwas erkennen: Behälter und Kanister.

Ich zuckte zurück. Diese Kisten waren Kühlbehälter, ganz klar, und in den Kanistern musste sich Flüssigkeit befinden, um darin die geraubten Körperteile für den Transport zu konservieren. Und womöglich schwamm da drinnen auch schon das eine oder andere Teil herum.

Allein der Gedanke ließ mich erschaudern.

Doch selbst wenn dem so war, den Leuten, denen diese Innereien jetzt fehlten, konnte ich ohnehin nicht mehr helfen, also sollte ich besser zusehen, wie ich wieder zurück zum Club kam. Als ich die Hauptstraße erreichte, war ich schweißüberströmt, aber auch glücklich darüber, den dreisten Coup dieser Verbrecher vereitelt zu haben. Wenngleich ich viel riskiert hatte.

Ich brauchte ein paar Minuten, um wieder zu Atem zu kommen, und schließlich gelang es mir auch wieder, halbwegs klare Gedanken zu fassen.

Ich musste zurück zum Club, soviel war klar. Die Verbrecher hatten inzwischen sicher schon das Weite gesucht, und niemand wusste, dass ich es gewesen war, die ihren Plan vereitelt hatte. Ich würde bis zum nächsten Morgen warten, und dann würde ich das deutsche Konsulat verständigen. Denn die waren sicher nicht an diesem Verbrechen beteiligt, die waren schließlich deutsch.

Das würde einen Riesenrummel geben, keine Frage. Und wieder eine fette Schlagzeile: *Vierunddreißigjährige Immobilienmaklerin vereitelt Raubzug der Organmafia!* Ich würde als Heldin gefeiert werden, und das hatte ich mir auch verdient.

Aber war das klug?

Verbrecher sind nachtragend. Was, wenn die sich an mir rächen wollten? Sollte ich nicht besser warten, bis ich wieder in Deutschland war? Die erste Gefahr war immerhin gebannt, und wenn die Arbeiter vom Steinbruch morgen früh das Fahrzeug entdeckten, würden sie ohnehin die Polizei verständigen. Es war also vorerst nicht nötig, dass ich mich als Heldin zu erkennen gab.

Aber auf den ganzen Ruhm verzichten? Da bringt man einmal im Leben etwas Großartiges zustande, und niemand soll es erfahren? Das war wider meine Natur.

Als Nächstes musste ich jedenfalls zusehen, wie ich wieder zurück zum Club kam, und so menschenleer, wie sich die Straße zu dieser Zeit präsentierte, musste ich wohl oder übel laufen. Und das in meiner Verfassung. Jetzt, da die größte Anspannung vorbei war, spürte ich auch den vielen Alkohol wieder, der sich noch immer ein vergnügliches Stelldichein in meinem Körper gab, und auch mein Quadrizeps signalisierte, dass er und seine Kollegen ihren Widerstand noch keineswegs aufgegeben hatten.

Doch dann, als ich so dahintrottete, zeigte sich mein Schicksal wieder von der freundlichen Seite, indem es mir ein Taxi schickte. Es hatte irgendwie dafür gesorgt, dass ein Taxifahrer in mittleren Jahren von einer nächtlichen Fahrt nach Antalya zurückkam, sodass ich die Gelegenheit bekam, ihn zu stoppen – indem ich mich kurzerhand mitten auf die Straße stellte.

Denn das muss ich sagen, so eine Erfahrung mit dem Tod aus nächster Nähe macht einen verdammt mutig. Danach kommt es einem wie das reinste Kinderspiel vor, sich vor ein heranrasendes Auto zu werfen und den Fahrer damit in den Straßengraben umzuleiten. Dem fehlte natürlich im ersten Moment das Verständnis für meine besondere Situation, und ich lernte ein paar interessante türkische Schimpfwörter kennen, doch als ich mit einem Fünfzig-Euro-Schein vor seiner Nase herumwedelte und er kapierte, dass er mich dafür nur ein paar Kilometer fahren musste, stellte er seine Schimpftiraden ein und brachte mich nach Hause.

Als ich an der Rezeption vorbeimarschierte, war dort gerade eine eifrige Diskussion zwischen mehreren Clubangestellten im Gange, aber ich konnte nicht erkennen, ob das in irgendeinem Zusammenhang mit meinem Erlebnis stand. Auf jeden Fall ließen sie mich unbehelligt vorbei, und ich fühlte, wie auch der letzte Rest von Anspannung von mir abfiel.

Dafür überkam mich auf einmal eine wahrhaft bleierne Müdigkeit. Mein Körper verlangte dringend nach Schlaf, und als ich auf dem Weg zu meinem Zimmer bei den Appartements der Clubanimateure vorbeikam, hatte ich sogar eine Halluzination.

Ich glaubte nämlich auf einmal das Startgeräusch eines Steyr, Baujahr 1957 zu hören und dazu kräftige männliche Stimmen in breitem niederbayrischem Akzent.

Gar keine Frage, meine Sinne spielten mir einen Streich. Meine geschundene Seele sehnte sich anscheinend nach der Geborgenheit auf dem Hof meines Großvaters, nach Frieden und Ruhe. Und nach einer kräftigen Brotzeit.

18

Es war kurz nach zehn, als ich erwachte.

Ich hatte Kopfschmerzen und ein bisschen Muskelkater, aber als die Erinnerung an die letzte Nacht wiederkehrte, fühlte ich mich plötzlich wieder topfit.

War das ein Traum gewesen?

Vermummte Gestalten, ein Kleintransporter mit Kühlbehältern für den Abtransport von menschlichen Organen, und eine schöne Frau, die alles riskiert hatte zum Wohle der Menschheit. Nein, zum Teufel, das war die Realität, ich hatte eine Heldentat vollbracht. Ich hatte einige Menschen in diesem Club gerettet. Aber was sollte ich jetzt tun? Sollte ich mich zu erkennen geben? Sollte ich an die Öffentlichkeit treten?

Meinem Image hätte es jedenfalls gut getan.

Und auf einmal sah ich mich oben auf der breiten Haupttreppe stehen und unten zu meinen Füßen die Clubgäste und das versammelte Personal. Neben mir, nicht ohne die gebührende Bewunderung im Blick, der Clubdirektor, der gerade verkündet, was ich getan habe: »Diese Frau hat sich den gefährlichen Verbrechern ganz allein entgegengestellt! Sie war bereit, ihr Leben für das eure zu geben! Sie hat euch euer Leben geschenkt! Diese Frau ist eine Heldin!«

Tosender Applaus bricht los. Die Menschen sinken auf die Knie, um mir zu huldigen, und einige kommen ehrfürchtig näher, um mich zu berühren. Ich fühle ihre Dankbarkeit, und in ihren Augen sehe ich nichts als unendliche Liebe.

Hm, ich muss schon sagen, das klingt eindeutig besser als eine unfreiwillige Bauchlandung im Swimmingpool.

Aber dann wieder diese Zweifel. Ich würde noch mehrere Tage in diesem Land verbringen, und die Verbrecher waren noch auf freiem Fuß. Die würden sich gewaltig ärgern über die heldenhafte Blonde, und das konnte meiner Gesundheit verdammt abträglich sein. Vielleicht sollte ich doch besser abwarten, bis ich wieder in Deutschland war, denn dort war ich in Sicherheit. Obwohl, in Deutschland leben vermutlich mehr Türken als in der Türkei, da konnte es schnell mal einen Anruf zwischen Verwandten geben mit dem dringlich geäußerten Wunsch, eine etwas zu mutige Lady abzuservieren.

Aber egal, ewiges Schweigen war sowieso ein Ding der Unmöglichkeit für mich, also musste ich das einfach auf mich zukommen lassen. Ich freute mich schon darauf, in diversen Talkshows aufzutreten, und vor allem freute ich mich auf das dumme Gesicht von Stefan Raab, wenn ich ihm das Bundesverdienstkreuz erster Klasse auf den Tisch knallen konnte und er kapieren würde, was die Blonde mit den Zahnschienen so alles auf dem Kasten hatte.

Doch bevor es so weit war, musste ich mein nächstes Vorgehen planen, und wo konnte ich das besser als bei einem kräftigen Frühstück?

Ich versuchte, Isa und Roxie auf ihren Handys zu erreichen, aber keine von beiden ging ran. Also musste ich mich wohl oder übel alleine über das Buffet hermachen. So schlimm war das aber gar nicht, denn während ich aß, hatte ich Gelegenheit, die Menschen um mich herum zu beobachten, und ich genoss die Vorstellung, dass ich einige von ihnen gerettet hatte.

Vielleicht den dicken Papi, der sich auf der Banane an mich geklammert hatte, als hätte er da schon gewusst, dass ich für seine Sicherheit sorgen würde. Wobei ich mir nicht vorstellen konnte, welchen Körperteil des Papis man hätte verwenden können. Oder den schwedischen Sven, der gerade vorbeizischte, von dem hätte man überhaupt alles verwenden können.

Und die pausbäckige Großfamilie, die für ihre vier Kinder wahrscheinlich nur die Hälfte gezahlt hatte, dafür aber das Doppelte konsumierte. Eine Menge leistungsfähiger Organe, da konnte man sich auch nicht darauf verlassen, dass die Verbrecher sich auf Alleinreisende beschränkten, die hatten nämlich eine Menge Platz gehabt in ihrem Lieferwagen.

Ach, wenn diese Leute doch nur wüssten.

Doch ich war zum Schweigen verdammt, vorerst zumindest, daher entschied ich mich für eine kleine Privatfeier. Ein Drink musste her, und die Cocktails, die sie an der Bar gleich neben der Lobby servierten, erschienen mir dafür bestens geeignet.

»Einen Sea Cloud.« Bacardi mit Vanilleeis und Limonenscheibe. Die Getränkekarte war wirklich nicht von schlechten Eltern.

»Haben wir leider nicht. Der Bacardi ist aus.«

Das sollte nicht passieren in einem gut geführten Haus, aber bitte.

»Dann nehme ich einen White Heaven.« Weißer Rum mit Papayasaft auf gehacktem Eis. Lecker.

»Tut mir Leid. Vor zehn Minuten habe ich den letzten weißen Rum ausgeschenkt.«

War der Kerl geheimes Mitglied bei den anonymen Alkoholikern oder was?

»Red Torpedo?« Roter Wodka mit Kirschsaft und einem Schuss Kaffee. Klang auch interessant.

Der Barkeeper schüttelte nur den Kopf.

»Was habt ihr überhaupt?«, wollte ich schließlich wissen.

»Im Moment nur heimischen Sekt. Und Raki.«

Raki? Das Aniszeugs, das wie frisch von der Tankstelle schmeckt? Allmählich wurde ich ungehalten.

War das eine Art, mit seiner Lebensretterin umzugehen? Da riskierte man Kopf und Kragen für dieses Gesocks, und dann wollten sie einen mit billigem Fusel abspeisen. Doch was kümmerte die das, bezahlt hatte man ja schon im Voraus.

Ich holte tief Luft, um meine Meinung über derlei Geschäftspraktiken kundzutun, als plötzlich Isa und Roxie dahermarschierten.

»Hey, wo kommt ihr denn her? Ich habe schon versucht, euch zu erreichen«, sagte ich erleichtert.

War ohnehin viel wirksamer, wenn man sich zu dritt beschwerte.

»Wir waren an der Strandbar, aber die haben anscheinend Probleme mit dem Nachschub«, sagte Roxie missmutig.

»Was, dort auch? Mir geht's hier genauso.«

Roxie stemmte die Hände in die Hüften, was bei ihr nichts Gutes verhieß.

»Okay, dann werde ich denen mal den Marsch blasen!«

Damit stapfte sie los Richtung Rezeption. Anscheinend brauchte sie unsere Hilfe gar nicht, also warteten Isa und ich.

»Und?«, fragte ich, als Roxie zurückkam.

»Seltsame Geschichte«, berichtete Roxie, während sie sich setzte. Ihre ganze Angriffslust war plötzlich weg. »Jemand hat denen letzte Nacht den Spirituosennachschub geklaut.«

»Wie soll das denn gehen?«, meinte Isa. »Ich kann mir kaum vorstellen, dass jemand nachts in das Clubgelände eindringt und kistenweise Spirituosen rausschleppt. Das müsste doch auffallen.«

Roxie schüttelte den Kopf. »So war es auch nicht. Soviel ich verstanden habe, wurde der Lastwagen samt der Lieferung gestohlen. Zumindest behaupten das die beiden Fahrer. Da drüben stehen sie übrigens.«

Sie zeigte auf zwei Südländer, die an der Rezeption standen und finster dreinschauten. Südländer mit dichten schwarzen Bärten, die man auch für schwarze Tücher halten konnte, aus der Entfernung. Oder bei Dunkelheit.

Ich spürte, wie ich um mindestens einen halben Meter schrumpfte.

»Weiß man schon, wer es war?«, fragte ich so beiläufig wie möglich.

»Nein, ich glaube nicht. Die haben den Wagen einen Moment lang aus den Augen gelassen, weil sie nicht wussten, wo sie abladen sollten, und währenddessen sind die Diebe einfach damit abgehauen.«

Ich atmete auf. *Die* Diebe, hatte Roxie gesagt. Man suchte also nach mehreren Tätern und nicht nach einer angeheiterten Blondine mit ausufernder Phantasie.

»Hm, das muss dann aber jemand gewesen sein, der von der Lieferung wusste«, gab sich Isa kriminalistisch.

»Ja, ein Insider«, pflichtete ich ihr bei. »Das ist die einzige Möglichkeit.«

Dann bestellte ich drei doppelte Raki.

Wieder nichts mit Ruhm und Ehre.

Dabei wäre ich so gern eine Heldin gewesen, wenigstens einmal in meinem Leben. Wie Superman. Oder noch besser: wie Supergirl. Die wollte ich schon immer sein, allein wegen ihres Röntgenblicks. Damit könnte ich endlich mal schauen, ob diese Chippendales wirklich so viel in ihren Hosen haben, wie sie vorgeben. In Wirklichkeit zeigen die nämlich nie alles, und ich finde das verdächtig. Außerdem: Superman, der Mann aus Stahl. Daher: Supergirl, die Frau aus Stahl. Das heißt, auch Brüste aus Stahl, und der Albtraum jeder Frau, die Schwerkraft, hätte für mich ihren Schrecken verloren.

Tja, Superhelden haben's wirklich gut. Nur leider bin ich keiner.

Aber andererseits: Was soll's? Mir war ein kleiner Fehler unterlaufen, und so etwas kann schließlich jedem mal passieren. Und meine Absichten waren durchaus edler Natur gewesen, das kann ich bezeugen, und ich finde, das zählt doch auch etwas.

Was blieb mir also?

Ich hatte noch drei volle Tage, und die wollte ich genießen. Opa und Barbie hatte ich ausgeschaltet – für eine Weile zumindest –, und diese durchaus angenehme Freiheit musste ich nutzen. Für ein paar Raki zum Beispiel, die übrigens ab dem dritten gar nicht so schlecht schmecken, und für ein paar von Roxies Zigaretten. Und für hemmungsloses, weil unbeobachtetes Alles-in-sich-Hineinstopfen beim Mittagsbuffet.

Dann, am Nachmittag, aalte ich mich träge in der Sonne und las ein Buch. Die »Wüstenblume« von Waris Dirie, und zwischendurch musste ich immer wieder lachen wie blöd. Nicht, weil ich die tragische Autobiographie eines Nomadenmädchens so lustig fand, sondern weil ich den Umschlag über ein Ildikó-von-

Kürthy-Buch gelegt hatte. Intellektueller Anspruch minus zwei, dafür aber lustig, das war es, was ich jetzt brauchte, und es musste ja nicht jeder wissen, womit ich mir die Zeit vertrieb.

»Was ist so witzig an dem Buch?«, fragte Isa, als ich gerade wieder kicherte.

Ich überlegte, ob ich auch ihr gegenüber meine literarische Fassade aufrechterhalten sollte. Aber sie war ja keine potenzielle Heiratskandidatin, daher brauchte ich sie auch nicht zu beeindrucken. Also ließ ich sie einen kurzen Blick unter den Umschlag machen, und dann lachte sie auch.

Und jetzt soll mir bitte keiner damit kommen, dass man beim Lesen anspruchsloser Bücher auf geistigen Kriechgang schaltet. Denn mein Denkapparat war anscheinend gerade zur Hochform aufgelaufen.

Als Isa jetzt nämlich ihre Lache anstimmte, machte es bei mir klick, und zwar sofort. So, als hätte ich einen Sherlock-Holmes-Knopf auf dem Rücken und jemand hätte draufgedrückt.

Die Ereignisse der vergangenen Nacht waren nämlich keineswegs bloß Ausgeburt meiner Phantasie, die waren real gewesen, wie ich an jedem einzelnen Raki merkte, den ich anstatt eines leckeren Cocktails hinunterwürgen musste. Und wenn die ganze Geschichte mit den vermeintlichen Terroristen und dem Lieferwagen und dem Taxifahrer tatsächlich geschehen war, warum sollte dann meine nächtliche Halluzination mit dem Traktorengeräusch und den niederbayerischen Stimmen überhaupt eine Halluzination gewesen sein?

Genau das fragte ich mich, als ich jetzt Isas Lachen hörte. Ein Lachen, das sich anhörte wie ein Steyr, Baujahr 1957 beim Starten.

»Isa, ich hätte da eine Frage«, begann ich.

Sie setzte sich zu mir an den Rand meines Liegestuhles.

»Nur zu.«

Eine leichtsinnige Aufforderung, die sie sogleich bereuen sollte.

Ich schaute ihr fest in die Augen.

»Isa, kann es sein, dass ich dich heute Nacht um ... ich weiß nicht so genau ... aber irgendwann zwischen drei und vier habe lachen hören?«

Sie hielt meinem Blick stand, aber ich spürte sofort, dass sich eine gewisse Anspannung zwischen uns breit machte.

»Und wo soll das gewesen sein?«, fragte sie.

»Beim Bungalow der Animateure.«

Jetzt wurden ihre Augen zu schmalen Schlitzen, und sie bekam eine Farbe wie nach einem Zehn-Stunden-Sonnenbad mit Lichtschutzfaktor null.

»Das bildest du dir nur ein«, sagte sie dann leise, und es klang wie eine gefährliche Drohung.

Ich aber blieb stur und schüttelte den Kopf.

»Vergiss es, Isa, was ich gehört habe, habe ich gehört. Und deine Lache gibt's kein zweites Mal auf dieser Welt, das kannst du mir glauben.«

Für einen Moment dachte ich schon, sie würde sich auf mich stürzen, aber dann zuckte sie nur die Achseln.

»Ach, was soll's, ich denke, du kannst die Wahrheit vertragen«, sagte sie dann. »Also, ich geb's zu: Ich war dort.«

»Und was hast du da getan? Und wer waren diese niederbayerischen Kerle, die ich da reden gehört habe?«

»Versprich mir, dass du's niemandem verrätst! Auch Roxie nicht«, forderte Isa, bevor sie weiterredete.

»Na klar«, sagte ich, als wäre das etwas Selbstverständliches für mich.

Sie musterte mich eindringlich, dann sagte sie: »Ich verlass mich darauf, Heike. Also, die beiden, das waren Rico und José.«

Jetzt war mein Sherlock Holmes wieder weg. Ich verstand nur noch Bahnhof.

»Was haben die beiden denn mit bayerischen Urviechern zu tun? So haben die nämlich geklungen«, sagte ich.

»Die beiden sind die bayerischen Urviecher.«

»...?«

Isa lachte.

»Ja, glaub's nur! Rico stammt in Wirklichkeit aus Passau und heißt mit bürgerlichem Namen Josef Huber, und José ist ein gewisser Hannes Friesenbichler aus Deggendorf.«

»Du verkohlst mich!«

»Nein, ich schwör's. Die geben den Animateuren andere Identitäten, damit sie exotischer wirken. Von denen sind die meisten falsch.«

»Wer denn noch?«, wollte ich wissen.

Isa dachte kurz nach.

»Nun, Sven zum Beispiel ist Ungar und heißt eigentlich Ferenc irgendwas, und der stolze Felipe ist, glaube ich, Österreicher. Bei den Mädchen weiß ich es allerdings nicht.«

»Und Sammy?«

»Der ist wirklich aus Jamaika, heißt aber nicht Sammy, sondern Alfons.«

Alfons, soso. Daher also unser Missgeschick beim Tanzen. Was konnte man von einem Alfons auch anderes erwarten?

Aber damit hatte Isa noch nicht alle meine Fragen beantwortet.

»Alles schön und gut, Isa, aber was hattest du dort verloren?«

Jetzt sah sie wieder nach Sonnenbad aus. Aber nach fünfzehn Stunden. Mit Bräunungsverstärker.

Und jetzt erst kapierte ich.

»Nein, sag bloß, du hast ...?«

Isa nickte nur.

»Mit allen beiden?«

Sie nickte wieder.

Jetzt war ich wirklich sprachlos. Unsere vermeintlich brave, tugendhafte Isa trieb es im Urlaub mit kräftigen Kerlen bayerischen Ursprungs, und nicht etwa nur mit einem, sondern gleich mit zweien. Gleichzeitig.

»Aber wie kam es denn dazu?«, fragte ich, als ich wieder Worte fand.

Isa dachte nach.

»Das begann eigentlich schon am ersten Abend, als du und Roxie so blau wart. Ich war noch tanzen und kam mit den beiden ins Gespräch. Und du weißt ja, wie das ist: Ein Wort ergibt das andere, und dann, am zweiten Abend ... na ja, geschah es dann irgendwie.«

Und das sagte sie mit einer Unschuld im Blick, als hätte sie mir gerade erzählt, dass der Papst katholisch ist.

Also, das waren ja Neuigkeiten. Die unschuldige Isa, dieses vermeintliche Mauerblümchen mit dem Gemüt einer Volksschullehrerin, war in Wirklichkeit eine hemmungslose Nymphomanin. Roxie, ja, der hätte ich so etwas zugetraut, die umgab sich mit einer emanzipierten Luderhaftigkeit, da hätte das gepasst. Aber Isa? Das war, als hätte Mutter Teresa ein Bordell in Kalkutta betrieben.

Dabei hatte Isa vor nicht allzu langer Zeit noch erklärt, wie problematisch es sei, wenn ein Mann groß gebaut ist, und dass es einer Menge Einfühlsamkeit bedurfte, sollte das einer Frau Spaß machen. Aber bei *zwei* offensichtlich starken Lümmeln war das anscheinend etwas ganz anderes, da galten ihre Lebensweisheiten plötzlich nicht mehr. Denn zweimal minus ist ja auch plus, nicht wahr?

Isa merkte, dass mir ihr Geständnis zu denken gab.

»Was hältst du jetzt von mir?«, fragte sie.

Gute Frage. Ich war mir selbst nicht ganz sicher.

»Ich weiß nicht. Auf jeden Fall ist es eine ziemliche Überraschung für mich, wie du dir denken kannst. Ich habe dich bisher eigentlich immer für eher ...« Mir fielen keine passenden Worte ein.

»Konservativ gehalten?«, half sie mir weiter.

»Ja, genau. Soviel ich weiß, hattest du doch keine Affären, während du mit Rüdiger verheiratet warst.«

»Das stimmt.«

»Und hast du nicht einmal erwähnt, dass Rüdiger überhaupt dein erster Mann war? Sexuell, meine ich.«

Isa nickte.

»Ja, das ist richtig. Und jetzt kannst du dir vielleicht auch vorstellen, dass ich Nachholbedarf hatte. Ich habe noch nicht so viel erlebt wie du oder wie Roxie. Und irgendwann wird man dann neugierig und ... experimentierfreudig.«

»Hm, das kann natürlich sein. Hast du so etwas schon früher gemacht, ich meine vor diesem Urlaub?«

»Was meinst du? Mit zwei Männern?«

Ich nickte.

»Nein, noch nie«, sagte sie. »Ich glaube, so etwas kann einem auch nur im Urlaub passieren, da ist die Stimmung ganz anders.«

Hm, also ich könnte mir keine Stimmung vorstellen, in der ich dazu bereit wäre. Aber andererseits machte es mich auch neugierig.

»Und hast du nur mit den beiden ... oder auch mit anderen?«

Jetzt musste sie lachen.

»Nein, nein, die beiden reichen vollkommen, das kannst du mir glauben. Und mach dir keine Sorgen, wir passen auch auf. Alles nur mit Schutz.«

Ach so, nur mit Schutz. Dann war das ja bloß ein harmloses Sandkastenspiel, oder wie?

Nun, das musste ich jetzt erst einmal verdauen. Überhaupt bekam ich langsam den Eindruck, dass nichts in meiner Welt so war, wie es anfangs zu sein schien.

Mein Robert war nicht treu gewesen, wie ich es immer für selbstverständlich gehalten hatte.

Ich war keine Lebensretterin, sondern bloß ein hysterisches Weib, das zwei unterbezahlte Getränkelieferanten daran gehindert hatte, ihren Job zu erledigen.

Exzessiver Alkoholkonsum macht gar nicht schlank, wenn man gleichzeitig einen guten Appetit hat.

Die zarte Irina war gar nicht zart.

Und Isa war kein tugendhaftes Pflänzchen, sondern ein erotischer Vulkan, der soeben ausgebrochen war.

Was würde als Nächstes kommen? Gab es noch etwas, was ich nicht bemerkt hatte? Was ich falsch eingeschätzt hatte?

Ich hatte das seltsame Gefühl, dass noch irgendwas im Busche war, etwas, das plötzlich und ohne Vorwarnung über mich kommen würde. Etwas, das mein ganzes Leben verändern würde.

Aber was war es?

Was nur?

19

Die nächsten Tage machte ich das, was jede vernünftige Frau in ihrem Urlaub tun sollte: gar nichts.

Ich stand spät auf, aß, lag am Strand herum, aß, lag am Strand herum, aß, machte mich für den Abend schön, aß wieder. Zwischendurch genoss ich kühle Drinks und rauchte Roxies Zigaretten – wobei ich sagen muss, dass die echt ein Problem hat mit ihrer Raucherei. Unter zwei Packungen pro Tag kam die garantiert nicht aus, und es war schon richtig auffällig, dass sie alle paar Stunden Nachschub holen musste.

Und ich intensivierte meine Bräune. Das kam meinen körperlichen Voraussetzungen entgegen, denn es war nicht anstrengend. Außerdem macht Braun schlank. Das war mir bei Halle Berry aufgefallen, und auch vorher schon bei Mahatma Gandhi.

So wurde ich mit jedem Tag attraktiver und war eigentlich ganz zufrieden. Am Abend schauten wir uns die Shows an, dann tanzten wir noch ein bisschen und frönten unserer gemeinsamen Leidenschaft, indem wir über die Leute herzogen. Das war wirklich entspannend. Isa verschwand danach regelmäßig mit Rico und José, und ich glaube, auch Roxie machte sich zwischendurch mal über ihren Jo her.

Sollten sie ruhig, ich war nicht einmal neidisch. Ich war darauf nicht angewiesen, und auch, als Isa zwischendurch großzügig anbot, mir einen ihrer Lover abzutreten, lehnte ich dankend ab. Ich wollte bloß meine Ruhe haben und die verbleibenden Tage genießen.

Mit der Zeit kamen dann auch der Opa und seine Barbie wieder unter ihrem Felsen hervorgekrochen. Und ohne mir etwas darauf einbilden zu wollen glaube ich, dass ich mit der Entschlackungskur dazu beigetragen habe, bessere Menschen aus ihnen zu machen. Sie wirkten jetzt wesentlich bescheidener, fast könnte man sagen demütig. Keine Spur mehr von ihrem großspurigen Getue, im Gegenteil, sie schlichen wie geprügelte Hunde durch die Anlage, und auch das mit dem Sport und der angeberischen Tanzerei ließen sie von da an bleiben.

Und dann nahte das Ende unseres Urlaubs. Am Donnerstag wurde die Stimmung schon merklich gedämpfter. Mein wirkliches Leben rückte allmählich wieder näher. Die einsame Wohnung, meine Arbeit, kein Partner. Zwischendurch ertappte ich mich sogar bei dem Gedanken, wieder zu Robert zurückzukehren. Ich konnte ja eine Hypnosetherapie machen und mich auf bisexuell trimmen lassen und dann seine Lisa und sein Geld mit ihm teilen. Das wäre ein einfacher, ein bequemer Weg gewesen. Aber dann schob ich die Idee schnell wieder beiseite. Wer war ich denn? Der Kerl hatte mich betrogen, mich schamlos hintergangen, wie sollte ich ihm da jemals wieder vertrauen können?

Und schließlich blieb mir ja auch noch die Möglichkeit, mein Leben selbst in die Hand zu nehmen, hart zu arbeiten, Karriere zu machen.

Naja, aus der Entfernung kommt einem das natürlich einfacher vor. Aber war ich überhaupt der Typ dafür? Bisher konnte ich diesbezüglich nicht viel vorweisen, aber vielleicht war das ja auch wieder so eine Sache, bei der ich falsch gelegen hatte. Dieses seltsame Gefühl, das mich seit Tagen verfolgte, vielleicht wollte es mir sagen, dass ich mein Schicksal endlich selbst in die Hand nehmen sollte. Das konnte doch immerhin sein.

Andererseits, so gern, wie ich in diesem Liegestuhl lag und es genoss, überhaupt nichts zu tun – also ganz kapierte ich da nicht, wie ein Gefühl darauf kommen konnte, in mir eine karrieregeile Powerfrau zu vermuten.

Und so wuchsen meine Selbstzweifel und meine Verunsicherung von Stunde zu Stunde, ich fühlte mich immer elender, und in der Nacht auf Freitag konnte ich gar nicht mehr richtig schlafen.

Und schließlich war es dann so weit.

Isa und Roxie wurden vor mir abgeholt, wir verabschiedeten uns und versprachen uns gegenseitig, so rasch wie möglich ein Wiedersehen zu arrangieren. Auch Jo drückte mich fest und versprach der Säule hinter mir ein baldiges Treffen, um das Versäumte nachzuholen. Als ob ich das gewollt hätte.

Dann waren sie weg.

Mein Bus ging erst um elf. Ich hätte also noch Zeit gehabt für ein geruhsames Frühstück, aber ich hatte keinen Appetit.

Moment mal. Ich hätte noch Zeit gehabt für ein Frühstück, aber ich hatte keinen Appetit!

Als mir das so richtig bewusst wurde, schrillten bei mir plötzlich alle Alarmglocken. Ich verzichtete freiwillig auf ein Frühstück!

War es schon so weit mit mir? Stand ich kurz vor dem endgültigen Zusammenbruch? Und was konnte ich dagegen tun?

Gar nichts, genau genommen. Ich konnte nichts weiter tun, als meine Sachen zu packen, mich in diesen verdammten Bus zu setzen und nach Hause zu fliegen, zurück in meine Welt, die mir plötzlich so fremd erschien.

Und das tat ich dann auch. Ich packte, richtete meine Frisur, schminkte mich, zog mich hübsch an – für wen eigentlich? – und schleppte meine Koffer zur Ankunftshalle. Oder jetzt wohl besser Abfahrtshalle. Dann setzte ich mich an die Bar, trank Kaffee und blies Trübsal.

Als der Bus kam, war auch der gute Gösta dabei und verriss sich wieder das Kreuz mit meinem Gepäck, während ich mir einen einsamen Platz weit hinten suchte, um mich zu verkriechen.

Als wir eine Stunde später am Flughafen von Antalya ankamen, war ich endgültig in ein psychisches Tief verfallen, und ich überlegte, wie ich da wieder herauskommen sollte.

Ich konnte eine Flugbegleiterin auf der Toilette niederschlagen, ihre Uniform anziehen und mit der nächsten Maschine einer neuen Welt entgegenfliegen.

Oder ich konnte mir einen gut aussehenden Piloten einer staatlichen Fluglinie – die verdienen besser – anlachen und mich in einer Abstellkammer schwängern lassen.

Oder noch besser, weil ohne größere Umstände realisierbar: Ich konnte mir bei McDonald's ein paar Burger und eine Riesenportion Pommes reinziehen, auch auf die Gefahr hin, dass ich da irgendein Vieh serviert bekam, das wir gerade eben mit dem Bus überfahren hatten.

Der Gedanke an fettige Nahrung ohne vernünftigen Nährwert brachte mich wieder ein bisschen in Schwung, und nachdem ich meine Koffer in der Wartezone deponiert hatte, stellte ich mich ungeduldig in die Warteschlange des Fast-Food-Tempels.

»Einen Big Mac, einen Royal TS, Chicken Wings, große Pommes, eine große Cola und eine Apfeltasche!«

Ich hatte nicht gefrühstückt, und es war schon Mittagszeit, außerdem war ich braun gebrannt und fremd in diesem Land. Wozu also Zurückhaltung zeigen?

»Vielleicht noch Donuts für die Kinder?« Die Angestellte dachte mit.

»Äh, ja, gute Idee. Geben Sie mir zwei, und einen Kaffee für meinen Mann.«

Sie hatte Mühe, alles auf einem Tablett unterzubringen, aber mit ihrer jahrelangen Erfahrung schaffte sie es dann doch. Ich bezahlte, hob meine wertvolle Fracht vorsichtig hoch, drehte mich damit um …

Und jetzt kann einer sagen, was er will, von wegen jeder ist seines Glückes Schmied und so weiter, aber es gibt Momente im Leben, da ist man besser beraten, wenn man ein bisschen an das gute alte Schicksal glaubt.

Bei mir war es in Wirklichkeit doch so, dass mein Leben, seit ich Robert in Fräulein Elsbach erwischt hatte, ein einziges Drama gewesen war. Ich hatte mich gerächt, sicher, und ich hatte mir damit auch die nötige Genugtuung verschafft, aber ganz ehrlich, unter uns: Darauf hätte ich gerne verzichtet.

Die Wahrheit ist nämlich die, dass ich mir nichts sehnlicher wünsche als einen Mann. Einen Mann, der gut aussieht und der stark ist. Einen Mann, der mir Sicherheit gibt und Geborgenheit und wenigstens das Gefühl, geliebt zu werden. Und der mir ein Leben lang treu ist.

Robert hatte eigentlich alle Voraussetzungen erfüllt, bis auf die eine, aber letztendlich entscheidende. Und als ich ihn ertappte, war mein Lebenstraum zerplatzt wie eine rosarote Seifenblase, meine ganze Zukunft hatte sich binnen Sekunden in Luft aufgelöst. Und seither war mein Leben ein einziges Drama gewesen, nichts anderes, daran konnten auch die paar vergnüglichen Tage mit meinen Freundinnen nichts ändern. Und genau genommen war es auch keine Flucht vor Robert gewesen, wie ich mir eingeredet hatte, sondern eine Flucht vor mir selbst, vor meinem erbärmlichen Leben. In das ich jetzt wieder zurück musste.

Und mit Schicksal meine ich, dass es kein Zufall sein kann, wenn sich ausgerechnet in dem Moment, in dem ich mich mit meinem Tablett vorsichtig umdrehe – und ich meine damit wirklich vorsichtig, denn auf mein Essen passe ich auf, das ist schließlich meine Lebensgrundlage –, ein gut erzogener, zuvorkommender Mensch bückt, um für jemand anderen einen Fünf-Euro-Schein aufzuheben, der diesem aus der Hand gerutscht ist, und dass sich dieser gut erzogene, zuvorkommende Mensch ausgerechnet dann wieder aufrichtet, wenn sich mein Tablett genau über seinem Hinterkopf befindet.

Genau das passierte nämlich, und ich muss sagen, der Opa musste ein kerngesundes Kreuz haben, so schwungvoll, wie der wieder hochkam. Meine Burger starteten in die Luft wie ein paar unbemannte Mondraketen, und die Pommes pfiffen durch den Raum wie Querschläger bei einer Schießerei in Chicago 1930. Als die Burger am Plafond erkannten, dass ihre Mission hier zu Ende war und sie unverrichteter Dinge wieder zur Erde zurückkehren mussten, und als auch die Pommes und die Saucen und die Getränke das taten, was die Schwerkraft ihnen vorschrieb, wäre es nur natürlich gewesen, dass mindestens die Hälfte von dem Zeug auf mir landete. Denn erstens war ich die rechtmäßige Eigentümerin, und zweitens stand ich noch immer exakt auf dem ursprünglichen Startplatz.

Doch es kam ganz anders, und schon dazu hätte man erkennen können, dass mein Schicksal gerade im Begriff war, eine Hundertachtziggradwende vorzunehmen.

Die Hälfte von dem Zeug, mindestens, landete nämlich auf dem Opa, der bekam ein Ganzkörperdressing ab, dass er schon beinahe wieder appetitlich aussah, und auf mir landete – absolut gar nichts.

Das und der Umstand, dass der Opa sich innerhalb der nächsten zehn Sekunden mindestens zweihundert

Mal entschuldigte, rettete ihm das Leben, denn ich stand kurz davor, ihn auf der Stelle zu erwürgen. Aber welcher halbwegs zivilisierte Mensch kann schon einen lebensgroßen Big Mac erwürgen, wenn der um Gnade winselt?

Also sagte ich vorerst gar nichts, sondern setzte nur meinen bösesten Blick auf, und Reden war auch gar nicht nötig, denn das übernahm der Opa für mich.

»Das tut mir ja so Leid«, beteuerte er zum dreihundertsten Mal, »dass mir gerade bei Ihnen immer solche Sachen passieren ... aber Gott sei Dank, wenigstens haben Sie nichts abbekommen ...« Dann schaute er an sich selbst herab und gab einen Laut von sich, der vermutlich ein Lachen sein sollte. »Von mir kann man das ja nicht gerade behaupten ... Aber lassen Sie mich Ihre Sachen noch einmal bestellen ...« Er wandte sich an die Angestellte. »Das waren, glaube ich, ein Big Mac, ein Royal TS, Pommes ...?« Der Mistkerl hatte also schon wieder ausspioniert, was ich mir zu Gemüte führen wollte!

Die Angestellte unterbrach seine Aufzählung: »Warten Sie, ich habe die Bestellung noch im Computer: Big Mac, Royal TS, Chicken Wings, große Pommes, eine Apfeltasche, zwei Donuts, eine große Cola, ein Kaffee!«

Na bravo! Schön, dass sich die beiden so lautstark über mein Menü unterhielten, wieso nahmen sie nicht gleich ein Megaphon oder ließen es im Radio durchsagen?

»Sind Ihre Freundinnen auch da?«, fragte der Opa zu allem Überfluss dann auch noch.

Ich schüttelte den Kopf, und seine Reaktion darauf überraschte mich: »Dann sind Sie allein? Das ist gut, sehr gut sogar!« Und zur Angestellten sagte er: »Geben Sie mir ... ich weiß nicht ... einfach das Gleiche!«

Die guckte jetzt ein bisschen verwundert aus der Wäsche, kam aber seinen Wünschen nach.

Und zu mir sagte der Opa: »Und wir nehmen uns einen Tisch ... ich hoffe, Sie schlagen mir diesen Wunsch nicht ab ... warten Sie, da hinten ist einer frei geworden ... Gehen Sie doch voraus, ich komme gleich nach!«

Er deutete auf einen Tisch, der gerade abgeräumt wurde, und was sollte ich jetzt machen? Wahrscheinlich würde Barbie jeden Moment nachkommen, und dann konnten sie noch einmal aus nächster Nähe beobachten, was die große Blonde so alles runterbrachte. Bei der Gelegenheit konnten sie auch gleich ein paar Fotos schießen, mit denen sie dann bei der nächsten Familienversammlung dokumentieren konnten, welchen Spaß sie in ihrem Urlaub gehabt hatten.

Andererseits hatte ich inzwischen mächtig Kohldampf, und der Fraß, den sie einem im Flugzeug servieren, erschien mir noch weniger verlockend. Also beschloss ich, dem Schicksal seinen Lauf zu lassen, trottete brav zu dem freien Tisch und setzte mich. Der Opa musste zweimal gehen mit unseren Tabletts, dann nahm er mir gegenüber Platz. Er schaute mich an, und dann lächelte er auf einmal.

»Wissen Sie, ich habe schon die ganze Woche auf eine passende Gelegenheit gewartet, um Sie anzusprechen, aber es hat irgendwie nie gepasst. Die ersten Tage waren Sie immer mit Ihren Freundinnen beschäftigt, und dann erwischte uns ein Virus – wahrscheinlich das Wasser – was soll man da machen?« Und plötzlich unterbrach er sich selbst. »Aber was rede ich denn da, eine Frau wie Sie hat wahrscheinlich einen festen Partner, der zu Hause auf sie wartet. Habe ich Recht?«

Auf einmal sah er aus wie ein Häufchen Elend, während er auf meine Antwort wartete.

»Äh, nein«, antwortete ich. »Ich hatte ... ich meine ... ich habe gerade eine Trennung hinter mir ... Deswegen auch der Urlaub mit meinen Freundinnen. Um Abstand zu gewinnen.«

Ich hatte keine Ahnung, warum, aber plötzlich schien ihm ein Riesenstein vom Herzen zu fallen. Was wollte der Kerl überhaupt von mir? Er hatte doch seine Miss World.

»Oh, das tut mir Leid«, sagte er. »Ach Quatsch, wenn ich ehrlich sein soll, bin ich froh darüber. Wissen Sie, Sie sind mir vom ersten Augenblick an aufgefallen – positiv natürlich –, schon am Münchner Flughafen, als Sie ins Flugzeug stiegen. Meiner Tochter übrigens auch.«

Und jetzt hätte es mich beinahe von meinem Stuhl gehauen.

Was hatte er da gerade gesagt? Ich war ihm aufgefallen? Positiv aufgefallen? Und was hatte er noch gesagt? Seine Tochter? Barbie war seine Tochter! Und jetzt wurde mir plötzlich alles klar, die Vertrautheit, die sie im Umgang miteinander an den Tag gelegt hatten, und auch das Aussehen: dieselben blauen Augen, die Gesichtszüge, und die schlanke Gestalt.

Ich war ihm also positiv aufgefallen, vom ersten Augenblick an.

Und ich, ich hatte ... ich hatte ...

Ich hatte es sofort bemerkt, natürlich. Das war es, die waren mir doch auch gleich aufgefallen. Die berühmte weibliche Intuition, auf die ist eben immer noch Verlass, hundertprozentig. Deswegen hatte ich ausgerechnet auf die beiden so heftig reagiert. Mein Instinkt, mein sechster Sinn hatte mich geleitet, mich dazu gebracht, ihnen diese besondere Aufmerksamkeit zu widmen. Anfangs hatte ich es vielleicht ein bisschen falsch interpretiert, aber Tatsache war doch, dass die beiden sofort heftige

Gefühle in mir hervorgerufen hatten. Und jetzt kannte ich auch den wahren Grund dafür.

Meine Gedanken überschlugen sich. Ich brauchte Zeit, um zu begreifen, was da gerade vor sich ging, und ich war unfähig, auch nur ein einziges klares Wort hervorzubringen.

Er sah das und erschrak darüber.

»Ich hoffe, Sie fühlen sich jetzt nicht belästigt von mir«, beeilte er sich zu sagen.

Und plötzlich kicherte ich los wie ein Teenager.

»Aber nein, wie kommen Sie denn darauf? Reden Sie nur weiter«, forderte ich ihn auf.

Jetzt wirkte er erleichtert. Ein Lächeln huschte über sein Gesicht, und mit den Ketchupresten im Gesicht und dem Senf in seinem wirren Haar sah er aus wie ein schüchterner Junge bei seiner ersten Liebeserklärung.

»Als Erstes muss ich mich wohl vorstellen«, sagte er, »ich heiße Markus Winter, und ich bin Steuerberater. Und wie ist Ihr Name, wenn ich fragen darf?«

»Ich heiße Heike. Heike Breitenfellner.«

Er gab mir über den Tisch hinweg seine Hand, und sie fühlte sich so warm und kräftig an, dass ich sie am liebsten nie mehr losgelassen hätte.

Aber eine Frage brannte mir auf der Zunge.

»Sie wollten wissen, ob ich zurzeit einen Partner habe. Wie steht es denn mit Ihnen? Gibt es eine Frau Winter?«

Jetzt lachte er wieder. Ein sympathisches Lachen, bei dem er strahlend weiße Zähne preisgab.

»Ach ja, das hatte ich ganz vergessen. Nein, ich bin geschieden, schon seit Jahren. Meine Frau und ich haben nur noch freundschaftlichen Kontakt. Beate – meine Tochter – sehe ich regelmäßig, und einmal im Jahr schleppt sie mich auf einen Urlaub, wo ich dann alles nachholen muss, was ich das ganze Jahr über versäume, bezüglich Sport und gesunder Ernährung. Ich mag es normalerweise eher gemütlich, müssen Sie wissen. Aber sagen Sie, wie wäre es, wollen wir uns nicht duzen?«

Wollen war gar kein Ausdruck. Welche Frau würde einen so gut aussehenden, charmanten Mann nicht duzen wollen. Und noch vieles mehr.

»Ja sicher, gerne … Markus. Wo ist übrigens Ihre … Deine Tochter?«

»Beate? Ach, die erledigt noch ihre Abschlusstour durch die Shops. Das macht sie immer so, und ich nutze die Gelegenheit, um endlich mal was anderes zu essen als Salat. Beate ist nämlich ziemlich streng mit mir.« Seine Augen blitzten, als er das sagte, dann biss er kräftig in seinen Big Mac.

»Jetzt hast du mich neugierig gemacht: Was genau meintest du damit, dass ich dir aufgefallen bin?«, fragte ich.

Er lehnte sich zurück und setzte wieder sein hinreißendes Lächeln auf.

»Also gut, wenn du es genau wissen willst … also, mir ist aufgefallen, dass du verdammt hübsch bist. Aber das hörst du wahrscheinlich jeden Tag.«

Wer? Ich? Von wem?

Aber bitte, bitte, bitte, sprich doch weiter!

»Und mir ist aufgefallen, dass du Humor hast …«

Hm, das könnte stimmen. Und?

»Und mir ist aufgefallen, dass du einen guten Geschmack hast …«

Hatte ich? Nun, wenn er das sagte. Ich hing gebannt an seinen Lippen und wartete sehnsüchtig auf mehr.

»Und mir ist aufgefallen, dass du einen sehr weiblichen Körper hast…«

Weiblich? Ja, das klang bedeutend besser als dick. Es war eben alles nur eine Frage der richtigen Wortwahl.

Und, war da noch etwas? Ich spürte, dass er noch etwas sagen wollte, doch plötzlich hielt er inne.

»Und weiter? Du wolltest noch etwas sagen«, ermunterte ich ihn.

Er schien zu überlegen.

»Hm, stimmt, da war noch etwas, aber ich möchte nicht, dass du das jetzt falsch verstehst ...«

Falsch verstehen? Wie könnte ich auch nur irgendetwas falsch verstehen, wenn mich ein Traum von einem Mann mit Komplimenten überschüttete?

»Was ist es? Raus damit!« Ich wollte es jetzt unbedingt wissen.

Er zögerte, und dann endlich gab er sich einen Ruck.

»Also gut, aber du musst mir versprechen, dass du es nicht in die falsche Kehle kriegst. Es ist nämlich etwas, was ich an einer Frau durchaus zu schätzen weiß ...«

Er wartete auf meine Bestätigung.

»Ich verspreche es. Also, was?«

Und dann beugte er sich vor und sagte etwas, das in keinem noch so kitschigen Hollywooddrama, in keiner Liebesszene, in keinem Heiratsantrag fehlen sollte, etwas, worauf man eine gemeinsame Zukunft aufbauen kann, etwas, das der Grundstein für ein glückliches Leben in Harmonie und trauter Zweisamkeit sein kann:

»Und mir ist aufgefallen, dass du einen gesunden Appetit hast.«

PIPER BOULEVARD

Freche Frauen bei Piper Boulevard

Liebe Leserin – und lieber Leser,

herzlichen Glückwunsch – Sie haben einen Roman der Reihe Piper Boulevard gekauft. Wir hoffen, Sie hatten viel Spaß bei der Lektüre! Wenn Sie mehr davon lesen möchten, sind Sie bei Piper Boulevard genau richtig. Eine neue Generation von Autorinnen und Autoren erzählt frech und witzig, wie es sich anfühlt, um die Dreißig zu sein: Geschichten voller Wünsche und Erwartungen und der festen Absicht, endlich im richtigen Leben anzukommen. Ob Heiratsanträge in den unmöglichsten Situationen, probate Mittel gegen Herzbeschwerden aller Art oder die geballte Ladung unverhofften Glücks – die Bücher bei Piper Boulevard versprechen Lesevergnügen pur.

Gehen Sie mit einem guten Buch ins Bett.
Oder mit jemandem, der gerade eines gelesen hat.

01/0003/01/R

05/2019/01/L

05/2020/01/R